はじめての漢詩創作

鷲野正明 著

白帝社

はじめに

本書は、漢詩を鑑賞しながら作詩を学ぶ入門の書です。漢字だけで詩を作るのは、一見むずかしそうですが、案外簡単にできます。「漢詩を作ろう」という意欲さえあれば、だれでもすぐに作れるようになります。

第一部では、漢詩のイロハと作詩の規則を学びます。これで形のととのった漢詩が作れるようになります。

第二部ではさらによい詩を作るために、「ことば」について考えます。たとえば「青雲《せいうん》」ということば、どう理解しますか。文字どおり「青い雲」と訳しても、現実には「青い色をした雲」はありませんから、よくよく考えるとどんな雲かわかりません。「青雲」とは、「青い空に浮かぶ白い雲」、「青くて高い空に浮かぶ白い雲」、そこから転じて、「高位高官」「立身出世」をも意味します。このように、漢詩の「ことば」には、字面《じづら》からでは理解しにくいものや、もともとの意味から転じて別の意味になったり、あるイメージをともなったりすることがあります。

第三部は、句を作り、詩の全体を構成する方法について考えます。詩は規則に合わせて作りますから、ときには文法からはずれて語順が入れかわったり、ある語が省略されたりすることがあります。そこで、まず初心にもどって漢文の句形を見なおしたうえで、文法からはずれる詩句についての用例を見、句と詩の作り方を学びたいと思います。文法的なことは無視して、詩を鑑賞するだけでもよいでしょう。作詩のためのヒントも記しておきます。

本書によって、世界に一人しかいない「自分」を漢詩で表現し、風流の道を継承する人が多く出てくることを期待します。

目次

第一部

作詩入門

作詩は、「七言絶句《しちごんぜっく》」からはじめるのが効率的です。まず七言絶句の最低限の規則を覚えましょう。規則に従えば、私たち日本人が作っても、簡単に「漢詩」になります。覚えた規則は、実作しているうちに自然に身につき、特に規則を意識しなくても詩ができるようになります。はじめは規則が覚えられなくても、実作をとおして自然に身についてゆきますので、あせることはありません。

詩は、一首《いっしゅ》、二首《にしゅ》、のように、「首《しゅ》」で数えます。その一首のなかで、大きな休止のあるところで区切った一かたまりを「句《く》」といいます。七言絶句は、一句が七つの漢字ででき、四句で構成されます。第一句は「起句《きく》」、第二句は「承句《しょうく》」、第三句は「転句《てんく》」、第四句は「結句《けっく》」ともいいます。本書では、絶句の場合には、第一句、第二句…といわず、起句、承句…ということにします。

ところで、一句が七字で四句構成であれば、すべて七言絶句かというと、そうではありません。最小限「平仄《ひょうそく》を合《あ》わせる」ことと「韻《いん》を踏《ふ》む（押韻《おういん》）」という規則を守っていないといけません。七言絶句の規則を、「平仄」と「韻」ごとにまとめると、次のようになります。（三）の「その他」は、規則というわけではないのですが、詩をよりよいものにするための心得です。

（一）平仄《ひょうそく》に関する規則

（1）二四不同《にしふどう》・二六対《にろくつい》（起句《きく》から結句《けっく》までの四句すべてに適用）

（2）下三連《かさんれん》を禁ず（起句から結句までの四句すべてに適用）

（3）四字目の孤平《こひょう》を禁ず

（4）起句・承句は反法《はんぽう》、承句・転句は粘法《ねんぽう》、転句・結句は反法《はんぽう》

（二）韻《いん》に関する規則

（1）起句・承句・結句押韻《おういん》

（2）冒韻《ぼういん》を禁ず

（三）その他

（1）同じ字は使わない（同字《どうじ》重複《ちょうふく》を禁ず）

（2）起承転結《きしょうてんけつ》を活用する

（一）の平仄関係は第一部の第二章・第三章で、（二）の韻関係は第四章・第五章で説明します。（三）の（1）「同じ字は使わない（同字《どうじ》重複《ちょうふく》を禁ず）」は、七言絶句はわずか二十八字しか使いませんので、効率的に表現するためにいつも念頭におく必要があります。ただし、「寂寂《せきせき》」や「悠悠《ゆうゆう》」などのように、ある状態を表す語を二つ重ねる「重言《ちょうげん》」はかまいません。「重言」については第二部第三章で見ます。句のなかで「対句《ついく》」的な表現をする「句中対《くちゅうつい》」でもよく同じ字を使いますが、これも許されます。「対句」とは、文法的に同じはたらきをもつ語が同じ順番で対応して用いられている二つの句をいいます。詳しくは第三部第四章で見ます。歴代の名作のなかでも「同字重複」がままあります。そのときは、「同字重複」の効果を考えてみてください。（三）の（2）の「起承転結を活用する」は、本書に掲載する作品を鑑賞しながらコツをつかんでください。第三部第三章「四句（一首）の構成」でも触れます。

漢詩はほかに「五言絶句《ごごんぜっく》」や「五言律詩《ごごんりっし》」「七言律詩《しちごんりっし》」などの定形《ていけい》の詩がありますが、七言絶句のこの規則を覚えておけば他の詩形にも応用できます。

第一章　詩形について

漢詩とは何でしょうか。狭義《きょうぎ》には「漢の時代（紀元前二〇六～二二〇年）の詩」をいいますが、一般的には、中国の古典詩をすべてさします。ここでいう漢詩は、もちろん後者です。漢詩は、大きく、「古体詩《こたいし》」と「近体詩《きんたいし》」の二つに分けることができます。唐代（六一八～九〇七年）に確立し、平仄《ひょうそく》や押韻《おういん》の規則に従って作られているのが近体詩です。近体詩が確立すると、それ以前に作られた詩、つまり韻は踏むけれども平仄の規則のないものは古体詩と呼ばれて区別されるようになりました。もちろん唐代以降も、古体詩は作られます。

古体詩は、字数や句数が定まっていません。近体詩は、平仄の規則があり、字数・句数が一定です。韻は古体詩でも近体詩でも踏みます。詩形をまとめると、13頁のようになります。

詩を作るには、規則の厳しくない古体詩からはじめるほうが楽そうですが、古体詩は全体の構成や音楽的な美しさなどをすべて考慮しないといけませんから、初心者にはかえってむずかしくなります。その点、定形の近体詩は規則に従えば、いちおう、詩のかたちにはなります。

近体詩のなかでは、五言絶句が漢字の数が二十字ですから、字数が少なく入門にはよさそうですが、字数が少ないと字間や行間に「言葉で表現できないおもい」をうたう必要がありますので、初心者にはかえってむずかしくなります。そこで、作詩は、定形の七言絶句《しちごんぜっく》からはじめ、ついで五言《ごごん》律詩《りっし》、七言律詩《しちごんりっし》という順に学びます。五言絶句《ごごんぜっく》はこの三つの詩形に習熟すれば自然とできるようになります。

- 詩
  - 古体詩
    - 古詩《こし》
  - 近体詩
    - 絶句
    - 律詩
    - 排律《はいりつ》

	一句の字数	句の数	平仄	押韻
四言《しごん》古詩	……四字	不定	不定	する
五言《ごごん》古詩	……五字	不定	不定	する
七言《しちごん》古詩	……七字	不定	不定	する
雑言《ざつごん》古詩	……不定	不定	不定	する
五言絶句	……五字	四句	一定	一定
七言絶句	……七字	四句	一定	一定
六言《りくごん》絶句	……六字	四句	一定	一定
五言律詩	……五字	八句	一定	一定
七言律詩	……七字	八句	一定	一定
五言排律	……五字	十句以上	一定	一定
七言排律	……七字	十句以上	一定	一定

詩形の確認のため、絶句と律詩の具体的な例を見ることにしましょう。

(一) 絶《ぜっ》句《く》

中国を代表する詩人といえば、李白《りはく》(七〇一～七六二) と杜甫《とほ》(七一二～七七〇) です。二人は唐《とう》の玄宗皇帝《げんそうこうてい》と楊貴妃《ようきひ》の時代に活躍しました。李白は絶句にすぐれ、杜甫は律詩を得意としました。

詩形の用例は、絶句は李白を、律詩は杜甫を見ることにします。
李白は自由奔放な生き方をしましたが、敬亭山《けいていざん》（安徽省宣城県《あんきしょうせんじょうけん》）に向かってすわり、自然と一体となった境地をうたう、しみじみとした詩があります。

独坐敬亭山　（独《ひと》り敬亭山《けいていざん》に坐《ざ》す）　盛唐　李白

衆鳥高飛尽　衆鳥《しゅうちょう》　高《たか》く飛《と》んで尽《つ》き
孤雲独去閑　孤雲《こうん》　独《ひと》り去《さ》って閑《かん》なり
相看両不厭　相看《あいみ》て両《ふた》つながら厭《いと》わざるは
只有敬亭山　只《た》だ敬亭山《けいていざん》有《あ》るのみ

（**大意**）あたりにいたたくさんの鳥も空高く飛んでいなくなり、空に浮かんでいた一つの離れ雲もどこかへ流れ去って、あたりはひっそりと静かになった。じっと見つめあって互いに厭《あ》きることがないのは、ただ敬亭山《けいていざん》だけである。

一句が五字で、全部で四句の構成です。承句の「閑《かん》」、結句の「山《さん》」が同じ響きになっています。五言の詩では、偶数句の最後に同じ響きの漢字を用いて「**押韻**《おういん》」します。漢字は、中国語で発音すると、上がったり下がったりなどの調子があります。それを「**声調**《せいちょう》」といい、平らな声調を「**平**《ひょう》」、それ以外の声調を「**仄**《そく》」といいます。詳しくは次章で見ますが、この平と仄を○と●で表すと、右の詩は次のようになります。

		（一）	（二）	（三）	（四）	（五）
（起）	衆鳥高飛尽	●	●	○	○	●
（承）	孤雲独去閑	○	○	●	●	◎
（転）	相看両不厭	○	○	●	●	●
（結）	只有敬亭山	●	●	●	○	◎

近体の五言詩では、各句の二字目・四字目がポイントになります。右の○●をじっと見て、各句の二字目・四字目の○●の法則を考えてみてください。◎は押韻の箇所です。

各句の二字目と四字目の○●は、必ず逆になっています。これを「二四不同《にしふどう》」といいます。

この詩は、李白五十三、四歳ころの作です。「衆鳥《しゅうちょう》」は、たくさんの鳥。前半の二句は、田園詩人として知られる東晋《とうしん》の陶淵明《とうえんめい》（三六五～四二七）の句、「衆鳥《しゅうちょう》相与《あいとも》に飛《と》ぶ」（「詠貧士《えいひんし》」）、「山気《さんき》日夕《にっせき》に佳《よ》く、飛鳥相与《ひちょうあいとも》に還《かえ》る」（「飲酒」）、「雲《くも》は無心《むしん》にして以《もっ》て岫《しゅう》を出《い》で、鳥《とり》は飛《と》ぶに倦《う》みて還《かえ》るを知《し》る」（「帰去来辞《ききょらいのじ》」）を意識しています。うたわれる境地も似ています。

転句の「相看」は、李白と敬亭山が互いに見つめあうこと、「両不厭」は、ともに見あきないこと。山を擬人化した表現です。見つめあって厭《あ》きないのは、敬亭山お前だけだ、ということは、敬亭山から離れた現実社会には厭《いや》なことがたくさんあるということでしょう。いつも明るい李白の本音が見えます。

次の詩は、七言絶句の例です。李白の発想と表現の豪快さが出ています。詩題の「廬山《ろざん》」は江西《こうせい》省九江県《しょうきゅうこうけん》にある名山。「瀑布《ばくふ》」は大きな滝のことです。

望廬山瀑布（廬山《ろざん》の瀑布《ばくふ》を望《のぞ》む）　盛唐　李白

日照香炉生紫烟　日《ひ》は香炉《こうろ》を照《て》らして紫烟《しえん》を生《しょう》ず
遥看瀑布挂長川　遥《はる》かに看《み》る　瀑布《ばくふ》の長川《ちょうせん》を挂《か》くるを
飛流直下三千尺　飛流直下三千尺《ひりゅうちょっかさんぜんじゃく》
疑是銀河落九天　疑《うたご》うらくは是《こ》れ銀河《ぎんが》の九天《きゅうてん》より落《お》つるかと

（**大意**）太陽が香炉峰《こうろほう》を照らし、山は紫のモヤにけむる。はるかかなたには、大きな滝が長い川をたてかけたように流れ落ちている。滝は、飛ぶように勢いよく、真っすぐ三千尺も流れ落ち、まるで天《あま》の川が天空から落ちてきたのではないかと思われる。

「香炉《こうろ》」は廬山《ろざん》の峰の一つ。形が香炉に似ています。「紫烟《しえん》」は、日に照らされて紫《むらさき》にかすむモヤ。「香炉《こうろ》」から「烟《けむり》」がたちこめている、と見立てたのです。「香炉」と「烟」のように縁のあることばを「**縁語**《えんご》」といいます。承句は、山のはるかかなた、「長い川」をたてかけたように滝が流れている雄大な風景。後半の二句は、その滝に焦点をあてて、豪快な滝のようすをうたいます。転句の「飛流直下三千尺《ひりゅうちょっかさんぜんじゃく》」という大げさな表現、結句の「銀河《ぎんが》が九天《きゅうてん》から落《お》ちたよう」という奇抜な発想に、大きな滝が轟音をとどろかせながら落ちるようすや、吹きよせる涼しい風までも感じられます。「銀河《ぎんが》」は、天の川です。

詩は、一句七字、四句構成、平仄《ひょうそく》・押韻《おういん》は次のようになります。

		（一）	（二）	（三）	（四）	（五）	（六）	（七）
（起）	日照香炉生紫烟	●	●	○	○	○	●	◎
（承）	遥看瀑布挂長川	○	○	●	●	●	○	◎
（転）	飛流直下三千尺	○	○	●	●	○	○	●
（結）	疑是銀河落九天	○	●	○	○	●	●	◎

近体の七言詩では、各句の二字目・四字目・六字目がポイントになります。各句の二字目・四字目・六字目の○●を見ていると、二字目と四字目の○●が逆になり、四字目と六字目の○●が逆になっていることがわかります。二字目と六字目は○●が同じになりますから、これを「二四不同《にしふどう》・二六対《にろくつい》」といいます。

（二）律《りつ》詩《し》

律詩《りっし》は、全八句で構成され、三句と四句、五句と六句は必ず「対句《ついく》」にしなければなりません。

五言律詩の例から見ましょう。

春夜喜雨　（春夜雨《しゅんやあめ》を喜《よろこ》ぶ）　盛唐　杜甫

好雨知時節　好雨《こうう》　時節《じせつ》を知《し》り
当春乃発生　春《はる》に当《あ》たって乃《すなわ》ち発生《はっせい》す

随風潜入夜
潤物細無声
野径雲倶黒
江船火独明
暁看紅湿処
花重錦官城

風《かぜ》に随《したが》って潜《ひそか》に夜《よる》に入《い》り
物《もの》を潤《うるお》して細《こま》やかにして声無《こえな》し
野径《やけい》　雲《くも》は倶《とも》に黒《くろ》く
江船《こうせん》　火《ひ》は独《ひと》り明《あきら》かなり
暁《あかつき》に紅《くれない》の湿《しめ》れる処《ところ》を看《み》れば
花《はな》は錦官城《きんかんじょう》に重《おも》からん

（**大意**）よい雨は降るべき時節を知っていて、春のその時節になると降りだし、そうして万物が萌《も》えはじめる。雨は風にしたがってひそかに夜中まで降り続き、音もたてずに万物をしっとり潤《うるお》す。野の小道は、たれこめる雲と同じように真っ黒、川に浮かぶ船の漁《いさ》り火《び》だけが明るい。明け方、赤く湿って見えるのは、錦官城《きんかんじょう》に一斉に咲いたたくさんの花。

杜甫五十歳、蜀《しょく》（四川省《しせんしょう》）の都成都《せいと》の郊外、浣花草堂《かんかそうどう》に住んでいたころの作品です。しかるべき時節になるとちゃんと降り、万物をうるおし萌《も》えださせる春雨。前半はその到来の喜びをうたいます。五・六句は夜の景色、七・八句は翌朝の景色。五・六句目の、真っ暗闇の中の一点の漁《いさ》り火《び》は赤です。その一点の赤は、次の七・八句目の、明るい朝日のなかで咲きあふれる多くの花の赤へと拡散してゆきます。詩のなかでは「喜」という語はありませんが、爛漫《らんまん》と咲く花をもたらす雨を心から喜んでいることが伝わってきます。

「錦官城《きんかんじょう》」は、今の四川省成都《しせんしょうせいと》です。四川は昔の蜀《しょく》の地で、錦織《にしきおり》が特産でした。成都はその錦を管理する官署がおかれたので「錦官城」と呼ばれました。「重」は、花が雨にぬれて重《おも》そうに、また重《かさ》なるようにたくさん咲いていることをいいます。平仄と押韻は次のようになります。

		（一）	（二）	（三）	（四）	（五）
（一）	好雨知時節	●	●	○	○	●
（二）	当春乃発生	○	○	●	●	◎
（三）	随風潜入夜	○	○	○	●	●
（四）	潤物細無声	●	●	●	○	◎
（五）	野径雲倶黒	●	●	○	○	●
（六）	江船火独明	○	○	●	●	◎
（七）	暁看紅湿処	●	○	○	●	●
（八）	花重錦官城	○	●	●	○	◎

五言律詩も、平仄は五言絶句と同じく各句の二字目・四字目がポイントで、「二四不同《にしふどう》」になります。押韻は偶数句目の最後で、三句と四句が「対句《ついく》」、五句と六句が「対句」です。

次は七言律詩の例です。

江村（江村《こうそん》）

盛唐　杜甫

清江一曲抱村流

清江《せいこう》　一曲《いっきょく》　村《むら》を抱《いだ》いて流《なが》れ

長夏江村事事幽
自去自来梁上燕
相親相近水中鷗
老妻画紙為碁局
稚子敲針作釣鉤
多病所須唯薬物
微軀此外更何求

長夏《ちょうか》　江村《こうそん》　事事幽《じじゆう》なり
自《おのずか》ら去《さ》り自《おのずか》ら来《きた》る　梁上《りょうじょう》の燕《つばめ》
相親《あいした》しみ相近《あいちか》づく　水中《すいちゅう》の鷗《かもめ》
老妻《ろうさい》は紙《かみ》に画《えが》いて碁局《ききょく》を為《つく》り
稚子《ちし》は針《はり》を敲《たた》いて釣鉤《ちょうこう》を作《つく》る
多病《たびょう》　須《ま》つ所《ところ》は唯《た》だ薬物《やくぶつ》のみ
微軀《びく》　此《こ》の外更《ほかさら》に何《なに》をか求《もと》めん

（大意）清らかな川が村をいだくように湾曲して流れ、日の長い夏、川のほとりの村はすべてがひっそり静まりかえっている。家の梁《はり》に巣をかけている燕《つばめ》は、自由に出たり入ったりし、水中の鷗《かもめ》は馴れ親しんで近づいてくる。老いた妻は紙に線を引いて碁盤《ごばん》を作り、幼い子は針をたたいて釣り針を作っている。病気がちの私に必要なものは、ただ薬だけ。取るに足りないわが身に、ほかに何を求めることがあろうか。

杜甫四十九歳、浣花草堂《かんかそうどう》での作品です。家族の、平和でほほえましい生活の一こまが描かれています。七言律詩は、一句が七言、八句でできています。平仄と押韻を見ましょう。

	(一)	(二)	(三)	(四)	(五)	(六)	(七)
(一) 清江一曲抱村流	○	○	●	●	●	○	◎

（二）長夏江村事事幽　○●○○●●◎
（三）自去自来梁上燕　●●●○○●●
（四）相親相近水中鷗　○○○●●○◎
（五）老妻画紙為棊局　●○●●○○●
（六）稚子敲針作釣鉤　●●○○●●◎
（七）多病所須唯薬物　○●●○○●●
（八）微軀此外更何求　○○●●●○◎

三・四句「対句《ついく》」、五・六句「対句」で、平仄は、七言絶句と同様に「二四不同・二六対」です。

さて、これまで「平仄《ひょうそく》」や「押韻《おういん》」ということばが出てきましたが、これは何なのでしょうか。

次章以降、七言絶句を例にして述べることにしましょう。

第二章　平仄《ひょうそく》について

七言絶句《しちごんぜっく》は、一句七字で四句構成、平仄《ひょうそく》の規則に従い、句末で押韻《おういん》します。確認のため、こんどは中唐《ちゅうとう》のころの詩人、張継《ちょうけい》の有名な詩を読んでみましょう。

楓橋夜泊　（楓橋夜泊《ふうきょうやはく》）　中唐　張継

月落烏啼霜満**天**
江楓漁火対愁**眠**
姑蘇城外寒山寺
夜半鐘声到客**船**

月落《つきお》ち烏《からす》啼《な》いて　霜天《しもてん》に満《み》ち
江楓《こうふう》　漁火《ぎょか》　愁眠《しゅうみん》に対《たい》す
姑蘇城外《こそじょうがい》の寒山寺《かんざんじ》
夜半《やはん》の鐘声《しょうせい》　客船《かくせん》に到《いた》る

（大意）月がしずみ、カラスが啼き、冷気が満ちるなか、漁り火《いさりび》に照らされた川のほとりのカエデが、愁いのために眠れない目に映《うつ》る。折りしも、姑蘇《こそ》のまちはずれの寒山寺《かんざんじ》から、夜半を知らせる鐘の音《ね》が船まで響いてきた。

「楓橋《ふうきょう》」は、江蘇省蘇州《こうそしょうそしゅう》郊外、楓江《ふうこう》にかけられた橋。「夜泊《やはく》」は、夜、船の中で泊まることをいいます。起句の「霜天《しもてん》に満《み》つ」は、霜が降りるほどの冷気がたちこめること。承句の「江楓《こうふう》」は、川のほとりのカエデ。「漁火《ぎょか》」は、漁り火《いさりび》。「愁眠《しゅうみん》」は、旅の愁いのためにまどろんだり、目がさめたりする浅い眠りをいいます。転句の「姑蘇《こそ》」は、蘇州のふるい言い方です。「寒山寺《かんざんじ》」は、楓橋の近くにある寺です。
たいへん有名な詩ですが、解釈上、微妙な問題があります。たとえば、起句・承句を明け方の情景ととって、「朝かと思っていたら、真夜中を告げる鐘の音が聞こえてきたので、なんだまだ夜だったのか、と思った」とするものや、同じく起句・承句を明け方の情景ととって、「そういえば真夜中に鐘の音が聞こえてきたな」と回想した、とするものなどがあります。今日では、半月が真夜中にしずみ、旅愁のために眠れないでいる、とする説が多いようです。

平仄と押韻は次のようになります。

		(一)	(二)	(三)	(四)	(五)	(六)	(七)
(起)	月落烏啼霜満天	●	●	○	○	○	●	◎
(承)	江楓漁火対愁眠	○	○	○	●	●	○	◎
(転)	姑蘇城外寒山寺	○	○	○	●	○	○	●
(結)	夜半鐘声到客船	●	●	○	○	●	●	◎

七言絶句の規則のうちで、平仄に関しては、
(1) 二四不同《にしふどう》・二六対《にろくつい》（起句から結句までの四句すべてに適用）
(2) 下三連《かさんれん》を禁ず（起句から結句までの四句すべてに適用）
(3) 四字目の孤平《こひょう》を禁ず
(4) 起句・承句は反法《はんぽう》、承句・転句は粘法《ねんぽう》、転句・結句は反法《はんぽう》
です。張継の「楓橋夜泊」は「平仄の規則」に合っているでしょうか。それを確かめるためには、

まず「平仄」について知っておく必要があります。

漢字はもともと中国の文字ですから、日本語とはまったく別の中国語独特の発音があります。また、漢字一字ごとに語尾が上がったり下がったりという「調子」があります。この上がったり下がったりという調子を「声調《せいちょう》」といいます。

「声調」は、五世紀ころ、仏典を翻訳する過程で自覚され、四つに分類されました。「平声《ひょうしょう》」「上声《じょうしょう》」「去声《きょしょう》」「入声《にっしょう》」の四つで、これを「四声《しせい》」といいます。実際の声調がどうであったかはよくわかりません。おおよそ次のようであったといわれています。

平声《ひょうしょう》 ― 低くて平らな調子
上声《じょうしょう》 ― 低音から高音へとのぼる調子
去声《きょしょう》 ― 高音から低音へとさがる調子
入声《にっしょう》 ― つまる調子

四声の自覚がなかった時代には、よりよいリズムが経験的に生み出されていましたが、四声が自覚されると平声とそれ以外の声調との配列で心地よいリズムが生まれることが認識されました。そこで平声《ひょうしょう》を「平《ひょう》」、それ以外の上声《じょうしょう》・去声《きょしょう》・入声《にっしょう》の三つを「仄《そく》」と、大きく二つに分けて詩の規則がととのえられるようになります。

張継の詩に平仄の○●の他に「平・上・去・入」の四声をつけてみます。

		(一)(二)(三)(四)(五)(六)(七)	(一)(二)(三)(四)(五)(六)(七)
(起)	月落烏啼霜満天	●●○○○●◎	入入平平平上平

（承）江楓漁火対愁眠　○○○●●○◎　平平平上去平平
（転）姑蘇城外寒山寺　○○○●○○●　平平平去平平去
（結）夜半鐘声到客船　●●○○●●◎　去去平平去入平

四声の「平」や「上」などでは詩のリズムはよくわかりませんが、平仄の○●をつけると視覚の上からもリズムがわかります。

もう一首、風流才子、晩唐《ばんとう》の杜牧《とぼく》（八〇三～八五二）の「清明《せいめい》」の詩を見ましょう。杜甫を「老杜《ろうと》」というのに対し、杜牧を「小杜《しょうと》」といいます。

清明（清明《せいめい》）　晩唐《ばんとう》　杜牧《とぼく》

清明時節雨紛紛
路上行人欲断魂
借問酒家何処有
牧童遥指杏花村

清明《せいめい》の時節《じせつ》　雨紛紛《あめふんぷん》
路上《ろじょう》の行人《こうじん》　魂《こん》を断《た》たんと欲《ほっ》す
借問《しゃもん》す　酒家《しゅか》は何《いず》れの処《ところ》にか有《あ》る
牧童遥《ぼくどうはる》かに指《ゆび》さす　杏花《きょうか》の村《むら》

（大意）春のさかりの清明節《せいめいせつ》、こぬか雨がしきりに降り、道行く旅人（私）はすっかり滅入ってしまう。「近くに酒屋はないかね」とちょっとたずねると、牛飼いの子は、遠くの杏《あんず》の花の咲く村を指さした。

「清明《せいめい》」は、二十四節気《にじゅうしせっき》の一つで、春分から十五日目をいいます。陽暦では四月の五日か六日ころになります。中国では家族そろってお墓参りに行く習慣がありました。杜牧のこの詩は、前半で、清明節にもかかわらず、一人で旅をするわびしさをうたっています。しかも、こぬか雨が降っていて、魂が消え入りそうになります。寒さもつのって、ちょっと酒でも飲もうか、と、すれ違った牧童に酒屋をたずねると、牧童は小雨にけむるかなたを指さします。指さす先には、ボーとかすむ杏《あんず》の花の咲く村があります。白い杏の花が小雨にとけこむやわらかな景色が描かれ、前半の惨めな気持ちから、一気に春のほのぼのとした雰囲気になります。難しいことばは一つも使われず、美しい景色とともに、作者のホッとするおもいが伝わってきます。

漢字には、二つ以上の「声調《せいちょう》」をもつものがあり、「声調」が違うと意味も違ってきます。たとえば、杜牧の詩にある「雨」は、「あめ」の意味のときは上声《じょうしょう》ですが、「雨が降る」という動詞では去声《きょしょう》になります。同様に、「上」は、「うえ」では去声、「のぼる」という動詞では上声になります。「行」「断」「何」「処」「有」なども複数の「声調」と意味があります。

行—「ゆく」「おこなう」は平声。「おこなう」は去声。

断—「断絶」などの「たつ」の意味のときは上声。

「断定」などの「さだめる」の意味のときは去声。

何—疑問の「なに」は平声。「になう」は上声。

処—「ところ」は去声。「おる」は上声。

有—「ある」「たもつ」は上声。

「そのうえさらに」「また」「あるいは」「または」は去声。

日本の漢字の読みには、中国の南方から伝えられた「呉音《ごおん》」と、遣隋使・遣唐使によって伝えられた北方の「漢音《かんおん》」とがあります。杜牧の詩の転句に「借問」という語がありますが、「借」と「問」は、普段わたしたちは呉音でいっています。たとえば「借用書」というときの「シャク」は呉音です。漢音では「セキ」または「シャ」です。「問」は、「質問」などのように普段は「モン」といっていますが、これも呉音です。漢音では「ブン」です。ですから「借問」は、呉音で読むなら「シャクモン」、漢音で読むなら「セキブン」または「シャブン」となるはずですが、「ちょっとたずねる」という意味では「シャモン」と読み習わしています。漢詩漢文では漢音で読むのが原則ですが、このように読み習わしというのもよくあります。

作詩のさい、これら漢字の音《おん》や四声・平仄を知っておく必要があります。漢和辞典はその情報の宝庫ですから活用しない手はありません。漢和辞典の見出しの漢字を「親字《おやじ》」といいますが、親字の下には、漢音や呉音による読み「音読《おんよ》み」、日本語の読み「訓読《くんよ》み」のほかに、四声《しせい》が記してあります。だいたいの漢和辞典は、親字の下に四角（□）が記してあり、それによって四声がわかるようになっています。たとえば、「春」。

春　シュン　真　はる

□の四隅に印がついています。これが「四声」を表す印です。四声は、四角の左下隅から時計回りに、

上　去
□
平　入

を表す決まりになっています。試みに、「清明」の第一句目の漢字の四声を調べてみましょう。

清ー庚《こう》　明ー庚　時ー支　節ー屑《せつ》　雨ー虞《ぐ》　紛ー文

となります。

右の例では、四声を表す四隅の印が三角で、平は白抜き、仄は黒く塗りつぶしてありますが、○をつけて□□□□とするものや、白抜きや黒塗りにしないものもあります。なかには□を用いない辞書もあります。辞書によって違いますので、自分の辞書を確認しておきましょう。

四角の中の漢字は「**韻目**《いんもく》」といいます。これについては第四章で説明します。

平仄と四声の区分を図示すると左のようになります。

	平	仄		
	○	●		
四声	平 ◺	上 ◤	去 ◥	入 ◢

この四声のうち、便利なことに、入声《にっしょう》は日本語の音読みで区別がつきます。たとえば、張継《ちょうけい》の詩の「月」「落」「客」、杜牧《とぼく》の「節」「欲」「借」「牧」は、音読みすると最後がつまります。この、つまって終わるものが入声で、昔から「**フックチキに平字**《ひょうじ》**なし**」と唱えられてきました。ただし

「フ」などのように歴史的仮名遣《れきしてきかなづか》いで表記しないとわからないものもあります。「フツクチキ」で終わる漢字をいくつか挙げてみます。（　）内は呉音です。

フ――合《カフ(ゴフ)》　急《キフ》　集《シフ(ジフ)》　蝶《テフ》　入《ジフ(ニフ)》　法《ハフ(ホフ)》
ツ――逸《イツ》　月《ゲツ》　雪《セツ》　説《セツ》　発《ハツ》　律《リツ》
ク――国《コク》　足《ショク(ソク)》　直《チョク》　徳《トク》　白《ハク(ビャク)》　服《フク》　落《ラク》
チ――一《イツ(イチ)》　吉《キツ(キチ)》　七《(シチ)》　日《(ニチ)》
キ――駅《エキ》　識《シキ》　石《セキ(ジャク)》　的《テキ》　笛《テキ(ヂャク)》　碧《ヘキ(ヒャク)》

「フ」がつまる音であるというのは、たとえば「蝶」は、tefu ではなく、tef となるからです。奈良時代の「ハヒフヘホ」は、「ポピプペポ」と発音されていたそうです。ですから「蝶々」は「てふてふ」と書いて「テプテプ」と発音していたらしいのです。しかし、平安時代になると発音しにくいので「テフテフ」と発音し、さらに「チョウチョウ」と発音するように変化したのだそうです。よく「p・t・k」で終わるものは入声ともいわれますが、これは「てふてふ」のように歴史的仮名遣いで表す「フ」がpの発音で終わっていたからです。「フ」以外の「ツクチキ」のうちの、クとキはkで、ツとチはtで終わります。

現代中国語（現代漢語《げんだいかんご》）の「普通語《プートンホア》」といわれるものにも「四声《しせい》」がありますが、漢詩（古典漢語《こてんかんご》）でいう「四声」とは別物です。福建語《ふっけんご》や広東語《かんとんご》などの南方の言語では「入声」が残っていますが、北方の言語をもとにした「普通語」には「入声」が消滅していて、ないのです。たとえば、張継の「楓橋夜泊」のなかの「月」は、現代中国語では yue の第四声で発音します。杜牧の「清明」

の「節」は、現代中国語では jie の第二声で発音します。用例として挙げた詩のなかにはありませんが、「一」は yi の第一声、「雪」は xue の第三声で発音する、というように、「入声」は現代中国語の四つの声調に分散しています。

漢詩（古典漢語《こてんかんご》）でいう「四声」のうちの「平声」は、おおよそ現代中国語（現代漢語《げんだいかんご》）の第一声・第二声に、「上声」はおおよそ第三声、「去声」はおおよそ第四声に、そして「入声」は今の第一声から第四声まで分散、という対応が見られます。

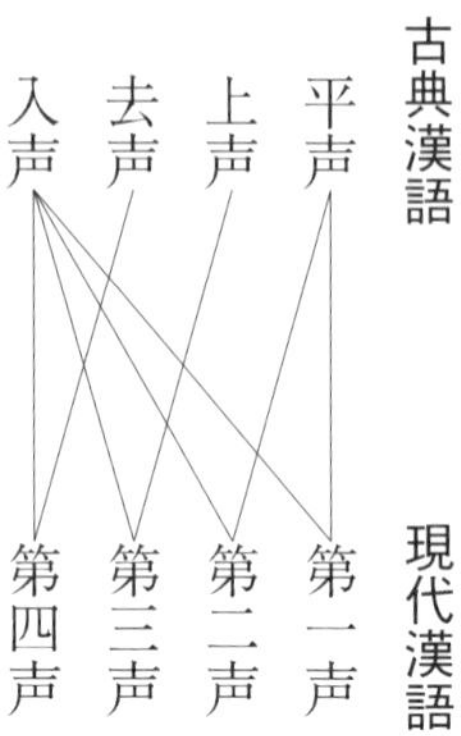

中国語が得意な人は、この対応からだいたいの「四声」がわかります。ただし、「入声」の落とし穴がありますから、日本語で音読みし、また漢和辞典で確認することが必要です。中国の学生は、おもに「普通語《プートンホア》」にもとづいて詩を作りますから、「入声」がよく理解できず、平仄を間違えることがよくあります。

漢和辞典で平仄を調べることは大切ですが、漢詩を作るときに平仄をいちいち辞典で調べていたのではいつまでたっても詩ができず、「無言絶句」のままで終わってしまいます。そこで入門段階では便利な「**詩語表**《しごひょう》」や「**詩語集**《しごしゅう》」を使います。詩で使うことばを「**詩語**《しご》」といい、その詩語を平仄ごとに、たとえば「○○」とか「●●」、あるいは「○○●」とか「●●○」ごとに集め、さらに季節やテーマごとに分類したものが「詩語表」「詩語集」です。市販の「作詩入門」の本にはたいていついていますので、まずはそれらを利用するとよいでしょう。主な「作詩入門」の参考書は本書の付録に挙げておきます。

第三章　平仄《ひょうそく》を合わせる

平仄について理解できたところで、いよいよ、「平仄を合わせる」ことについて見てゆきましょう。七言絶句の平仄に関する規則は、

（1）二四不同《にしふどう》・二六対《にろくつい》（起句から結句までの四句すべてに適用）
（2）下三連《かさんれん》を禁ず（起句から結句までの四句すべてに適用）
（3）四字目の孤平《こひょう》を禁ず
（4）起句・承句は反法《はんぽう》、承句・転句は粘法《ねんぽう》、転句・結句は反法《はんぽう》

です。前章で挙げた張継《ちょうけい》の「楓橋夜泊《ふうきょうやはく》」と杜牧《とぼく》の「清明《せいめい》」を例にして見ます。

（1）二四不同《にしふどう》・二六対《にろくつい》（起句から結句までの四句すべてに適用）

「二四不同《にしふどう》」は二字目と四字目の平仄が逆になること、「二六対《にろくつい》」は二字目と六字目が同じ平仄になることをいいます。起句から結句までの四句すべてが「二四不同・二六対」になります。

張継の詩

（起）月落烏啼霜満天　●●○○○●◎

二四不同
二六対

（承）江楓漁火対愁眠　○○○●●○◎　二四不同　二六対

（転）姑蘇城外寒山寺　○○○●○○●　二四不同　二六対

（結）夜半鐘声到客船　●●○○●●◎　二四不同　二六対

杜牧の詩

（起）清明時節雨紛紛　○○○●●○◎　二四不同　二六対

（承）路上行人欲断魂　●●○○●●◎　二四不同　二六対

（転）借問酒家何処有　●●●○○●●（二四不同・二六対）

（結）牧童遥指杏花村　●○○●●○◎（二四不同・二六対）

七言絶句では、二・四・六字目の平仄が大切で、ほかの一・三・五字目はやかましくいわれません。「二四不同・二六対」という規則は、逆にいえば、「一三五《いちさんご》不論《ふろん》」、一三五は論じない、ということになります。

（2）下三連《かさんれん》を禁ず（起句から結句までの四句すべてに適用）

下の三字、つまり五字目・六字目・七字目が「○○○」とか「●●●」と三つ続けて同じ平仄が続くものをいいます。これは絶対避けなければなりません。張継の詩も杜牧の詩も、五・六・七字目を見ますと、一字だけは必ず平仄が違っています。

張継の詩

（五）（六）（七）

（起）霜満天　○　●　◎

（承）	対愁眠	●	○	◎
（転）	寒山寺	○	○	●
（結）	到客船	●	●	◎

杜牧の詩

		（五）	（六）	（七）
（起）	雨紛紛	●	○	◎
（承）	欲断魂	●	●	◎
（転）	何処有	○	●	●
（結）	杏花村	●	○	◎

（3）四字目の孤平《こひょう》を禁ず

「●○●」のように「仄」●にはさまれて孤立している「平」○を「孤平《こひょう》」、あるいは「挟《はさ》み平《ひょう》」といいます。特に四字目の「孤平」はいけないとされています。張継の詩では、四字目が「平」になる可能性があるのは、起句と結句です。起句では三字目と五字目が「平」、結句では三字目が「平」になっていて孤平を免れています。

張継の詩

		（一）	（二）	（三）	（四）	（五）	（六）	（七）
（起）	月落烏啼霜満天	●	●	○	○	○	●	◎
（承）	江楓漁火対愁眠	○	○	○	●	●	○	◎

（転）	姑蘇城外寒山寺	○	○	○	●	○	○	●
（結）	夜半鐘声到客船	●	●	○	○	●	●	◎

杜牧の詩では、四字目が「平」になるのは承句と転句ですが、「行人欲」○○●、「酒家何」●○○と、孤平にはなっていません。なお、転句は、七字目が●で、「二六対」と「下三連を禁ず」から、五字目は必ず○になり、四字目が孤平になることはありません。

杜牧の詩

		（一）	（二）	（三）	（四）	（五）	（六）	（七）
（起）	清明時節雨紛紛	○	○	○	●	●	○	◎
（承）	路上行人欲断魂	●	●	○	○	●	●	◎
（転）	借問酒家何処有	●	●	●	○	○	●	●
（結）	牧童遥指杏花村	●	○	○	●	●	○	◎

（4）起句・承句は反法《はんぽう》、承句・転句は粘法《ねんぽう》、転句・結句は反法《はんぽう》

二字目・四字目・六字目の平仄が、前の句と反対のものを「反法《はんぽう》」、同じものを「粘法《ねんぽう》」といいます。

まず、起句と承句に着目してください。二字目の平仄が起句と承句とでは反対になっています。四字目も六字目も、それぞれ反対です。これを「反法」といいます。転句と結句の場合も、二・四・

六字目がそれぞれ反対になっていますから、これも「反法」です。では、承句と転句はどうでしょうか。二・四・六字目の平仄の並び方が同じです。これを「粘法」といいます。

張継の詩

		（二）	（四）	（六）	
（起）	落啼満	●	○	●	
		↔	↔	↔	反法
（承）	楓火愁	○	●	○	
		＝	＝	＝	粘法
（転）	蘇外山	○	●	○	
		↔	↔	↔	反法
（結）	半声客	●	○	●	

杜牧の詩

		（二）	（四）	（六）	
（起）	明節紛	○	●	○	
		↔	↔	↔	反法
（承）	上人断	●	○	●	
		＝	＝	＝	粘法
（転）	問家処	●	○	●	
		↔	↔	↔	反法
（結）	童指花	○	●	○	

起句と承句が「反法」、転句と結句が「反法」であると、音楽的にも内容的にも二句で一つのまとまりができます。その二句ずつのまとまりが二つ連なっているのが絶句というわけで、承句と転句が「粘法」になるのは、前半二句と後半二句とを連ねるため、と考えればよいでしょう。二句でできた輪が鎖のように連なっている感じです。

二句で一つにまとまるときには「反法」になるのが一般的です。そこで、七言絶句は「承句転句粘法」とだけ覚えておいても結構です。もちろん、この規則からはずれる詩も多くあります。

ところで、漢詩が「韻を踏」んだり「二四不同・二六対」になるのはなぜでしょうか。これは中国語のリズムと大いに関係があります。漢字は原則として一文字で一音節ですが、一音節では意味的にもリズム的にも不安定です。そこで、おのずから二字の熟語となり、意味的にもリズム的にも安定しようとします。七言絶句も二字ずつの安定したリズムによって一句がなりたち、四拍のリズムになっています。

張継の詩

(起) 月落烏啼霜満天☒
(承) 江楓漁火対愁眠☒
(転) 姑蘇城外寒山寺☒
(結) 夜半鐘声到客船☒

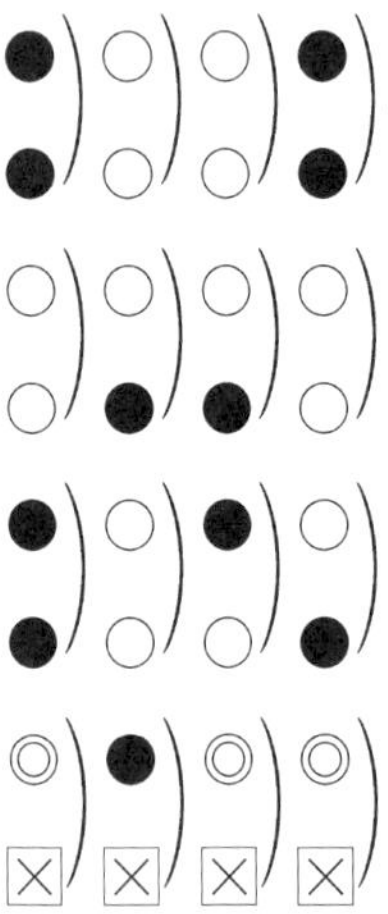

☒は休止を表す

杜牧の詩

(起) 清明時節雨紛紛☒　○○○●●○◎☒
(承) 路上行人欲断魂☒　●●○○●●◎☒
(転) 借問酒家何処有☒　●●●○○●●☒
(結) 牧童遥指杏花村☒　●○○●●○◎☒

どうでしょう、二字目・四字目・六字目のところで平仄がそれぞれ反対になることによって、一本調子にならない変化に富んだリズムになることがわかると思います。

四拍目は一字足りませんので、ここでは一音分休止することになります。この休止によって「句」がなりたち、無音のなかに余韻がただよいます。句末に必ず一音の休止があり、句と句が断絶しているようですが、起句・承句では「反法」であることによって二つの句が一つのまとまりとなり、「韻を踏」むことによって余韻がただよい、さらに一つにまとまります。韻を踏まない転句は、一音の休止によって、こんどはリズムに変化をもたらし、前の二句とは違う意外性を出します。そして結句でまた「韻を踏」むことによって、起句・承句の「韻」と響きあって全体が一つにまとまり、さらに深い余韻をもたらすことになるのです。

余韻をもたらして全体を一つにする「押韻《おういん》」や、句をまとめて連結させる「反法《はんぽう》」「粘法《ねんぽう》」が、詩にとって大切な要素であることがわかります。詩の規則は長い歳月の間に培われてきたものですが、こうしてあらためて見ますと、じつに理にかなったすばらしいものであると実感できます。

ここでまた注意すべきことがあります。下の三字です。たとえば杜牧の「清明」の転句「何処・有☒」は「何れの処にか・有る」、結句「杏花・村☒」は「杏花の・村」と、リズムと意味とが合っています。しかし、起句「雨紛・紛☒」は「雨・紛紛」、承句「欲断・魂☒」は「魂を断たんと・欲す」と、リズム上の区切りと意味上の区切りとが合いません。リズムと意味とが合うものを「**正調**《せいちょう》」、合わないものを「**変調**《へんちょう》」といっています。変調はよくあることですから、気にすることはありません。それよりも、下の三字は「二字＋《プラス》一字」あるいは「一字＋二字」で意味のまとまりができることに注意してください。

いずれにしても、七言の詩は、「二字・二字・三字」の意味的なまとまりでリズムができていますから、実際に詩を作るときには、「**一句**《いっく》**のリズムは二**《に》**・二**《に》**・三**《さん》」を守るようにします。

第四章　韻《いん》について

七言絶句の韻に関する規則に、（1）起句・承句・結句押韻《おういん》、（2）冒韻《ぼういん》を禁ず、があります。順をおって見てゆきましょう。

（一）韻《いん》目《もく》

「韻《いん》を踏《ふ》む」あるいは「押韻《おういん》」というのは、「同じ響きの字を用いること」です。張継の「楓橋夜泊」では、起句・承句・結句の第七字目の「天」「眠」「船」が押韻されています。それではその「響き」は何によって生まれるのでしょうか。

漢字の発音は「子音《しいん》＋母音《ぼいん》」でなりたっています。「天《てん》」「眠《みん》」「船《せん》」をローマ字で表記すると、確かに「子音＋母音」になっています。

天＝t＋en　　眠＝m＋in　　船＝s＋en

「天《てん》」「船《せん》」と「眠《みん》」とでは「母音」が異なっていますが、「眠《みん》」は慣用音ですので、漢音の「ベン＝b＋en」で読むと「響き」は同じになります。ここから、漢字の「響き」は「母音」によって生まれることがわかります。

「韻を踏む」あるいは「押韻」というのは、同じような響きの「母音」でそろえること、ともいえます。「母音」は中国式では「韻母《いんぼ》」といいます。「韻を踏む」あるいは「押韻」というときの「韻」は、「韻母」の「韻」をさします。中国語の場合には、漢字一字ごとに「声調」があります

から、

漢字　＝　声母《せいぼ》＋韻母《いんぼ》＋声調《せいちょう》

となります。「声母《せいぼ》」とは子音のことです。日本式にいえば、

漢字　＝　子音《しいん》＋母音《ぼいん》＋声調《せいちょう》

ということになります。韻を踏んでいた「天」「眠」「船」は、現在中国語では、「tiān」「mián」「chuān」と発音しますが、これも

天　＝　声母 t＋韻母 ian＋声調（第一声）
眠　＝　声母 m＋韻母 ian＋声調（第二声）
船　＝　声母 ch＋韻母 uan＋声調（第二声）

のように、「声母＋韻母＋声調」に分解できます。日本語の発音を分解すると、「天」「船」と「眠」とでは「母音」が違っていましたが、現代中国語では「船」の韻母が違っています。「韻母」といっても、現代中国語（現代漢語）の「韻母」と漢詩（古典漢語）での「韻母」とは違いますから、注意が必要です。

もともと詩はメロディーに合わせて歌われたものですから、太古の昔から、響きがよくなるように、また覚えやすいように、経験的に韻が踏まれていました。紀元前にまとめられた中国最古の詩集『詩経《しきょう》』も韻が踏まれています。韻が分類整理されたのは、隋の時代（五八一～六一七）で、陸《りく》法言《ほうげん》の『切韻《せついん》』が韻書《いんしょ》の第一号です。ここでは、韻は二〇六種に分類されました。その後、北宋の時代（九六〇～一一二六）に陳彭年《ちんほうねん》が勅命によって『広韻《こういん》』を編纂《へんさん》しましたが、そのときも『切韻』

を踏襲して二〇六韻に分類しました。しかし、実際詩を作るときには、別々に分類されていても同じ韻とみなされているものがありましたので、十三世紀、平水《へいすい》（山西省新絳県）出身の劉淵《りゅうえん》がそれらを一〇七韻に統合整理しました。出身地にちなんで「**平水韻**《へいすいいん》」といいます。この分類は、その後、一〇六韻に改訂され、作詩の基準になりました。

四声は「声調」によって分類しますが、「韻」は、「韻母」によって分類します。まず漢字を声調によって平《ひょう》・上《じょう》・去《きょ》・入《にゅう》の四つのグループに分けます。次に、それぞれの声調ごとに、同じ「韻母」をもつ漢字を一つのグループにまとめます。たとえば、平声で「東《とう》」と同じ「韻母」をもつ漢字を一つのグループにします。そのままでは何のグループかわかりませんので、「東」をグループの代表漢字にします。同じように平声で「冬」と同じ「韻母」をもつ漢字をグループにして「冬」を代表漢字にする。こうしてすべての漢字を分類していきます。すると、平声は三〇の韻に分けられます。同様に、上声は二九の韻、去声は三〇の韻、入声は一七の韻に分けられ、合わせて一〇六の韻になります。

グループの代表にした漢字を「**韻目**《いんもく》」といいます。漢字を漢和辞典で調べると、四角（□）の隅に四声が記され、四角（□）の中に漢字が書いてあります。この漢字が、グループの代表漢字で、「韻目」です。張継の「楓橋夜泊」の起句の漢字を調べると、

月―月　落―薬　烏―虞　啼―斉　霜―陽　満―旱　天―先

となります。

ここでちょっと「東」「江」「陽」「庚」の字について考えてみましょう。これらはみな平声で、日本語の発音では「母音」は「オウ」となります。が、「平水韻」で見ますと、みな違います。日本の旧仮名遣いは発音をある程度正確に表記していますから、それで見ますと、順に「トウ」「カウ」「ヤウ」「カウ」となり、その違いがわかります。が、「カウ」のように区別がつかないものもあります。現代中国語では、「東」「江」「陽」「庚」は順に「dōng」「jiāng」「yáng」「gēng」となり、みな「韻母」が違っています。ここから、中国語がわかれば作詩に有利と思うかもしれませんが、中国の学生のなかには、「江」と「陽」の「ang」だけで同じ韻であると間違う人もいます。漢詩を作るときには、現代中国語でも不十分、日本語では入声はわかりますがやはり不十分。ですから、韻書や漢和辞典をこまめに引いて少しずつ覚えてゆきます。

韻目を一覧できるようにしたものを「**韻目表**《いんもくひょう》」といいます。表では、平声の漢字がもっとも多いので、さらに「**上平声**《じょうひょうしょう》」と「**下平声**《かひょうしょう》」に分けます。一〇六の韻のなかには同じ発音のものがありますので、韻目に便宜的に番号をつけます。そうしてできたのが、45頁の「韻目表」です。じつは、先の「東」「江」「陽」「庚」は、「韻目」になっている漢字です。

張継の詩で押韻されている韻字について、その韻目を調べると次のようになります。

天―先　　眠―先　　船―先

すべて同じ韻目に分類される漢字です。

韻目表

平仄	四声		一〇六韻（平水韻）
平	平声（上平声）	⧅	一東 二冬 三江 四支 五微 六魚 七虞 八斉 九佳 一〇灰 一一真 一二文 一三元 一四寒 一五刪
平	平声（下平声）	⧅	一先 二蕭 三肴 四豪 五歌 六麻 七陽 八庚 九青 一〇蒸 一一尤 一二侵 一三覃 一四塩 一五咸
仄	上声	◤	一董 二腫 三講 四紙 五尾 六語 七麌 八薺 九蟹 一〇賄 一一軫 一二吻 一三阮 一四旱 一五潸 一六銑 一七篠 一八巧 一九皓 二〇哿 二一馬 二二養 二三梗 二四迥 二五有 二六寝 二七感 二八琰 二九豏
仄	去声	◥	一送 二宋 三絳 四寘 五未 六御 七遇 八霽 九泰 一〇卦 一一隊 一二震 一三問 一四願 一五翰 一六諫 一七霰 一八嘯 一九効 二〇号 二一箇 二二禡 二三漾 二四敬 二五径 二六宥 二七沁 二八勘 二九豔 三〇陥
仄	入声	◢	一屋 二沃 三覚 四質 五物 六月 七曷 八黠 九屑 一〇薬 一一陌 一二錫 一三職 一四緝 一五合 一六葉 一七洽

(二) 韻《いん》字《じ》

七言絶句では韻を踏むのはたいてい平声でおこないますから、平声の三〇の韻目は覚えておくとよいでしょう。覚え方は番号といっしょに、

上平声 一東《いっとう》 二冬《にとう》 三江《さんこう》 四支《しし》 五微《ごび》 六魚《りくぎょ》 七虞《しちぐ》 八斉《はっせい》
九佳《きゅうかい》 一〇灰《じゅっかい》 一一真《じゅういちしん》 一二文《じゅうにぶん》 一三元《じゅうさんげん》 一四寒《じゅうしかん》 一五刪《じゅうごさん》

下平声 一先《いっせん》 二蕭《にしょう》 三肴《さんこう》 四豪《しごう》 五歌《ごか》 六麻《りくま》 七陽《しちよう》 八庚《はっこう》
九青《きゅうせい》 一〇蒸《じゅうじょう》 一一尤《じゅういちゆう》 一二侵《じゅうにしん》 一三覃《じゅうさんたん》 一四塩《じゅうしえん》 一五咸《じゅうごかん》

中国語の得意な人は中国語で、「yī dōng」「èr dōng」…と覚えるのもよいでしょう。

「四声」と「韻母」とによって漢字をグループ分けし、そのグループの代表が韻目でしたから、それぞれの韻目には「四声」と「韻母」の同じ漢字がたくさん属しています。その漢字を「**韻字**《いんじ》」といい、「韻字」を一覧できるようにしたものを「**韻字表**《いんじひょう》」といいます。

一東《いっとう》に属する代表的な韻字を挙げてみます。漢字とヨミは現代日本語表記、漢字の配列はヨミ順、同じヨミでは画数順にしてあります。

一東 オウ翁 キュウ弓穹宮躬窮 クウ空 コウ工公功攻虹紅洪烘鴻 シュウ終崇嵩
ジュウ充戎 スウ菘 ソウ怱棕葱聡叢 チュウ中虫沖忡忠衷 ツウ通 トウ東桐筒瞳
ドウ同童銅潼瞳 フウ風馮楓 ホウ蓬豊篷 ボウ夢 モウ蒙濛 ユウ雄熊融 リュウ隆
ロウ瓏櫳朧篭聾

韻を踏むとき、たとえば一東で韻を踏むときは、右の漢字を起句・承句・結句の第七字目に用い

ます。具体例を見てみましょう。

江南春（江南《こうなん》の春《はる》）　晩唐　杜牧

千里鶯啼緑映紅　千里《せんり》鶯《うぐいす》啼いて　緑《みどり》　紅《くれない》に映《えい》ず
水村山郭酒旗風　水村《すいそん》　山郭《さんかく》　酒旗《しゅき》の風《かぜ》
南朝四百八十寺　南朝《なんちょう》　四百八十寺《しひゃくはっしんじ》
多少楼台煙雨中　多少《たしょう》の楼台《ろうだい》　煙雨《えんう》の中《うち》

（大意）見渡すかぎり広がる平野、あちこちから鶯《うぐいす》の鳴き声が聞こえ、木々の緑と花の紅《くれない》とが照り映える。そよ吹く風に、水辺の村も山沿い村ものどかで、ときに酒屋の旗がなびく。一方、雨の降る日はといえば、古都金陵《きんりょう》では、南朝以来のたくさんの寺院の楼台がモヤのなかにかすむ。**（韻字）**紅、風、中（上平声一東）

この詩は、前半と後半とで天候と視線が正反対になっています。前半は、春の日差しのもと広々とひろがる平野を見渡しています。ウグイスがあちこちでさえずり、木々の緑と紅《あか》い花が照り映え、春風に酒屋の旗がなびいています。酒屋の旗は、酒の銘柄などが書いてありました。一方後半は、春雨が降ってモヤにかすんで見えない楼台を心の目で見ます。見えない古都の楼台をうたうことによって、歴史の重さ・深さが象徴されます。前半が空間のひろがりを感覚的にうたったものとすれば、後半は時間の重層さを内省的にうたったものということができます。晴れていても雨が降っていてもおもむきがある、その江南の特色をたくみにとらえています。

風景描写は、風景をどう切り取るかによって詩人の個性が出ます。承句の「酒旗の風」は、いかにも酒好きの杜牧らしい切り取り方です。起句からの流れもうまくできています。というのは、起句が「鶯鳴《うぐいすな》く」「緑紅《みどりくれない》に映《えい》ず」と二つの動詞によって広々とした空間のなかでの動きを出していますが、承句は「水村《すいそん》・山郭《さんかく》・酒旗《しゅき》の風《かぜ》」と名詞だけで構成して、限定された場所のかすかな動きをうたっています。そして、名詞を三つ連ねることによって、こころはずむ、浮き浮きした気分を出しています。むずかしいことばを使わなくても、気分を表すことができる好例です。前半の心はずむ春と後半の心がしずむ春も好対照です。

杜牧の詩の承句と同じ句法のものに、清《しん》の高珩《こうこう》の詩があります。やはり一東《いっとう》の韻で押韻しています。

春日雑詠

青山如黛遠村東
嫩緑長渓柳絮風
鳥雀不知郊野好
穿花翻恋小庭中

（春日雑詠《しゅんじつざつえい》）　清《しん》　高珩《こうこう》

青山《せいざん》は黛《まゆずみ》の如《ごと》し　遠村《えんそん》の東《ひがし》
嫩緑《どんりょく》　長渓《ちょうけい》　柳絮《りゅうじょ》の風《かぜ》
鳥雀《ちょうじゃく》は知《し》らず郊野《こうや》の好《よ》きを
花《はな》を穿《うが》ち翻《かえ》って恋《こ》う小庭《しょうてい》の中《うち》

（大意） 山はまゆずみ色にかすんで村の東にひろがり、新緑の萌《も》えたつ谷川に柳絮《りゅうじょ》が舞う。鳥たちはこうした郊外のよさを知らないのか、わが家の小さな庭のなかを花から花へと飛び回っている。

（韻字）東、風、中（上平声一東）

承句の「嫩緑《どんりょく》・長渓《ちょうけい》・柳絮《りゅうじょ》の風《かぜ》」が、杜牧の句を学んだもので、名詞を三つ連ねています。杜牧の場合は、「水村《すいそん》」も「山郭《さんかく》」も「村」を表していて、いわば意味的な重複がありますが、ここでは意味的な重複を避けて「嫩緑《どんりょく》」「長渓《ちょうけい》」と奥行きのある空間をうたっています。また、「柳絮《りゅうじょ》の風《かぜ》」が、後半の「鳥雀《ちょうじゃく》」を誘い出す伏線ともなっています。「嫩緑」は若葉の緑、「長渓」は長く続いている谷川です。「柳絮」は、柳のわたのことで、晩春に雪のように舞います。

起句の「遠村《えんそん》」はまちから遠く隔たった村のことですが、陶淵明の「曖曖《あいあい》たり遠人《えんじん》の村《むら》」（「園田の居に帰る」）に通じ、まちから遠く離れたなつかしい村の感じが出ます。この「遠」と「長渓」の「長」とによって、風景が大きくうたわれ、その大きさに対して、後半は「花」や「小庭《しょうてい》」の小さなさまを強調します。こんなに狭い庭にいなくても、もっと大きな場所、すばらしい世界があるよ、というのです。

作者の高珩《こうこう》（一六一二～一六七九）は、淄川《しせん》（山東省）の人で、明の崇禎十六年（一六四三）の進士、清になってからは刑部侍郎《けいぶじろう》（刑事行政をつかさどる官庁の次官）になっています。

一東の韻の詩を二首読みました。ここで、平仄を確かめておきましょう。

杜牧の詩

（一）（二）（三）（四）（五）（六）（七）

（起）千里鶯啼緑映紅　○●○○●●◎

（承）	水村山郭酒旗風	●○○●●○◎
（転）	南朝四百八十寺	○○●●●○●
（結）	多少楼台煙雨中	○●○○○●◎

高珩の詩

		（一）（二）（三）（四）（五）（六）（七）
（起）	青山如黛遠村東	○○○●●○◎
（承）	嫩緑長渓柳絮風	●●○○●●◎
（転）	鳥雀不知郊野好	●●●○○●●
（結）	穿花翻恋小庭中	○○○●●○◎

「江南春」の転句「八十寺」の「十」は、「ジフ（ジュウ）」と読むと入声になり、下三字が「●●●」と「下三連《かさんれん》」になります。また「二六対《にろくつい》」の規則にも合わなくなります。規則に合わせて作ったのならば、「十」は平声でなければなりません。ちょうど「十」には「一二侵」に属する「シン」という平声の音がありますので、規則に合うように、現在では「南朝《なんちょう》　四百八十寺《しひゃくはっしんじ》」と読んでいます。

「十」を「シン」と読む例は、白居易《はくきょい》（字《あざな》は楽天《らくてん》）の「正月三日間行（正月三日間行《しょうがつみっかかんこう》す）」という七言律詩にもあります。その三・四句目。

緑浪東西南北路	●●○○○●●	緑浪《りょくろう》　東西南北《とうざいなんぼく》の路《みち》
紅欄三百九十橋	○○○●●○◎	紅欄《こうらん》　三百九十《さんびゃくきゅうしん》　橋《きょう》

（大意）東西南北のどちらを見ても緑をたたえた水が流れ、紅い欄干の三百九十の橋がかかっている。

杜牧《とぼく》も高珩《こうこう》も、「二四不同・二六対」「下三連を禁ず」「四字目の孤平を禁ず」「反法・粘法」をきちんと守っています。

なお、起句の第二字目が、杜牧が「仄声」で、高珩が「平声」であることに注目してください。起句の第二字目が「平声」で始まる詩を「**平起**《ひょうお》**こり**」、「仄声」ではじまるものを「**仄起**《そくお》**こり**」といいます。これについては、また第六章で見ます。

第五章　押韻《おういん》と通韻《つういん》、そして冒韻《ぼういん》

前章では一束《いっとう》の詩を読みました。この章では違う韻を踏む詩を見て押韻について確認します。晩唐の詩人、高駢《こうべん》（八二一〜八八七）の詩です。

山亭夏日　　（山亭夏日《さんていかじつ》）　晩唐　高駢《こうべん》

緑樹陰濃夏日**長**　　緑樹《りょくじゅ》　陰濃《かげこま》やかにして夏日長《かじつなが》し
楼台倒影入池**塘**　　楼台影《ろうだいかげ》を倒《さかしま》にして池塘《ちとう》に入《い》る
水晶簾動微風起　　水晶《すいしょう》の簾《すだれ》動《うご》いて微風《びふう》起《お》こり
一架薔薇満院**香**　　一架《いっか》の薔薇《しょうび》　満院香《まんいんかんば》し

（大意）緑の木々が濃い影を落とし、夏の強い日差しはいつまでも続く。池の面《おも》には楼台がさかさまに映っている。ふと、水晶のすだれが揺れ、そよと風が吹くと、バラの香りが庭いっぱいにただよった。（韻字）長、塘、香（下平声七陽）

起句は、ギラギラといつまでも焼けつくような夏の日差し。こんもりと茂った木々の影がくっきり黒々と地面に落ちています。「長」は、日が長い、という意味と、いつまでも日差しが強い、という意味をかねます。

承句は、そよとも風が吹かず、静かな水面に楼台が映っているようす。この句を、視覚的な涼しさをうたう、と解説する参考書もありますが、ここではその説をとりません。絶句は、起句と承句は同じような内容でうたい、三句目の転句で転換し、四句目の結句で全体をまとめる、「起承転結《きしょうてんけつ》」の構成をとるのが普通です。この詩では、転句で、簾《すだれ》のかすかな音とそよ風《かぜ》をうたって涼しさを表現していますから、この転句が効果的にはたらくためには、承句でたとえ視覚的とはいえ涼しさをうたったのでは、またそう解釈したのでは、転句が転句としてまったく活きません。前の二句で暑くてたまらないとうたっておくことによって、転句のかすかな風でも涼しさが感じられるのです。ですから、楼台の影が水面に映るというのは、転句の効果を最大限に引き出すため、風のまったくない静かな情景をうたったもの、と解釈すべきでしょう。そうすれば、詩の構成の上でも「起」から「承」へと流れがスムーズになり、起句の暑い日差しと、承句の無風状態、しかも水辺という設定から、じっとりしたあの蒸し暑さが感覚的に伝わってきます。そして、転句。水晶の簾《すだれ》がサラサラと鳴り、そよ風が吹いた、と。因果関係からすれば、そよ風が吹いて簾が動くのですが、起句・承句のような状況、つまり、風もなくすべてが死んだような蒸し暑さのなかで、頭もボーとしていて、ほんのかすかな音ではっとした、というのが事実でしょう。そこで、ああ、風が吹いてきたのだ、と思ったわけです。因果関係ではなく、事実をそのまま表現した句です。

結句は、そよ風に乗って、棚に咲くバラの花の香りが庭いっぱいにただよったことをうたいます。これで一気に蒸し暑さも消し飛んでしまいました。「満」との対比で使われる「一」の使い方もたくみです。転句は、聴覚と触覚、結句は嗅覚に訴えて「涼しさ」を感じさせるように工夫されています。「涼」の字がなくても「涼」を感じさせる絶妙な詩です。

「かげ」と読む字が二つ使われています。起句の「陰」は、「陽」の反対で、日のあたらない場所、承句の「影」は、「実」の反対で、実物ではない、虚像、という意味です。

さて、右の詩に平仄の○●と、押韻の◎をつけてみます。七言絶句の規則を確認してみましょう。

		(一)	(二)	(三)	(四)	(五)	(六)	(七)
(起)	緑樹陰濃夏日長	●	●	○	○	●	●	◎
(承)	楼台倒影入池塘	○	○	●	●	●	○	◎
(転)	水晶簾動微風起	●	○	○	●	○	○	●
(結)	一架薔薇満院香	●	●	○	○	●	●	◎

起句の二字目「樹」と四字目「濃」の平仄が●と○で違っていますから、「二四不同《にしふどう》」、二字目「樹」と六字目「日」の平仄が●と●で同じですから、「二六対《にろくつい》」です。以下同じように承句から結句まで、二字目・四字目・六字目を見ますと、ちゃんと「二四不同」「二六対」になっています。

次に隣りあった句を見ましょう。起句の二・四・六字目、「樹」「濃」「日」の平仄が●○●となっているのに対して、二句目の二・四・六字目、「台」「影」「池」の平仄が○●○となっています。ちょうど起句と承句の二・四・六字目の平仄が裏返しになったかたちです。これを「反法《はんぽう》」といいました。承句と転句の二・四・六字目の平仄は、二句目は○●○、三句目も○●○と同じです。これは「粘法《ねんぽう》」といいました。三句目と四句目は「反法」です。

句の最後の三字が○○○や●●●のように、同じ平仄が三つ続くのは禁じ手です。これを「下三《かさん》連《れん》を禁ず」といいました。「四字目の孤平《こひょう》」もいけませんでした。右の詩は、「下三連」もなく、

「孤平」もありません。

「押韻」はどうでしょうか。「押韻」する句は、起句・承句・結句です。右の詩では、「長《ちょう》」「塘《とう》」「香《こう》」が「韻字」です。日本語で発音しても母音がそろいますので、「押韻」されていることがわかります。この「長」「塘」「香」は、下平声七陽《かひょうしょうしちよう》に属する漢字です。七陽の主な「韻字」を以下に挙げますので、確認してください。

七陽　オウ王央泱殃秧鳳鴦　キョウ狂郷強筐僵疆　ギョウ行　ケイ慶　コウ光岡昂香皇荒航黄康徨遑煌綱慷篁鋼　ゴウ剛　ショウ床昌牀倡将祥章猖商粧湘廂翔詳傷嘗彰裳漿璋殤墻償檣觴
ジョウ娘常場穣　ソウ荘倉桑装創喪蒼槍箱霜　ゾウ蔵　チョウ長張腸　トウ当唐棠湯塘
ドウ堂　ノウ嚢　ヒョウ颺　ホウ方芳　ボウ亡芒忙忘坊妨防房肪茫望傍　ヨウ羊洋陽揚楊
リョウ良涼粱量梁糧　ロウ郎狼浪廊

さて、それでは第二章で読んだ杜牧の「清明」はどうでしょうか。復習をかねてもう一度読んでみましょう。

清明（清明《せいめい》）　　晩唐　杜牧

		(一)	(二)	(三)	(四)	(五)	(六)	(七)	
(起)	清明時節雨紛紛	○	○	○	●	●	○	◎	清明《せいめい》の時節《じせつ》　雨紛紛《あめふんぷん》
(承)	路上行人欲断魂	●	●	○	○	●	●	◎	路上《ろじょう》の行人《こうじん》　魂《こん》を断《た》たんと欲《ほっ》す
(転)	借問酒家何処有	●	●	●	○	○	●	●	借問《しゃもん》す　酒家《しゅか》は何《いず》れの処《ところ》にか有《あ》る
(結)	牧童遥指杏花村	●	○	○	●	●	○	◎	牧童《ぼくどう》遥《はる》かに指《ゆび》さす　杏花《きょうか》の村《むら》

七言絶句の規則に合っています。それでは韻字の「韻目《いんもく》」はどうでしょうか。じつは、

紛―文　魂―元　村―元

と、「紛」は上平声《じょうひょうしょう》一二文《じゅうにぶん》、「魂」「村」は上平声《じょうひょうしょう》一三元《じゅうさんげん》に属します。押韻とは、ある一つの「韻目《いんもく》」に属している漢字、すなわち「韻字《いんじ》」を起・承・結句の第七字目に配することですが、この詩では「紛」が違う「韻目」になっています。杜牧先生は間違ったのでしょうか。

「押韻」とは、ある一つの「韻目」に属する「韻字」を使うことが基本ですが、じつは「韻目表」で近くに位置する似ている響きの「韻目」は、その「韻字」を互いに通じて用いることが許されているのです。これを「**通韻**《つういん》」といいます。

「通韻」できる「韻目」は次のようになっています。（清《しん》の邵長衡《しょうちょうこう》の『古今韻略』に拠る）

通韻

一東	二冬	三江			
四支	五微	八斉	九佳	一〇灰	
六魚	七虞				
一一真	一二文	一三元	一四寒	一五刪	一先
二蕭	三肴	四豪			
五歌	六麻				
八庚	九青	一〇蒸			
一二侵	一三覃	一四塩	一五咸		

＊七言絶句の実作では、上の ｝ のみ通韻可とすることもある。

56頁の表は、一番最初の列の「一東」「二冬」「三江」のように、縦一列に並べられた韻目どうしが「通韻《つういん》」できることを表します。「東《とう》」「冬《とう》」「江《こう》」のように響きが同じになっていることがわかります。他のグループ内の「韻目」も響きが同じになっているはずです。

なお右の「通韻一覧表」には、「下平声」の「七陽《しちよう》」と「十一尤《じゅういちゆう》」がありません。それは、陽韻と尤韻はほかの韻と通韻することなく、陽韻なら陽韻に属する韻字だけで押韻、尤韻なら尤韻に属する韻字だけで押韻するからです。これを「独用《どくよう》」といいます。

杜牧の「清明」は、響きが同じで「通韻」可能な十二文と十三元で押韻してあります。十二文と十三元が「通韻表」の同じ列にあることを確認してください。「文」と「元」の「韻字」には以下のものがあります。

十二文　イン員殷　ウン云沄耘雲　キン斤芹欣勤筋　クン君裙勲薫曛醺　グン軍群　フン芬紛雰棼
墳濆　ブン文分蚊聞　モン紋

十三元　エン垣冤援媛園猿鴛轅　オン恩温　ケン軒掀萱喧暄　ゲン元言原源　コン坤昏婚痕渾跟
魂褌　ソン存村孫尊樽蹲　トン屯豚敦暾　ドン呑　ハン煩樊繁藩繙　バン番蕃　ホン奔
翻翻　ボン盆　モン門捫　ロン論

次の詩も「通韻」しています。「八庚《はっこう》」と「九青《きゅうせい》」の「通韻」です。

和孔密州五絶

東欄梨花（孔密州《こうみつしゅう》に和《わ》す　五絶《ごぜつ》　東欄《とうらん》の梨花《りか》）　北宋《ほくそう》　蘇軾《そしょく》

梨花淡白柳深青
柳絮飛時花満城
惆悵東欄一株雪
人生看得幾清明

梨花《りか》は淡白《たんぱく》　柳《やなぎ》は深青《しんせい》
柳絮《りゅうじょ》飛《と》ぶ時《とき》　花城《はなしろ》に満《み》つ
惆悵《ちゅうちょう》す　東欄《とうらん》一株《いっしゅ》の雪《ゆき》
人生《じんせい》看《み》得《う》るは幾清明《いくせいめい》

（大意） 梨《なし》の花はほのかに白く、柳の葉はこまやかな緑色。柳の絮《わた》が舞うころは、花がまち中に咲きほこる。胸がいたむのは、東の欄干《らんかん》のかたわらに雪のように咲いている一株《ひとかぶ》の梨の花。これから何回、このようなすばらしい清明《せいめい》の景色を眺めることができるのだろう。

（韻字） 青、城、明（下平声八庚《こう》・九青の通韻）

蘇軾《そしょく》（一〇三六～一一〇一）は号を東坡《とうば》といいます。北宋時代を代表する文人で、詩文はもちろん書家としても超一流です。この詩は、蘇軾四十二歳、密州知事から徐州知事に転任するおり、密州の後任知事となった孔宗翰《こうそうかん》から送られた詩に和したものです。

右の詩では「青」「城《せい》」「明」が「韻字」で、「青」は九青《きゅうせい》、「城」「明」は八庚《はちこう》に属します。八庚、九青の「韻字」には次のようなものがあります。

八庚　エイ英栄盈営醒嬰縈瀛纓　オウ泓桜横罌鶯　キョウ驚　ケイ兄京茎荊卿軽傾檠瓊　ゲイ迎鯨
コウ行更　阬亨宏庚耕觥衡嵘羹轟黌　ショウ笙晶　ジョウ情　セイ生正成声征牲城清旌盛
菁晴睛誠鉦精　ソウ争箏鐺　テイ呈貞程　トウ橙　ヒョウ評　ヘイ平并兵　ホウ烹棚　ボウ
氓萌甍　メイ名明盟鳴　モウ盲

九青　ケイ刑形扃型陘熒経蛍馨　セイ青星腥蜻醒　テイ丁庁汀亭釘庭停渟蜓霆聴　ネイ寧　ヘイ屏瓶萍　メイ冥溟銘瞑　レイ冷翎鈴零霊齢櫺

蘇軾の詩をもう一首。

六月二十七日望湖楼酔書五絶　（六月二十七日望湖楼《ぼうころう》にて酔《よ》うて書《しょ》す五絶）

其一　　北宋　蘇軾

黒雲翻墨未遮山　黒雲《こくうん》　墨《すみ》を翻《ひるがえ》して　未《いま》だ山《やま》を遮《さえぎ》らず
白雨跳珠乱入船　白雨《はくう》　珠《たま》を跳《おど》らせ　乱《みだ》れて船《ふね》に入《い》る
巻地風来忽吹散　地《ち》を巻《ま》き風《かぜ》来《き》たって忽《たちま》ち吹《ふ》き散《さん》ず
望湖楼下水如天　望湖楼下《ぼうころうか》　水《みず》　天《てん》の如《ごと》し

（大意）黒い雲が墨をこぼしたかのように見る見る広がり、山を隠しきらないうちに白い雨が真珠をまいたように乱れて船の中に降りこんできた。やがて、大地を巻き上げるように風が吹き、あっという間に雲を払うと、望湖楼《ぼうころう》の下の湖面は空と同じ青い色になった。

（韻字）山、船、天（上平声一五刪《さん》・下平声一先の通韻）

蘇軾三十七歳、夏の一日、杭州《こうしゅう》の西湖《せいこ》に遊んだときの作です。前半の二句は、比喩をたくみに用いながら、一瞬の出来事を躍動感いっぱいにうたいます。起句は遠景、承句は近景の対句になっています。転句ではさらに躍動感が増して、風景が一転します。そして、結句で、夕立の去ったあと、晴れわたった空が湖面に映っている静かな風景をうたいます。動から静への変化、色彩も黒から白、そして青へと変化します。夏の夕立をうたった傑作です。西湖の美しい風景も想像されます。

韻字は、「山」「船」「天」で、「山」は十五刪、「船」「天」は下平声先韻に属します。

一五刪　アン殷　カン菅患姦間閒閑湲関慳還寰艱環鰥　ガン頑顔　サン山刪訕潸潺　ハン班斑頒攀　バン蛮　ワン湾彎

一先　イン員　エン円延沿捐淵湲煙筵鉛鳶縁　ケン妍肩研拳涓娟虔牽堅権賢鵑懸　ゲン玄弦絃舷　セン千川仙先阡芊宣穿専泉旋船痊煎箋銭遷蟬潺鮮氈羶　ゼン全前涎然禅燃躚　テン天椽廛顚纏巓　デン田伝鈿　ネン年　ヘン辺偏編篇翩　ベン便鞭　ミン眠　メン綿　レン連蓮漣憐聯

「湲」「潺」は両方に見えています。「潺」は、一五刪のときは「サン」の音、一先のときは「セン」です。

さて、「通韻」は許される規則ですが、次の「冒韻《ぼういん》」は、許されない規則です。「冒韻《ぼういん》」とは、韻を踏んだ文字と同じ響きを持つ漢字を各句の二字目以降に用いることをいいます。「冒」は、犯す、という意味です。押韻された韻字と同じ響きの語が詩中にあると、押韻の効果がうすくなりますから、韻を冒さないように、というのです。「冒韻」は、

・特に起句承句は厳禁
・転句は、許される
・結句は、できるだけしない

ようにします。「冒韻」している有名な詩があります。

逢鄭三遊山　（鄭三《ていさん》の山《やま》に遊《あそ》ぶに逢《あ》う）　中唐　盧仝《ろどう》

相逢之処草茸茸　　相逢《あいあ》うの処《ところ》　草茸 茸《くさじょうじょう》
峭壁攢峰千万重　　峭壁《しょうへき》　攢峰《さんぽう》　千万重《せんまんちょう》
他日期君何処好　　他日《たじつ》　君《きみ》と期《き》するは何《いず》れの処《ところ》か好《よ》き
寒流石上一株松　　寒流《かんりゅう》　石上《せきじょう》　一株《いっしゅ》の松《まつ》

（**大意**）草が生い茂り、切り立った険しいがけや、山々がいくえにも連なっているところで君と出会った。またいつの日か君と逢いたいが、その時はどんなところがよいだろうか。冷たい水が流れ、岩の上に松が一本生えているところはいかがかね。

「茸 茸《じょうじょう》」は、草などが生い茂るようす。「峭壁《しょうへき》」は、切り立った険しいがけ。「攢峰《さんぽう》」は、いくつも集まっている山。「期《き》」は、約束することです。押韻されているのは、「茸《じょう》」「重《ちょう》」「松《しょう》」です。「茸」「重」「松」は「二冬《にとう》」の韻です。二冬《にとう》の韻にはこのほかにもたくさんの韻字がありますが、それらの韻字を二字目以降に使うと「冒韻」になります。起句と承句をご覧ください。起句二字目の「逢」、承句四字目の「峰」は、二冬《にとう》の韻の字です。ですから、この詩は「韻を冒《おか》している」「冒韻」ということになります。

第六章　「平起《ひょうお》こり」と「仄起《そくお》こり」

七言絶句は、平仄の関係では、二字目・四字目・六字目が重要で、すべての句に「二四不同・二六対」の規則があり、句と句との間には二・四・六字目が軸になって「反法《はんぽう》・粘法《ねんぽう》」の規則がありました。また、下の三字、つまり五・六・七字目に、「下三連《かさんれん》を禁ず」という禁止の規則もありました。韻の関係では、七字目が重要で、起句・承句・結句の最後に「押韻《おういん》」します。

平仄は、平と仄の二つですから、起句第二字目のはじまりは、平○か仄●かのどちらかになります。この平仄によって、あとの平仄がすべて決まってしまいます。

(一) 平起《ひょうお》こり

起句の第二字目が「平」で始まる詩を「平起《ひょうお》こり」といいます。

起句の第二字目が平○ではじまると、「二四不同・二六対」「下三連を禁ず」「押韻」の規則から、第一句目は

○○ ●● ●○◎

となります。◎は韻です。承句以降もすべて「二四不同・二六対」「下三連を禁ず」が適用されますから、あとは「反法」か「粘法」か、「押韻」するかどうかを考えると、起句から結句まで次のように決まってしまいます。

○○ ●● ●○◎

●●○○●●◎
●●○○○●●
○○●●●○◎

平仄の規則のある二・四・六字と押韻する七字目以外、つまり、一・三・五字は、「一三五不論《いちさんごふろん》」ということで、平でも仄でもどちらを用いてもよいことになっていました。また、四字目は「孤平《こひょう》」になってはいけない、「四字目の孤平を禁ず」というのもありました。

そこで、「下三連」にならないように、また四字目が「孤平」にならないように注意しながら、「一三五不論」を適用しますと、次のようになります。◑は、平でも仄でもどちらでもよいことを表します。

◑○◑●●○◎
◑●◪○◪●◎
◑●◑○○●●
◑○◑●●○◎

承句の三・四・五字の「◪○◪」は、四字目の孤平を避けるための工夫です。これは、もし三字目に仄の字を用いたら五字目は平の字を用いることを表します。これで「孤平」が避けられます。

これまで読んできた詩で、「平起こり」は、杜牧の「清明」、高珩《こうこう》の「春日雑詠」、蘇軾の「和孔密州」「望湖楼酔書」です。次の詩も「平起こり」です。起句の平仄が「●○○●●○◎」となります。

夏夜示外　（夏夜《かや》　外《がい》に示《しめ》す）　清《しん》　席佩蘭《せきはいらん》

夜深衣薄露華凝
屢欲催眠恐未譍
恰●有●天○風○解●人○意●
窓前吹滅読書灯

夜深《よるふか》くして　衣薄《ころもうす》く　露華凝《ろかこ》る
屢《しば》しば眠《ねむ》りを催《うなが》さんと欲《ほっ》するも恐《おそ》らくは未《いま》だ譍《こた》えざらん
恰《あたか》も天風《てんぷう》の人意《じんい》を解《かい》する有《あ》りて
窓前《そうぜん》　吹《ふ》き滅《け》す　読書《どくしょ》の灯《ともしび》

（**大意**）夏の夜は、衣がうすいため、露が降りると肌寒い。しばしば夫に就寝を促そうとするが、恐らく夫は読書に夢中で答えてくれないだろう。ちょうどそのとき、私の気持ちを察するかのように風が吹き、夫が読書する窓の前の灯火を吹き消してくれた。

（**韻字**）凝、譍、灯（下平声一〇蒸）

作者の席佩蘭《せきはいらん》は、女流詩人です。技巧に凝らず思ったまま素直にうたうという「性霊説《せいれいせつ》」を唱えた清《しん》の袁枚《えんばい》（一七一六～一七九七）の弟子です。詩題の「外」は夫のことで、詩は、根《こん》をつめて勉強する夫の健康を気づかう、けなげな妻の心がうたわれています。

転句の平仄に注目してください。「二四不同」ですが「二六対」になっていません。じつは、「平起こり」の場合、三句目の「◐●◐○○●●」は「◐●○○●○●」に作ってもよいことになっています。これでリズムがくずれないからです。この法則も覚えておくと便利です。

(二) 仄起《そくお》こり

起句の第二字目が仄●ではじまる詩を「仄起《そくお》こり」といいます。すべての句は「二四不同・二六対」「下三連を禁ず」ですから、「反法」か「粘法」か、「押韻」するかどうかに注意すると上段のようになります。また「一三五不論」を考慮すると、下段のようになります。

●●○○●●◎
○○●●○○◎
○○●●●○●
●●○○●●◎

◐●◪○◪●◎
◐○◐●●○◎
◐○◐●◐○●
◐●◪○◪●◎

四字目の「孤平」は、起句と結句に出る可能性がありますので、起句と結句は「◪○◪」となっています。これまで読んできた詩で「仄起こり」は、張継の「楓橋夜泊」、杜牧の「江南春」、高駢の「山亭夏日」です。「仄起こり」の例として、もう一首、夏の朝をうたったさわやかな詩を見ましょう。起句の平仄は「○●○○●●◎」です。

野塘（野塘《やとう》）　晩唐《ばんとう》　韓偓《かんあく》

侵暁乗涼偶独来　暁《あかつき》を侵《おか》し涼《りょう》に乗《じょう》じて偶《たま》たま独《ひと》り来《き》たる
不因魚躍見萍開　魚《うお》の躍《おど》るに因《よ》らずして萍《ひょう》の開《ひら》くを見《み》る
捲荷忽被微風触　捲荷《けんか》忽《たちま》ち微風《びふう》に触《ふ》れられ

瀉下清香露一杯

瀉《そそ》ぎ下《くだ》す清香《せいこう》の露一杯《つゆいっぱい》

（大意）夜がまだ明けない時刻に、涼しさに引かれ、たまたまひとりで野の池のほとりにやってきた。すると、魚が跳ねたわけでもないのに、浮き草が二つに分かれた。そしてすぐに、くるりと捲《ま》いたハスの葉がそよ風になでられ、中に宿っていた清らかな香りの露が水面にそそいだ。

（韻字）来、開、杯（上平声一〇灰《かい》）

人のいない早朝、涼しさに誘われて野歩きをした詩。浮き草がスーッと分かれたというのは、そよ風が吹いてきたから。そのそよ風に揺れて落ちる露の音によって、いっそう涼しさがつのります。ハスの葉に宿っていた露を「清香《せいこう》」といっています。

「平起こり」「仄起こり」を表にまとめると巻末のようになります。それぞれ「平起式《ひょうきしき》」「仄起式《そっきしき》」ともいいます。この表をコピーして空欄に漢字をあてはめてゆけば、取りあえずは規則に合った漢詩ができます。

第七章　平仄表・詩語《しご》集による作詩

漢詩で使うことばを「詩語《しご》」ということは前にも述べましたが（30頁）、七言詩は、二・二・三のリズムですから、これはと思う二字・三字の詩語を普段から集めておきます。詩をたくさん読むことによって、句の作り方や一首の構成も自然に会得できますから、詩語集めは作詩のための基礎作業ということになります。漢詩を千首ほど覚えれば、それで済むことではありますが…。

しかし、詩語が集まってから詩を作る、というのでは、いつまでたっても詩は作れません。そこで、最初は、市販の「詩語表（詩語集）」を使って作詩の練習をします。「詩語表（詩語集）」付きの作詩入門書では、詩語が、季節や場面ごとに、○○や●●などのグループに分類されていて便利です。

詩語表（詩語集）では、おおよそ次のような形態になっています。秋の詩語をいくつか挙げてみます。韻は、下平声の「一一尤」と同じく下平声の「八庚」のそれぞれの三字の詩語を集めてみました。

○○	○○	●●	●●	●○◎尤	●●◎尤	●○◎庚	●●◎庚
懐人	誰知	井上	半夜	夕陽収	映野溝	俗縁軽	探句行
階前	庭梧	一巻	不断	笛声愁	雨又収	野情清	杖履軽
驚風	天涯	一洗	賦罷	不知愁	一片愁	雨余清	吟屐軽
吟懐	婆娑	一笛	別有	漫牽愁	笛韻愁	遠鐘声	一望清

吟灯　浮生　一点　訪友
銀河　風痕　一片　枕上
牽牛　風鈴　一夕　万里
孤蛩　風檐　一葉　満地
梧桐　無痕　一榻　未就
残炎　無成　隠隠　脈脈
詩成　無声　永夜　木末
詩篇　無端　可恨　夜読
秋光　無聊　散策　有味
秋声　幽吟　四壁　有味
侵襟　幽人　執筆　夕月
侵肌　涼盈　暑退　乱読
新寒　涼生　少女　冷気
新詩　寥寥　切切　露竹
新涼　汪然　爽気　倚几
新蛩　籬辺　促織　喞喞
西郊　蕭条　淡淡　瑟瑟
青灯　飄来　独坐　蟋蟀

一天秋　易感秋
寺楼秋　門巷秋
読書秋　社日秋
入新秋　満眼秋
満村秋　古渡舟
露華浮　詩可酬
月光幽　立渡頭
夜窓幽　古渡頭
夕陽幽　携友遊
意悠悠　露気幽
夜悠悠　事事幽
暗涼流　暮靄幽
汗珠流　抱百憂
月光流　木末流
白雲流　去不留
遶村流　半日留
入吟眸　露自稠
月如鉤　月一鉤

暮鴉声　夜興清
唱歌声　秋気清
送秋声　牧笛声
可吟情　秋蝶情
読書情　倶出城
入江城　屐下生
白雲生　夕月生
遠山平　風露生
豆花棚　照水平
不知名　昼尚鳴
木魚鳴　繞屋鳴
趁秋晴　十里晴
入新晴　百里晴
一川明　不問程
一山迎　一鏡明
訪秋行　夕照明
板橋横　処処明
小橋横　水上横

右の詩語表を利用して一句作ってみましょう。たとえば「○○」「●●」「●○◎尤」の最初にある「懐人」「井上」「夕陽収」を用いると、

懐人井上夕陽収　人《ひと》を懐《おも》えば　井上《せいじょう》　夕陽収《せきようおさ》まる

(大意) なつかしい人を思っていると、井戸のあたりに夕陽がしずむ。

の句ができます。「井上」は人名ではありません。この句を起句にすると、平起こりの詩になりますから、承句は「●●」「○○」「●●◎尤」から詩語をもってくれば、「反法」で「押韻」されます。起句は、いまは会えない人を夕暮れどきに思う、というさびしい句ですから、承句はその流れを承《う》けて、夜の情景をうたいます。

独坐籬辺露自稠　独《ひと》り籬辺《りへん》に坐《ざ》せば　露自《つゆおの》ずから稠《しげ》し

(大意) ひとり垣根のもとにすわっていると、夜露がいつのまにかたくさん降り、気がついたら衣《ころも》が露でぬれていた。

前半の二句で、なつかしい人を想いながら、夜になっても立ち去り難く垣根のもとで露にぬれながらすわっている、という孤独な人物が見えてきます。どんなドラマがあったのでしょうか。その後はどうなるのでしょうか。転句・結句でその辺をうまくうたえばよいでしょう。転句は韻を踏む必要がありませんので、自由な展開が可能です。そして結句で全体をまとめます。

詩を数多く作ると、漢字の平仄が頭に入り、次のような上級用の詩韻集・詩語集が使えるようになります。

①『詩韻含英異同弁《しいんがんえいいどうべん》』東京松雲堂書店

② 『詩韻合璧《しいんがっぺき》』 上海古籍書店
③ 『詩韻全璧《しいんぜんぺき》』 上海古籍出版社

使い方は三つともだいたい同じです。韻目ごとにそれぞれの韻字とその詩語が収録されています。目指す韻の詩語を探し出すのに便利です。ただし、○や●はついていません。上級用である所以《ゆえん》です。さらに本格的に研究したいという人は

④ 『佩文韻府《はいぶんいんぷ》』

を使います。たとえば「花」なら「～花」となっている熟語が挙げられ、その用例と出典が示されています。

第八章　何でもうたおう―和習《わしゅう》に気をつけ推敲《すいこう》を―

中国で最も詩が盛んになった唐の時代、詩のテーマにはおおよそ次のようなものがありました。送別《そうべつ》／留別《りゅうべつ》／行旅《こうりょ》（行役《こうえき》）／登覧《とうらん》（登高遠望《とうこうえんぼう》）／詠史《えいし》・懐古《かいこ》／辺塞《へんさい》／閨怨《けいえん》／遊仙《ゆうせん》・招隠《しょういん》・反招隠《はんしょういん》／山水《さんすい》／田園《でんえん》／詠懐《えいかい》（述懐《じゅっかい》・感遇《かんぐう》）／閑適《かんてき》／感傷《かんしょう》／公宴《こうえん》・遊宴《ゆうえん》／挽歌《ばんか》・悼亡《とうぼう》

唐代以降も、詩のテーマはそれほどかわりませんでした。詩は情《じょう》をうたうもので、時代がかわっても人の情はかわらないからです。ただ、具体的に何をどううたうかは、時代により、人により、異なります。

わたしたちも、何をうたってもかまいません。規則に合わせて、自由に、気ままに、うたってください。ただし、「**和習《わしゅう》（和臭）**」には気をつけたいものです。

和習（和臭）とは、中国人には理解できない日本的な表現をいいます。たとえば、「根気《こんき》」「眉唾《まゆつば》」「泥棒《どろぼう》」「鍋物《なべもの》」「成金《なりきん》」「素敵《すてき》」といったことばは、中国では使いません。中国の古典に出てくることばでも、たとえば「器用」「愚痴」「料理」などは、日本では本来の意味とズレた使い方をしますので要注意です。「料理」は、物事をきりもりすることで、食べ物を作ることではありません。杜甫の「江畔独歩尋花（江畔独《こうはんひと》り歩《ほ》して花《はな》を尋《たず》ぬ）」では、俗語的に、始末する、かたづける、の意で使われています。

詩酒尚堪駆使在　　詩酒《ししゅ》　尚《な》お駆使《くし》せらるるに堪《た》えて在《あ》り
未須料理白頭人　　未《いま》だ白頭《はくとう》の人《ひと》を料理《りょうり》するを須《もち》いず

（大意）自分はまだ詩や酒に駆使されてもそれに堪えうる存在である。だから、この白髪のおやじをくたばらせてしまう必要はないぞ。

漢字一字では、「森」や「空」には注意が必要です。「森」は、日本人は樹木のこんもり茂っている「もり」を連想しますが、詩では「しずか」「おごそか」「ならぶ」という意味になります。「もり」は「国訓《こっくん》」と呼ばれる日本独自の読み方です。熟語では「森厳《しんげん》」（おごそかでおもおもしい）、「森森《しんしん》」（樹木がさかんに茂るようす）、「森然《しんぜん》」（樹木がさかんに茂るようす、おごそかなさま）などがあります。

「空」は、日本語では「そら」ですが、漢詩漢文では「むなしい」、または、ひろく空間を表します。「碧空」ということばがありますが、これは「碧くて空虚な空間」をイメージさせる「碧いそら」です。「そら」を表すときは「天」の漢字も使います。自然派詩人として知られる唐の王維《おうい》が「鹿柴《ろくさい》」で

空山不見人　空山《くうざん》　人《ひと》を見《み》ず
但聞人語響　但《た》だ聞《き》く　人語《じんご》の響《ひび》くを

とうたう「空山《くうざん》」は、むなしい山、人けのない山です。秋になって木の葉がすっかり落ちた山のこともいいます。王維の詩は、人けがなくシーンとした山に、どこからともなく人の話し声だけが「聞こえてくる」。その話し声が途絶えたあとには、いっそうの静寂がおとずれる、というものです。「聞」はきこえてくることで、同じ「きく」でも「聴」は意識してきくことです。「但」も訓読のときに気をつけます。日本では「但し書き」などのように「但《ただ》し」と読む習慣がありますが、漢詩漢

文では、「但《た》だ」と読んで、限定を表します。

日本的な発想で「見夢（夢を見る）」もいけません。漢詩では「夢《ゆめ》む」と読み、「夢」の一字で「夢を見る」の意になります。「青春の夢」も不可です。寝て見るものが「夢」なのです。

和習（和臭）で必ず引きあいに出される詩に、夏目漱石の五言律詩「函山雑詠《かんざんざつえい》」があります。その三句目から六句目に

雲従鞋底湧　雲《くも》は鞋底《けいてい》より湧《わ》き
路自帽頭生　路《みち》は帽頭《ぼうとう》より生《しょう》ず
孤駅空辺起　孤駅《こえき》　空辺《くうへん》に起《お》こり
廃関天際横　廃関《はいかん》　天際《てんさい》に横《よこ》たわる

とある「帽頭《ぼうとう》」「空辺《くうへん》」は、和習（和臭）です。

和習（和臭）を避けるには、詩語を集めた辞書『佩文韻府《はいぶんいんぷ》』に載っているかどうか調べるとよいでしょう。同訓異義は、ちょっとした漢和辞典にも出ていますので、そのつど確かめるとよいでしょう。

作品をあとで読みかえすと、規則通りに句作りはできていても、句の意味や詩の全体の意味が通らないことがあります。初心のうちは「おもい」のすべてを盛り込もうとして無理な句作りをするため、意図することから大きく離れてしまいます。

句意・詩意が通らなくなる理由に、次のことが考えられます。
（一）「ことば」について
（1）「ことば」の意味がわからない。

（2）意味がわかっても、その「ことば」の使い方がわからない。
（3）漢詩における「ことば」のイメージがわからない。
（二）一句の構成について
（1）一句のなかで視線・視点がかわる。特に、上の四字と下の三字の視線・視点がかわり、意味内容がとりにくい。
（三）句と句のつながりについて
（1）作者のいる位置や、時間帯、天候・季節などの「場」が極端にかわる。そのため作者の視線・視点が定まらず、何を表現したいのかわからなくなる。
（四）一首の構成について
（1）無駄な「ことば」がある。
（2）「起承転結」が曖昧《あいまい》。

自分のいいたいことに焦点を合わせ、余計なことを省くことも重要です。

北宋の政治家・文学者の欧陽脩（一〇〇七～一〇七二）は、文を上手に作れるようになるにはどうしたらよいかと人に質問され、「三多三上《さんたさんじょう》」を心がけなさいといっています。「三多三上」とは、三つの上（場所）で、三つのことを多くおこなうことをいいます。

三多　—　たくさん名作を読む（看多）、たくさん作る（做多）、何度も推敲《すいこう》する（商量多）

三上　—　馬の上で（馬上）、枕の上で（枕上）、トイレの上で（厠上）

「馬の上（馬上）」は、今日ならば、電車やバスや飛行機などの乗り物のなかで、ということになります。要は、いつでもどこでも、読んだり作ったり推敲したりするということです。作詩の場合も「三多三上」を心がけたいものです。

「推敲《すいこう》」の語の由来は、苦吟派の中唐の詩人賈島《かとう》（七七九〜八四三）の故事によります。賈島が「僧は推《お》す月下の門」がいいか、「僧は敲《たた》く月下の門」がいいか決めかね、推したり敲いたりする仕草をしながらまちを歩いていると、ときの大臣でもあり詩人でもある韓愈《かんゆ》の行列に行きあたり、わけを話すと韓愈はたちどころに「敲く」がいいと教えたといいます。

たった一字、一句を何年間も考えたという人もいます。杜甫も「人を驚かす句ができなければ死んでも死にきれない」といっています。詩を作っているときは気力が充実し、その勢いで詩を作り上げますから、自分ではそれで十分表現できているつもりでも、人にはまったく伝わらないことがよくあります。作ってから一週間くらい間をおいて、第三者の立場でもう一度読みかえすとよいでしょう。

どこがおかしいかがわかるには、名作をたくさん読み、名作のよさを体感しておくことも大切です。名作を読むと、ハッと驚くことがあります。それは、未体験の風景や人事がうたわれていたり、漫然と見過ごしていたり、あるいは過去に体験して忘れていた風景やことがらが、詩人の鋭い感性によってうたわれていたり、自分が感じ、思いながらもうまく表現できなかったことが、詩人の美しいことばで表現されていたりするからです。しっかりした注と訳がついている漢詩の本をじっくり読むことをおすすめします。

第二部　「ことば」について考える

詩は、感動をうたうものであり、感動のないところに詩は生まれません。前の章（69頁）で二句作ったように、詩語《しご》を見て、それに触発されて浮かんでくる風景や物語によって詩を作ってもかまいません。詩語の連想ゲーム、平仄表《ひょうそくひょう》に詩語をあてはめるパズル、と思って楽しむのです。そのうちに詩語を覚え、「おもい」がわくようになると、実際の風景や出来事に感動して詩が生まれるようになります。

私たちの周囲（＝外界）にはたくさんのモノがあります。光があり風があり、山があり川があり、花があり木があり、ヒトがいて動物がいて、とさまざまな「物」があります。また、風が吹いたり雨が降ったり、花が咲いたり木の葉が散ったり、鳥が鳴いたりチョウが舞ったり、子供が生まれたり人が死んだり、出会いがあったり別れがあったり、いろいろな「現象」があります。これら外界のモノに触れたとき、人は何かを感じ、心が動かされます。心がモノに感じて動くと、喜怒哀楽などの「情」や、その「情」から何かを希望したり批判したりという「志《こころざし》」が生まれます。心に生まれる「情」「志」、すなわち「内なるおもい」がことばによって表現されるものが詩です。

さて、しかし、情がわいたからといっても、たとえば楽しいからといって「楽しい」と表現したのでは詩にはなりません。「悲しい、悲しい」といわれても、読者はちっとも悲しくなりません。自分が感動を受けた外界のモノを目の前に見えるように具体的に表現し、自分が感動を受けた「場」に読者を引きこまなければなりません。読者を自分の懐《ふところ》に入れて読者に同じ感動を与えるためには、ことばを吟味し、感動を伝えるための工夫をして、「外界のモノ」と「内なるおもい」とを融合させる必要があるのです。

第一章 「モノ」と「こころ」と「ことば」

「外界のモノ」と「内なるおもい」との関係は、「おもい」がモノに触発される、というほかに、「おもい」がモノに移入する場合も考えられます。

七言絶句の名手といわれる唐の王昌齢《おうしょうれい》（?~七五五?）は『詩格《しかく》』のなかで「思《おもい》」がどのようにして生まれるかを分析し、「取思《しゅし》」「生思《せいし》」「感思《かんし》」の三つの場合があるといいます。

取思《しゅし》―外界のモノをたずね求め、モノからおもいを取得する

生思《せいし》―長い間精神をこらし修練を積んでもモノと心が合わず、疲れ果ててあきらめたとき、ゆくりなくモノと応じあって、ふとおもいを生じる

感思《かんし》―前人のことばや作品をよく味わい吟詠しているうちに、それに感じておもいを生じる

「取思《しゅし》」は、こちらから積極的にモノと関わり、心に響くモノを探しあてて「おもい」を取得しますから、心は能動的で、それによって得られる「おもい」はより主観的になります。それだけに美に対する意識、自己が確立していないといけません。「生思《せいし》」は、モノに触発されますので、受動的であり、モノが心の中に飛びこんできて「おもい」が突然生まれます。しかし、「長い間精神をこらし修練を積」む必要があります。「感思《かんし》」は、対象が古人のことばや作品に限定されますが、この場合、心のはたらきは、能動的でもあり、受動的でもある、ということになります。これは詩をたくさん読むことになりますから、詩語《しご》も覚え、詩の構成も会得でき、入門の段階では最適な方法であるかもしれません。

「おもい」のわく契機はいろいろありますが、せっかく「おもい」がわいても、その「おもい」をあらわす「ことば」がなければ人に伝わりません。

「ことば」には、モノをはっきりと示すものと、そこからさらに別のことを意味したり、何かをほのめかしたりすものがあります。たとえば、前章の詩語表のなかの「階前《かいぜん》」「半夜《はんや》」「庭梧《ていご》」「一巻《いっかん》」などは示すモノが明確です。

「青雲《せいうん》」は、「青い空に浮かぶ白い雲」のことで、青い空は高い空でもありますから、高い空に浮かぶ雲、そこから転じて、高位高官をも意味します。つまり「青雲」は、「青い空に浮かぶ白い雲」の「空に浮かぶ」という語が省略されたかたちであり、高位高官を表すときは、もとの意味を別の意味に転じていることになります。

「紅泉《こうせん》」はどうでしょうか。「くれない色の泉」という意味で、鉱石の紅《あか》い色の混じった泉（水）が見えてきます。しかし、また別の風景も見えてきます。唐代、張籍《ちょうせき》の「夜黒竈渓《よるこくそうけい》に宿《やど》る」。

花下紅泉色　　花下《かか》　紅泉《こうせん》の色《いろ》

雲西乳鶴声　　雲西《うんせい》　乳鶴《にゅうかく》の声《こえ》

（大意）花の下にはくれない色の泉が流れ、雲の西ではツルの雛《ひな》が鳴く。

この「紅泉《こうせん》」は、「紅《あか》い花が映ってくれない色に染まる泉」のイメージになります。「くれない色の泉」という抽象的な意味合いよりも、はっきりとモノが見え、豊かなイメージがひろがります。

次に「碧鱗《へきりん》」はどうでしょうか。「みどり色の鱗《うろこ》」の意味ですが、もう一つあるモノを示します。それは「みどり色のさざなみ」です。さざなみがこまかく立って鱗のように見えることからいいます。蘇軾《そしょく》の「淮上早に発す《わいじょうつとにはっす》」に出てきます。

澹月傾雲暁角哀　澹月《たんげつ》　雲《くも》に傾《かたむ》いて　暁角哀《ぎょうかくかな》し

小風吹水碧鱗開　小風《しょうふう》　水《みず》を吹《ふ》いて碧鱗開《へきりんひら》く

（大意）淡い月が西の雲に傾き、あかつきを告げる角笛《つのぶえ》が悲しく鳴りひびくなか、風がそよそよと吹いて水面に碧《みどり》のさざなみがひろがる。

「碧鱗《へきりん》」は、「みどり色の鱗のような波」ということで、「～のような」が省かれ、「波」の比喩として使われています。

「ことば」の意味は、右の例のように、一つとは限らず、多くの意味＝義をもっています。詩は「ことば」の多義性を利用して、イメージを豊かにふくらませるようにしてあります。漢詩を鑑賞するときにはそうした「ことば」に留意し、詩を作るときは、こうした「ことば」を使って、自分の「おもい」をうまく表現してゆきます。

第二章　漢字の多義と音《おん》

「ことば」の多義は、「詩における多義」と「一般的な多義」とがあります。まず「一般的な多義」について、漢字一字にしぼって考えてみます。

漢字は多義でありながら、「音《おん》」としては、「声母《せいぼ》」「韻母《いんぼ》」「声調」の三つの要素からなりたっています。たとえば「東」は、

方角を表す「ひがし」

東の方へゆくことを表す「ひがしする」

五行説から「はる」

東の方にいる人から「主人」

という意味があり、「音」としては、現代中国語では「dōng」と発音して

声母 d＋韻母 ong ＋声調（第一声）

となります。五万字あるといわれる大部分の漢字は、このような多義をもったまま一つの「音」で表しますが、なかには、

（一）声調がかわることによって意味がかわる

（二）「音《おん》」がかわることによって意味がかわる

（三）意味はかわらず二つ以上の声調がある

という漢字もあります。作詩の面ではこれらを「両韻《りょういん》」の字といい、特に（三）は「平仄両用《ひょうそくりょうよう》」

の字といいます。(一)と(二)は、平仄《ひょうそく》や発音が違うことによって意味が違ってきますから、作詩のさい気をつけなければいけません。逆に(三)は平でも仄でも使えて便利です。以下、詩を読みながら説明しましょう。

(一)声調《せいちょう》がかわることによって意味がかわる

声母《せいぼ》も韻母《いんぼ》も同じですが、声調《せいちょう》がかわることによって意味がかわる場合です。入声《にっしょう》は日本語の音《おん》読《どく》で見分けがつきますが、それ以外の声調はわかりません。

早発白帝城　(早《つと》に白帝城《はくていじょう》を発《はっ》す)　盛唐《せいとう》　李白《りはく》

朝辞白帝彩雲間　　朝《あした》に辞《じ》す白帝彩雲《はくていさいうん》の間《かん》
千里江陵一日還　　千里《せんり》の江陵《こうりょう》　一日《いちじつ》にして還《かえ》る
両岸猿声啼不住　　両岸《りょうがん》の猿声《えんせい》啼《な》いて住《や》まざるに
軽舟已過万重山　　軽舟《けいしゅう》　已《すで》に過《す》ぐ　万重《ばんちょう》の山《やま》

(大意)朝早く朝焼け雲のたなびく白帝城に別れを告げ、千里かなたの江陵へたった一日で還る。両岸のサルの鳴き声が啼きやまないうちに、私の乗った軽い舟は、いくえにも重なる山の間を通り抜けた。

(韻字)間、還、山(上平声一五刪《さん》)

この詩には、声調がかわると意味のかわる漢字がいくつかあります。

間―「あいだ」のときは平声《ひょうしょう》。「かわるがわる」のときは去声《きょしょう》。

両―「ふたつ」の意味のときは上声《じょうしょう》。車を数える量詞のときは去声《きょしょう》。

不―「～ず」という否定を表すときは入声《にっしょう》。「いなや」「～かどうか」の意味のときは上声。「いやしむ」のときは上声。

軽―「かるい」のときは平声。「すばやい」のときは去声。

過―「通過する」「ゆきすぎる」「度を超す」「あやまつ」「あやまち」のときは去声。「経る」「たちよる」「過ぎ去ったとき」のときは平声。

右の詩以外では、「中」「好」「少」「王」「思」「横」も声調によって意味がかわります。

中―「うち」「なか」は平声。「あたる」「あてる」は去声。

好―「よい」「よしみ」「みめよい」は上声。「このむ」「すく」と、動詞のときは去声。

少―「すくない」「すこし」は上声。「わかい」は去声。

王―「王」という名詞のときは平声。「王となる」という動詞のときは去声。

思―「おもう」は平声。「おもい」は去声。

横―「よこ」「よこたわる」は平声。「よこしま」は去声。

二つの声調だけでなく、三つあるいは四つの声調をもつものもあります。

(二)「音」がかわることによって意味がかわる

日本語の音読みでは同じですが、声母《せいぼ》や韻母《いんぼ》・声調が違うことによって意味が違う漢字です。たとえば、83頁の李白の詩の「還」。

還—「かえる」「かえす」のときは「カン huán」の上平声一五刪《じょうひょうしょうじゅうごさん》。

「めぐる」「めぐらす」のときは「セン xuán」の下平声一先《かひょうしょういっせん》。

重—「かさなる」「かさねる」のときは「チョウ chóng」の上平声二冬《じょうひょうしょうにとう》。

「おもい」のときは「ジュウ zhòng」の上声二腫《じょうしょうにしょう》。

「還」は、「間」「山」とともに押韻《おういん》してあり、上平声一五刪の意味で使われています。ただ、下平声先韻と通韻《つういん》できますから、解釈に違いが出てきます。

そのほか、右の詩にはありませんが、「数」「施」もいくつかの「音《おん》」があります。

数—「かぞえる」のときは「スウ shǔ」の上声。「かず」のときは「スウ shù」の去声。

「しばしば」のときは「サク shuò」の入声。「こまかい」のときは「ソク cù」の入声。

「はやい」のときは「ソク sù」の入声。

施—「旗がゆらぐ」「しく」のときは「シ shī」の平声。「うつる」「およぶ」のときは「イ yì」の去声。「ほどこす」のときは「シ shì」の去声。「ゆるめる」のときは「シ shǐ」の上声。

「ななめ」「ななめに歩く」のときは「イ yí」の平声。

（三）意味はかわらず二つ以上の声調がある

多くの意味をもっている一つの漢字が、平《ひょう》と仄《そく》の両方の声調をもつ場合です。平でも仄でも使えますので、「平仄両用《ひょうそくりょうよう》」といって、作詩のさい重宝します。本書の付録に一覧表をつけておきますが、数例を見ましょう。

誉—「ほまれ」。　看—「みる」。
嘆—「なげく」「なげき」。　忘—「わすれる」。
望—「のぞむ」「のぞみ」。　妨—「さまたげる」。
聴—「きく」。

この（三）とは逆に、同じ意味で違う漢字、というものもあります。例えば「〜のようだ」と表すとき、「ごとし」を用いますが、漢字には「如」と「若」があり、「如」は平声、「若」は仄声で、平仄を合わせる場所によって互いに使い分けます。これを「平仄互用《ひょうそくごよう》」といい、「まち」の「城」「郭」、「よる」の「宵」「夜」「夕」、「ふさわしい」の「宜」「好」、「あたかも〜のようだ」の「疑」「似」、「〜できる」の「堪」「可」、「うち」の「中」「裏」、「ヤナギ」の「楊」「柳」などがあります。

一つの漢字で意味がまったく逆になるものもあります。たとえば「巧」には、「たくみ」「よい」「さとい」のほかに「いつわり」の意味があります。「乱」は「みだれる」「みだす」ですが、その反対の「おさめる」の意味もあります。これらは前後の内容から意味を読みとっていきますが、作詩のさいにはごく一般的な意味で使うのが無難です。

漢字が多義であるのは、人間の生活や心が複雑になるにつれて次々と新しい意味が付加されたためと考えられます。この漢字の多義は、辞典に分類記載されていますからわかりやすいと思いますが、「詩における」という限定がつくと少しむずかしくなります。

第三章　漢字の結びつき方

漢字の結びつきの基本は、作詩のさいの語の構成・句の構成の基本になります。前章で見たように漢字には多くの意味があります。この多義のせいか、漢文では漢字が二つ結びついた熟語として「ことば」が構成される傾向にあります。二字熟語となることによって、多義による曖昧さはいくらか解消され、「ことば」のリズムは確実に安定します。漢字はだいたい次のような関係で結びつきます。

(一) 主語十述語の関係

「AがBする」「AはBである」を意味する結びつきです。たとえば、

日没－日が没する　　氷解－氷が解ける　　地震－地が震える
国立－国が立てる　　雷鳴－雷が鳴る　　月明－月が明るい

ただし、「氷解」は、氷のようにとける、の意味もあり、これですと、(三) の修飾語・被修飾語の関係になります。

(二) 述語十目的語・補語の関係

「Aを・Aへ・Aに・Aから・Aより、Bする・Bである」を意味する結びつきです。述語の後にその述語の内容を補足する目的語もしくは補語がきます。

読書ー書を読む　転居ー居を転じる　消火ー火を消す
登山ー山に登る　帰郷ー故郷に帰る　就職ー職に就《つ》く

（三）修飾語＋被修飾語の関係

「どのようなA」「何のA」「何でできているA」とか「どのようにAする・Aである」を意味する結びつきです。

大国ー大きな国　親友ー親しい友　隣人ー隣の人
流水ー流れる水　晩成ー晩《おそ》く成る　生得《せいとく》ー生まれつき得ている
林立ー林のように立つ　鯨飲《げいいん》ー鯨のように大量に飲む

（四）並列の関係

「AとB」「Aし及びBする」を意味する結びつきです。これには、（1）同種のものがならぶ、（2）反対のものがならぶ、の二つがあります。

（1）同種のものが並ぶ

河川ー河と川　人民ー人と民　優良ー優れて良い
粗悪ー粗末で悪い　重複《ちょうふく》ー重《かさ》なり複《かさ》なる

（2）反対のものが並ぶ

善悪ー善と悪と　高低ー高いと低いと　大小ー大と小と
上下ー上と下と　貸借《たいしゃく》ー貸すと借りると　首尾ー首《はじめ》と尾《おわり》と

（五）選択の関係

「AまたはB」「AしまたはBする」を意味する結びつきです。たとえば、「殺傷」は、殺し及び傷つける、という（四）の並列の意味のほかに、殺しあるいは傷つける、という選択の関係も考えられます。「父母」も、父と母、の並列のほかに、父あるいは母、という選択の関係もあります。「大小」「軽重」も並列と選択の関係にあります。これらは文脈から判断することになります。

（六）時間的継続の関係

「AしてBする」を意味するものです。たとえば「撃破」。この「撃つ」と「破る」の間には、時間的な継続関係があります。文章のときには、よりわかりやすいように「撃而破之（撃ちて之を破る）」のように「而」をよく用います。「学習」も「学而習之（学びて之を習う）」です。

（七）従属の関係

「AのB」「Aに属するB」のように従属の関係を示します。たとえば、

城門－城の門　　窓灯－窓の灯　　蛍火－蛍の火《ひかり》

文章では、「城之門」「窓之灯」「蛍之火」のように「之」を用いることがあります。

（八）上下同義の関係

多義のうちの共通の意味で結びつき、「A＝B」の関係になっているものです。たとえば「傷害」。

二字で「そこなう」「きずつける」の意味になります。「計算」「集合」なども同じです。

（九）その他の関係

（1）認定を示す

「Aである・でない、Aできる・できない」のように、上の語で可否の認定や否定を示し、下の語でそのうちわけを述べます。

不良―よくない　非常―常でない　可視―視ることができる
無用―用がない

（2）状態を示す

「然・焉・乎・爾・如」などの助字がついて、ものごとの状態を示します。「決然」「忽焉」「確乎」「率爾」「突如」などがそれです。

また、ある状態を表す漢字を二字重ねる場合があります。これを「**重言**《ちょうげん》」または「**畳語**《じょうご》」「**畳字**《じょうじ》」といいます。「寂寂《せきせき》」「蕭蕭《しょうしょう》」「洋洋《ようよう》」「悠悠《ゆうゆう》」「堂堂《どうどう》」「茫茫《ぼうぼう》」などがそうです。杜牧《とぼく》の「清明《せいめい》の時《じ》節雨紛紛《せつあめふんぷん》」（25頁）の「紛紛《ふんぷん》」も重言です。これは、七言絶句の規則として挙げた（三）の（1）の「**同じ字は使わない**（**同字重複**《どうじちょうふく》**を禁ず**）」の規則にしばられることはありません。とはいえ、重言《ちょうげん》を一首のなかで何度も使うのはよくありません。せいぜい二回くらいにしたいものです。

同じ声母（子音）の漢字、同じ韻母（母音）の漢字が結びついてある状態を表す場合もあります。

たとえば「磊落《らいらく》」「従容《しょうよう》」。「磊」「落」「従」「容」の一字の字義にはそれほど関係がなく、二字の音の結合によっています。「磊落」のように声母（子音）がそろっている語を「**双声語《そうせいご》**」といいます。ほかに「悽愴《せいそう》」「陸離《りくり》」「玲瓏《れいろう》」「淋漓《りんり》」「惆悵《ちゅうちょう》」などがあります。「従容」のように韻母（母音）がそろっている語は「**畳韻語《じょういんご》**」といいます。「矍鑠《かくしゃく》」「纏綿《てんめん》」「彷《ほう》徨《こう》」「逍遥《しょうよう》」「荒涼《こうりょう》」「模糊《もこ》」「爛漫《らんまん》」などです。

双声語や畳韻語はリズムがよくなるため漢詩でよく使われます。字義も考慮して上手に使うといっそう効果があがります。例えば、李白《りはく》の「客中行《かくちゅうこう》」。

蘭陵美酒鬱金香　　蘭陵《らんりょう》の美酒《びしゅ》　鬱金《うっこん》の香《かおり》
玉碗盛来琥珀光　　玉碗《ぎょくわん》盛《も》り来《きた》る琥珀《こはく》の光《ひかり》

「蘭陵」は酒の名産地、山東省の地名です。日本語の発音では「蘭」「陵」ともにラ行のやわらかな子音ではじまります。「蘭陵の美酒～」は、美酒を産出する地名、しかもやわらかな発音の双声語「蘭陵」をうまく使って、とろりとした、おいしそうな酒の感じを出しています。

右の分類は、文法的に法則性の見い出せるものをまとめたものですが、それ以外にも注意すべき語があります。

たとえば、「矛盾」。字義的には「たて」と「ほこ」ですから、漢字の結びつきは（四）の並列の関係になります。しかし、意味は多くの場合、『韓非子《かんぴし》』（難一《なんいち》）の寓話から単に「くいちがい」を意味します。

また、「友于《ゆうう》」「紅於《こうお》」は、「**歇後《けつご》の語《ご》**」といい、成語のあとの語を省略したものです。「友于《ゆうう》」は、

『尚書《しょうしょ》』（君陳）の「友于兄弟（兄弟《けいてい》に友《ゆう》に）」から、兄弟の仲のよいことを意味します。「紅於《こうお》」は、楓《かえで》、もみじを意味します。杜牧の「山行《さんこう》」の「停車坐愛楓林晩、霜葉紅於二月花（車《くるま》を停《とど》めて坐《そぞ》ろに愛《あい》す楓林《ふうりん》の晩《くれ》、霜葉《そうよう》は二月《にがつ》の花《はな》よりも紅《くれない》なり）」からきています。

「居諸《きょしょ》」は日月、歳月のことです。『詩経』邶風《はいふう》「柏舟《はくしゅう》」の「日《ひ》居《や》月《つき》諸《や》、胡《なん》ぞ迭《たがい》に微《か》くるや」からきています。

第四章　語を省略した「ことば」

漢字どうしの結びつきは前章のように説明できますが、そのモノを理解する場合は文法だけではわからないことがたくさんあります。辞書に載っていて調べればわかる「ことば」もありますが、そうでない「ことば」に出くわしたときには、詩の内容から判断するしかありません。

いまここでいう「語を省略したことば」とは、たとえば文法上は「修飾語＋被修飾語」のようになっていても、そのままでは理解できない、実際のモノが見えてこない、よく考えると意味がわからない、という「ことば」です。これは、動詞や名詞や助字といった語が省略されている、と考えるとわかりやすいと思います。こうした「ことば」は、日本語に訳すときには省略されている語を補って訳します。

例として、いままで出てきた「ことば」で説明しましょう。

「青雲《せいうん》」は「青い雲」という「修飾語＋被修飾語」の関係で結びついています。文字の上での意味は「青い雲」ですが、実際には青い雲はありません。ですから、理解する場合は、「青い空に浮かぶ雲」となります。つまり、「空に浮かぶ」が省略されているのです。「紅泉《こうせん》」も「紅色の泉」という「修飾語＋被修飾語」の関係で結びついていますが、「紅い花が映る泉」ですから、「花が映る」が省略されていることになります。

いま、二字の熟語を「ＡＢ」とすると、「紅泉」の場合は、Ａが形容詞としてはたらいて名詞を修飾し、その全体が「～する」という動詞をともなってＢにかかる、という構造になります。「青雲」は、やはりAが形容詞として働いて名詞を修飾し、今度はその全体に、「～する」という動詞をともなってBにかかる、という構造になります。数式のように表すと次のようになります。□は文法的な変化、または省略を表します。

（1）〔形容詞としてのA〕＋〔名詞〕が〔～する〕B　（紅泉）

（2）〔形容詞としてのA〕＋〔名詞〕に（を）〔～する〕B　（青雲）

二字の熟語「AB」は、Aが単純にBを修飾するのではなく、Aの文法的な変化がかくされ、名詞や動詞が省略されている、という複雑な熟語というわけです。ですから、意味がわかりにくいのです。

ほかにはどのような省略の構造があるでしょうか。たとえば「新鶯《しんおう》」はどうでしょうか。「新《あたら》しい鶯《うぐいす》」と訳して、どのようなウグイスを想像しますか。生まれたばかりのウグイスでしょうか。そういう意味もありますが、別に「啼きだしたばかりのウグイス」という意味もあります。この意味では、「新」は副詞的にはたらいて、省略されている「啼く」を修飾することになります。

〔新たに〕＋〔啼きだした〕＋ウグイス、です。

（3）〔副詞としてのA〕＋〔動詞〕＋B　（新鶯）

どこからともなくただよってくる梅の香りを「暗香《あんこう》」といいますが、かくされている語を補うと、

〔暗《ひそ》かに〕＋〔ただよう〕＋香り、ですから、やはり（3）ということになります。

「苦雨《くう》」は「人を苦しめる長雨」のことです。この場合は、

（4）〔動詞としてのA〕＋〔目的語・補語〕＋B　（苦雨）

となります。

「林風《りんぷう》」は「林をわたる風」です。これは

（5）〔動詞＋目的語補語としてのA〕＋B　（林風）

となります。「晴江《せいこう》」は、「晴れた江《かわ》」でもわかりますが、「雨が晴れた江」とするともっとよくわかります。するとかたちとしては、

（6）〔名詞＋動詞としてのA〕＋B　（晴江）

となります。

なお、さきにもう一例として挙げた「碧鱗《へきりん》」は「碧《あお》い鱗《うろこ》のような波」ということで、これも「〜のような」が省かれていますが、「AB」の連想によって別の意味を出しますので次章の「義を転用したことば」に分類します。

思いつくままいくつか「AB」の熟語を挙げてみますので、まず文字の上から意味を考えてみてください。その下に省略されている語を補った訳を記しますので、どこがどう省略され、（1）〜（6）のどのかたちなのか、考えてみてください。考え方の例として、「林風《りんぷう》」「乱雲《らんうん》」「苦雨《くう》」については、意味のよくわからない点を（　）内に記してみます。

自然

林風《りんぷう》―（「林の風」とは何？）林をわたる風

乱雲《らんうん》―（「乱れる雲」とはどんな雲？）姿をかえて乱れ動く雲

苦雨《くう》―（「苦しい雨」？）人を苦しめる長雨

驚雷《きょうらい》―人を驚かす激しい雷
晴江《せいこう》―雨上がりの川面
水痕《すいこん》―水にぬれた痕
水光《すいこう》―水面が（に）反射する光
銀塘《ぎんとう》―銀のように輝く水ぎわ
石泉《せきせん》―石の間からわく泉
緑煙《りょくえん》―夕方になって緑色に見えるモヤ
危石《きせき》―高いところにある石

動物

新鴉《しんあ》―朝になって活動をはじめたばかりの鴉
湖雁《こがん》―湖の上を飛ぶ雁

建物

山窓《さんそう》―山にある家の窓
竹檐《ちくえん》―竹の植えてある軒端
松閣《しょうかく》―松が植えてある高殿
晴軒《せいけん》―晴れた空が見える窓
梅牖《ばいゆう》―梅の花が見える窓

人・情

吟眸《ぎんぼう》―詩を吟じる人（＝詩人）の瞳
郷心《きょうしん》―故郷をなつかしく思う心
帰思《きし》―故郷に帰りたいと思う心

珍しい「ことば」に出会ったらいろいろ吟味してみてください。もちろん、右に挙げた訳も、詩のなかでは違う訳し方をする場合があります。

第五章　義を転用した「ことば」

漢詩漢文の特色は、引き締まった簡潔な文体にあります。それには「ことば」の多義が大きく寄与しています。簡潔ではあっても多義によって内容が豊かになり、表現の幅が生まれます。その多義のなかでも特徴的なのが、本来の「ことば」の意味とは異なる意味を表す場合です。漢和辞典で「転じて～をいう」と説明されているのがそれです。

たとえば「孤帆《こはん》」の第一義は「一つの帆」ですが、詩ではたいてい「孤舟《こしゅう》」（一艘《いっそう》の小舟《こぶね》）の意味になります。舟の一部である「帆」、それを転じて「舟」の意味に用いる、また、そう解釈するわけです。「馬乳《ばにゅう》」も別の意味があります。普通「馬乳」といえば、馬の乳房、あるいは乳首から出てくる乳を連想しますが、韓愈《かんゆ》や蘇軾《そしょく》の詩では「葡萄《ぶどう》」の意味で使っています。葡萄の形が馬の乳房（乳首）に似ているからです。これは形状の連想から「葡萄」に転用しているのです。

「孤帆」も、「帆をかかげた一艘《いっそう》の舟」ですから「語を省略したことば」ですし、「馬乳」も「馬の乳首のようなかたちをした葡萄」ですから、やはり「語を省略したことば」です。「語を省略したことば」と「義を転用したことば」を厳密に分類するのは難しいのですが、たとえば「青雲」のように、「青い空に浮かぶ白い雲」はあきらかに「空に浮かぶ」という語が省略されています。それが「高位高官」の意味になるのは、義の転用になります。ここでは、辞書的に「転じて～をいう」のように、転じた義が明確に定まっている「ことば」をさすことにします。

「義を転用したことば」はおおよそ十九類に分けることができます。

（1）衣服・装飾によって人を表す

布衣《ふい》（布製の着物）→官位のない人。平民　紈袴《がんこ》（白い絹の袴）→貴族の子弟

巾幗《きんかく》（婦女の髪飾り）→婦女　南冠《なんかん》（南方、楚の人が被る冠）→囚人、俘虜《ふりょ》

（2）生理的な特徴によって人を表す

二毛《にもう》（白い毛と黒い毛）→老人　黄髪《こうはつ》（黄色い髪の毛）→老人

黒頭《こくとう》（髪の毛の黒い頭）→青年　紅顔《こうがん》（紅い顔）→少年、または美人

（3）物によって人を表す

千金《せんきん》（大金《たいきん》）→お嬢様　桃李《とうり》（モモとスモモ）→門人

鴛鴦《えんおう》（オシドリ）→夫婦

（4）場所によって人を表す

東牀《とうしょう》（東の腰掛け）→娘の婿《むこ》　椒房《しょうぼう》（壁に山椒をぬりこんだ部屋）→皇后の御殿、皇后

東宮《とうぐう》（皇太子の御殿）→皇太子　側室《そくしつ》（正室のわきの部屋）→妾《そばめ》

平康《へいこう》（唐の長安の花柳街の名）→遊郭《ゆうかく》、妓女《ぎじょ》

「東牀《とうしょう》」は、王羲之《おうぎし》の故事を踏まえています。ある人が婿《むこ》を選びに王羲之の家にやってきたとこ

ろ、ほかの兄弟はかしこまっていたのに、彼だけは東の腰掛けで平気でご飯を食べていた、そこで婿に選ばれた、と。

(5) 人名によって物を表す

杜康《とこう》(はじめて酒を造ったという伝説の人)↓酒杜宇《とう》(蜀《しょく》の王の名。望帝)↓ホトトギス

干将《かんしょう》(春秋時代の呉の刀鍛冶《かたなかじ》の名)↓名剣(雄)　莫邪《ばくや》(干将の妻)↓名剣(雌)
阮咸《げんかん》(晋の人。竹林の七賢の一人)↓月琴《げっきん》(楽器の一つ)

「杜宇《とう》」(ホトトギス)は望郷の情を喚起する詩的効果があります(123頁以降参照)。

(6) 棲んでいる人・動物によってその物を表す

常娥《じょうが》、姮娥《こうが》(月に棲む美人の名)↓月　玉兎《ぎょくと》(うさぎ)↓月
蟾蜍《せんじょ》(ひきがえる)↓月　金烏《きんう》、金鴉《きんあ》(カラス)↓太陽

「常娥《じょうが》」(または「姮娥《こうが》」)は、太古の英雄羿《げい》の妻で、西王母《せいおうぼ》の不死の薬を盗み飲んで、月の仙女になったという人です。

(7) 句の一部によって年齢を表す

志学《しがく》(学問に志す)↓十五歳　而立《じりつ》(基盤が確立してひとり立ちする)↓三十歳
不惑《ふわく》(迷わない)↓四十歳　知命《ちめい》、知天命《ちてんめい》(天命を知る)↓五十歳

耳順《じじゅん》（人の意見を素直に聞き入れる）→六十歳

右はいずれも『論語《ろんご》』為政《いせい》篇の

吾十有五而志于学、三十而立、四十而不惑、五十而知天命、六十而耳順、七十而従心所欲不踰矩。（吾十有五《われじゅうゆうご》にして学《がく》に志《こころざ》す、三十《さんじゅう》にして立《た》つ、四十《しじゅう》にして惑《まど》わず、五十《ごじゅう》にして天命《てんめい》を知《し》る、六十《ろくじゅう》にして耳順《みみしたが》う、七十《しちじゅう》にして心《こころ》の欲《ほっ》する所《ところ》に従《したが》いて矩《のり》を踰《こ》えず。）

からきています。

（8）数量によって事物を表す

三尺《さんじゃく》→剣　　方寸《ほうすん》（一寸四方）→心
五尺《ごしゃく》→児童　　一百五《いっぴゃくご》→寒食節《かんじきせつ》
五千言《ごせんげん》→『老子《ろうし》』

「一百五《いっぴゃくご》」は、冬至後、百五日目の前後三日間を「寒食節《かんじきせつ》」ということからきています。

（9）固有名詞によって事物一般を表す

孔釈《こうしゃく》（孔子と釈迦）→儒教と仏教　　子路《しろ》（孔子の弟子の名）→勇士
羅敷《らふ》（美女の名）→貞女　　墳典《ふんてん》（太古の書物、三墳五典）→古典

羅敷《らふ》は、戦国時代（紀元前四〇三〜二二一）の趙の人で、道を歩く者も歩みをとめ、畑仕事をしている農夫も仕事をやめて見とれるほどの絶世の美女でした。ある日、あぜ道で桑の葉を摘んでいる

と、趙の使君《しくん》（太守《たいしゅ》）が通りかかり、自分のものにしようといい寄りますが、羅敷は「陌上桑《はくじょうそう》」という詩を作り、夫のいることを示してきっぱりと断りました。

（10）部分によって全体を表す

孤帆《こはん》（一つの帆）→孤舟　七弦《しちげん》（七本の弦）→琴

碧脛《へきけい》（緑色のすね）→仙鶴　秋羽《しゅうう》（秋の羽根）→秋の鳥

促鱗《そくりん》（小さい鱗）→小魚　兎毫《とごう》（ウサギの毛）→毛筆

（11）色によって事物を表す

丹赤《たんせき》（朱色と赤色）→心　丹青《たんせい》（朱色と青色）→絵画

朱紫《しゅし》（朱色と紫色）→高位高官

（12）形状によってその事物を表す

白団《はくだん》（白くて丸い）→団扇　碧香《へきこう》（緑色でよい香り）→酒

穹碧《きゅうへき》（とても碧《あお》い）→空　紅芳《こうほう》（紅くてよい香り）→花

（13）形状の連想によって事物を表す

馬乳《ばにゅう》（馬の乳）→葡萄　碧鱗《へきりん》（緑の鱗）→さざ波

山帯《さんたい》（山の帯）→雲　銀竹《ぎんちく》（銀の竹）→にわか雨
翠霧《すいむ》→竹の葉　蛾眉《がび》（ガの触覚）→三日月→三日月眉の女性→美女

(14) 状態によってその人を表す

嬋娟《せんけん》（あでやかで美しいようす）→美人　佳麗《かれい》、妙麗《みょうれい》（非常に美しいこと）→美人

(15) 動作や行為によってその主体を表す

執戟《しつげき》（戟を手にとる）→衛士　住持《じゅうじ》（住み守る）→主僧
主器《しゅき》（祖先の霊をまつる祭器をつかさどる）→皇太子、長男

(16) その一語によってことわざや典故の意を表す

河魚《かぎょ》（河の魚）→下痢（『左伝《さでん》』宣公《せんこう》十二年の「河魚之患《かぎょのかん》」）
佳城《かじょう》（よい城）→墓場（漢の滕侯《とうこう》の故事）
抱柱《ほうちゅう》（柱を抱く）→かたく約束を守る（『荘子《そうじ》』盗跖《とうせき》「尾生之信《びせいのしん》」）
夢蘭《むらん》（蘭を夢む）→妊娠する（『左伝』宣公三年、燕姞《えんきつ》の故事）

「河魚《かぎょ》の患《かん》」とは、魚は腹から腐りはじめることから、腹を下すことにいいます。

「佳城《かじょう》」は、『博物志《はくぶつし》』異聞《いぶん》、『西京雑記《せいけいざっき》』などに見える故事です。漢の滕侯《とうこう》が亡くなり柩《ひつぎ》を東都門外に葬ろうとしたとき、柩を挽《ひ》いていた馬が前に進まなくなり、蹄《ひづめ》を踏みならし悲しく嘶《いなな》いたか

と思うと、突然走りだして地を下り、一つの石の前でとまった。石を見ると、そこには「佳城鬱々《かじょううつうつ》として、三千年白日《さんぜんねんはくじつ》を見《み》ず。吁嗟《ああ》、滕侯此《とうこうこ》の室《しつ》に居《お》り」と銘が刻んであった、というものです。ただし、『西京雑記』では、滕侯が生前自分の墓を馬によって見つけた話になっています。

「尾生《びせい》の信《しん》」は、尾生が女性と橋の下で逢う約束をして待っていたところ、水かさが増してきたので柱にしがみつき、そのままずっと待ち続けてとうとう溺れて死んだ、という故事です。ばか正直に約束を守る、と揶揄《やゆ》する場合にも用います。

「夢蘭《むらん》」は次のような話です。鄭《てい》の文公《ぶんこう》の妾《そばめ》の燕姞《えんきつ》が、天の使いから蘭の花を与えられ「蘭をそなたの子にしてやろう」といわれる夢を見た。のち文公が燕姞に目をかけるようになり、蘭を与えて夜のとぎを命じると、燕姞は「私は卑しい身ですから、幸いに子どもを授かっても、人々が信じないかもしれません。どうぞこの蘭を後々の証拠にさせてください」といい、やがて生まれた男の子に蘭と名づけた、と。

(17) 結果によって原因となる事物を表す

傾国《けいこく》、傾城《けいせい》（国や町が衰退する）→美人　　化蝶《かちょう》（チョウになる）→夢を見る（『荘子』）

(18) 具体的な事物によって抽象的な事物を表す

干戈《かんか》（たてとほこ）→戦争　　懸旌《けんせい》（旗をかかげる）→進軍

口舌《こうぜつ》（口と舌）→言語　　折腰《せつよう》（腰をまげる）→卑下する

刀尺《とうせき》（ハサミと物差し）→人の才能を推し量って任免する

（19）分解した文字によってその事物を表す

丘八《きゅうはち》→兵　　十八公《じゅうはちこう》→松

破瓜《はか》→十六歳（瓜の字を分解すると八が二つできる）

これらの語が詩に用いられると、また違った「意味合い」が付加されることがあります。

第六章　詩における「ことば」の多義

「詩における」ことばの多義は、おおよそ

（一）音《おん》の連想によって別の意味を暗示する

（二）漢字の多義によって重層的な意味合いをもたせる

（三）ある情感や雰囲気をただよわす

（四）特定のモノやおもいを象徴する

と分けることができます。ただし、厳密に分けることはむずかしく、曖昧《あいまい》に「〇〇の語は～のイメージをもっている」「～を暗示する」などということが多いようです。いずれも詩文に用いられることによって生まれたもので、なかには時代が降るにつれて多くの意味合いが付加されてきた語もあります。一例として「蓮」を見てみましょう。

「蓮」はハスで、「荷《か》」「蓮華《れんか》」「芙蓉《ふよう》」「芙蕖《ふきょ》」などとも表記します。中国最古の辞書『爾雅《じが》』には、茎《くき》は「茄《か》」、葉は「葭《か》」、本は「蔤《みつ》」、花は「菡萏《かんたん》」、実《み》は「蓮《れん》」、根は「藕《ぐう》」と記されていますが、詩ではそれほど厳密に区別せず、相互に混用します。

ハスは紀元前の『詩経《しきょう》』や『楚辞《そじ》』にすでにうたわれています。漢の時代のものでは、ハスの実《み》やレンコンをとるときに歌われた労働歌が残っています。

江南（江南《こうなん》）

江南可採蓮　江南《こうなん》　蓮《はす》を採《と》るべし　江南は蓮をとるのによい

蓮葉何田田　蓮葉《れんよう》何《なん》ぞ田田《でんでん》たる　蓮の葉のなんと水面にひろがったことよ
魚戯蓮葉間　魚《うお》は戯《たわむ》る蓮葉の間《かん》　魚がその蓮の葉の間に戯れている
魚戯蓮葉東　魚は戯る蓮葉の東　魚がその蓮の葉の東に戯れている
魚戯蓮葉西　魚は戯る蓮葉の西　魚がその蓮の葉の西に戯れている
魚戯蓮葉南　魚は戯る蓮葉の南　魚がその蓮の葉の南に戯れている
魚戯蓮葉北　魚は戯る蓮葉の北　魚がその蓮の葉の北に戯れている

「蓮《れん》」は同音の「憐《れん》」と同じ意味で使われています。先の分類の（一）です。「憐」は、「いとおしむ、愛する」の意ですから、「蓮」は恋愛を暗示することになります。そして「採蓮」は、恋人を探すという暗示になります。じつは「魚」も、民謡では「恋人」を意味しますから、「魚《うお》は戯《たわむ》る」は男女がたわむれることを暗示します。魏の時代には右の「江南」が宮廷で演奏され、愛唱されたそうです。以降、魏晋南北朝時代には多くの文人によってハスがうたわれ、「採蓮曲《さいれんきょく》」も多くの詩人によって作られます。

六朝時代《りくちょうじだい》には、また別のイメージがつけ加えられます。魏《ぎ》の曹植《そうしょく》の「洛神《らくしん》の賦《ふ》」に、

灼若芙蕖出淥波　灼《しゃく》として芙蕖《ふきょ》の淥波《りょくは》を出《い》づるが若《ごと》し

（**大意**）青い波間に顔を出した紅《あか》いハスの花のよう。

とあります。曹植《そうしょく》が都から東国《とうごく》に帰ろうとして通谷《つうこく》を通って景山《けいざん》にやってきたとき、日が西に傾いたので、楊林《ようりん》でくつろぎ、洛水《らくすい》を見わたすと、一人の美人が岩のほとりにたたずんでいました。その美人は洛水の神蕙妃《けいひ》で、御者がどのようなようすだったか教えてください、というのでその美し

さをさまざまに形容して話してやります。その中の一句が右の句です。女神の美しさを語る部分で、しかも「〜の若《ごと》し」のように、あるものを別のあるものにたとえる明喩《めいゆ》を用いていますから、ここでの芙蕖は女神の比喩であることがすぐにわかります。こうして、ハスには神秘の霊性を備えた美、あるいは妖艶な美女というイメージが付加されます。

ハスの花は夏に咲いて、それだけでも一陣の涼味をそえますが、宋代（九六〇〜一二七九）になると思想家の周敦頤《しゅうとんい》が「愛蓮説（愛蓮《あいれん》の説）」という文を書き、ハスに士人の清らかなイメージを付加します。

水陸草木《すいりくそうもく》の花、愛すべき者甚《はなは》だ蕃《おお》し。晋の陶淵明独《ひと》り菊を愛す。李唐より来《このかた》、世人甚だ牡丹を愛す。予《よ》独り蓮《はす》の淤泥《おでい》より出《い》でて染まらず、清漣《せいれん》に濯《あら》われて妖《よう》ならず、中通《なかつう》じ外直《そとなお》く、蔓《つる》あらず枝あらず、香り遠くして益《ます》ます清く、亭亭として浄く植《た》ち、遠観《えんかん》すべくして褻翫《せつがん》すべからざるを愛す。

（大意）水中や陸上の草木の花には、愛すべきものがはなはだ多い。晋の時代の陶淵明は、独自の好みで菊を愛した。唐代以来、世の人々は、はなはだ牡丹を愛した。しかし、私だけは、蓮が泥の中から咲き出ても汚い泥に染まらず、清らかなさざなみに濯《あら》われても、媚《こ》びるような妖しさはなく、茎の中は空洞で穴が通っていて、外形は真っ直ぐで、むやみにはびこる蔓《つる》や枝もなく、その香りは遠ざかるにつれてますます清々《すがすが》しく、姿がすっきりと立っていて、遠くからそれを眺めることはできるが、なれなれしくすることができないのを愛している。

周敦頤《しゅうとんい》の考え方は人々に大きな影響を与え、黄庭堅《こうていけん》も、ハスの尽きない滋味、士人の清らかさ、高雅なおもいを、次のようにうたっています。

鄂州南楼書事　（鄂州《がくしゅう》の南楼《なんろう》にて事《こと》を書《しょ》す）　北宋　黄庭堅《こうていけん》

四顧山光接水光　　四顧《しこ》すれば　山光《さんこう》　水光《すいこう》に接《せっ》し
凭欄十里芰荷香　　欄《らん》に凭《よ》れば　十里《じゅうり》　芰荷《きか》香《かんば》し
清風明月無人管　　清風《せいふう》　明月《めいげつ》　人《ひと》の管《かん》する無《な》く
併作南楼一味涼　　併《あわ》せて作《な》す　南楼《なんろう》　一味《いちみ》の涼《りょう》

（大意）四方を見わたすと、山は月光を浴びて水景と一つに連なり、欄干《らんかん》にもたれていると、ハスの香りがいっぱいにただよう。この清らかな風と明るい月はだれかが支配するわけでもなく、すべてが一緒になってこの南楼《なんろう》の一味の涼をこしらえてくれる。

（韻字）光、香、涼（下平声七陽）

「詩における」ことばの多義について、以下、分類（一）～（四）に従って見てゆきましょう。

（一）音の連想によって別の意味を暗示する

すでに見た「蓮」がそうです。「蓮《れん》」は同音の「憐《れん》」に通じて恋心を暗示します。

「糸《し》（糸）」も同音の「思《し》」に通じ、「恋の思い」を暗示します。六朝時代、南朝の首都建康《けんこう》（南京）を中心とする呉の地方で流行した民歌の一つ、「子夜歌《しやか》」を見ましょう。全部で四十二首あるうちの一つです。

始欲識郎時
両心望如一
理糸入残機
何悟不成匹

始《はじ》めて郎《ろう》を識《し》らんと欲《ほっ》せし時《とき》
両心《りょうしん》　一《いっ》の如《ごと》くならんことを望《のぞ》めり
糸《いと》を理《ととの》へて残機《ざんき》に入《い》るに
何《なん》ぞ悟《さと》らん　匹《ひつ》を成《な》さざるを

（大意）はじめてあなたを好きになったとき、二つの心が一つになるようにと願ったものでした。それなのに、糸をそろえて機織《はたお》り機《き》に上がってみたら、織り機は壊れ、一匹の布も織り上げることができませんでした。そんなことになろうとは、いったいだれが想像したでしょうか。

「糸《し》」は恋心にかけていますから、「理糸《りし》」は恋心を大切に守る、という意味になります。「成匹《せいひつ》」は、布を織り上げることです。また「匹《ひつ》」は「匹配《ひっぱい》」つまり配偶者にかけていて、「成匹《せいひつ》」で夫婦になることを意味します。「糸」を織って「一匹」の布を作るというのは、恋を成就させて夫婦になる、という意味になります。

「郎《ろう》」は女性が若い夫あるいは恋人を呼ぶ呼称です。「残機《ざんき》」は、壊れた機織《はたお》り機。郎が心がわりして二人の仲が壊れたことを暗示します。はじめて知りあったときいつかは一緒になりたいと思い、その気持ちを大切に守ってきたのに、郎の気がかわってしまい、恋の糸を織ることができなくなった、というのです。そんなことになろうとは想像もしなかった、と幸福な時期を回想しながら、今の惨めでさびしいおもいを詩の行間に滲ませます。「おもい」をあからさまに表現せず、「滲ませる」ところに情緒が生まれ、詩になります。

「子夜歌《しやか》」は、子夜と呼ばれる女性が歌いはじめた歌で、節回《ふしまわ》しは哀切をきわめたといいます。ほとんどがみな恋の歌で、右の詩の「糸」「匹」「残機」のような二つの意味をかけることばが多用されます。大流行したことから、六朝時代には「子夜四時歌《しやしいじか》」「大子夜歌《だいしやか》」「子夜変曲《しやへんきょく》」などの模倣作が続々と作られました。

「晴《せい》」も同音の「情《せい》」（＝愛情、恋心）にかけることがあります。普通「情」は「ジョウ」と発音しますが、これは呉音です。漢音では「セイ」と発音します。中唐・劉禹錫《りゅううしゃく》の詩を見ます。

竹枝詞（竹枝詞《ちくしし》）　中唐　劉禹錫《りゅううしゃく》

楊柳青青江水平　楊柳《ようりゅう》青青《せいせい》として江水平《こうすいたい》らかに
聞郎江上唱歌声　郎《ろう》が江上《こうじょう》に唱歌《しょうか》する声《こえ》を聞《き》く
東辺日出西辺雨　東辺《とうへん》に日出《ひい》でて西辺《せいへん》に雨《あめ》ふる
道是無晴却有晴　道《い》うならく是《こ》れ晴《は》れ無《な》きは却《かえ》って晴《は》れ有《あ》りと

（大意）楊柳《ようりゅう》が青々と枝を垂《た》れ江《かわ》の水がどこまでも平らにひろがるなか、あの人が江のほとりで歌を歌っている。東の方は朝日が昇り、西の方は雨が降っている。でも、心配はいらないわ、雨のあとには必ず晴れるというもの。

（韻字）平、声、晴（下平声八庚《こう》）

「郎」は若い男性。その歌声を聞いているのは若い女性。歌声にうっとりして恋心をいだく、という設定です。転句は、東は晴れ西は雨、と複雑な天候。それは女性の複雑な心情を暗示します。結句の「道（道《い》うならく）」は、「聞くところによると」という意。伝聞や言い伝え、ことわざなどを引くときによく使います。「無晴」以下は、ことわざか、かつて聞いた古老のことばでしょうか。そのことばによって、晴れない心を慰めます。雨はいつかきっとやむ、雨のあとにはすばらしい晴天がおとずれる、と。そして「晴」と「情」をかけて、いつかはきっと自分の気持ちが通じ、すてきな恋ができるだろう、というのです。「竹枝詞《ちくしし》」は、土地の風俗や民情を素朴にかつ上品に表現するもので、劉禹錫がはじめました。

同音の他の漢字の意味をかねることばを「掛詞《かけことば》」、あるいは「双関語《そうかんご》」（「相関語」とも）といいます。

（二）漢字の多義によって重層的な意味合いをもたせる

漢字の多義がそのまま詩のなかで重層的にはたらくものをいいます。たとえば、さきに挙げた李白の「早発白帝城（早《つと》に白帝城《はくていじょう》を発《はっ》す）」（83頁）。全四句のうちの結句。

軽舟已過万重山　　軽舟《けいしゅう》　已《すで》に過《す》ぐ　万重《ばんちょう》の山《やま》

（大意）私の乗った軽い舟は、いくえにも重なる山の間を通り抜けた。

「重」は、平声で「かさなる」という意味の「重《ちょう》」と、上声の「おもい」の意味の「重《じゅう》」があります。この詩では「二六対《にろくつい》」の規則から平声の「重《ちょう》」で読まなければなりませんが、「重《じゅう》」の意味で解釈することもできます。つまりこうです。いくえにも重なり「どっしりと重々しい」山々、その間を軽い舟があっという間に通り過ぎていった、と。「軽い」と「重い」という対比によって、舟のスピード感がいっそう増します。

もう一つ「遠」の例を見ましょう。「遠」は多くの意味合いがあります。たとえば「遠景」「遠洋」などのように「距離」のとおさを表す場合、「永遠」「久遠」などのように「時間」のとおさ＝長さを表す場合、「遠戚」（遠い親戚→疎遠な親戚）、「高遠」（高くて遠い→志が高くてすぐれる）などのように「精神」的なとおさを表す場合、「深遠」「幽遠」などのように「奥深さ」を表す場合などがあります。詩ではそれらが重層的にはたらきます。具体例を見ましょう。後漢の「古詩十九首《こしじゅうきゅうしゅ》」其の一、全十六句のうちの第九・十句目です。

相去日已遠　相去《あいさ》ること日《ひ》に已《すで》に遠《とお》く
衣帯日已緩　衣帯《いたい》　日《ひ》に已《すで》に緩《ゆる》む

（大意）あなたは日に日に遠くへとゆき、私は日に日に痩せて着物の帯もゆるくなりました。

「遠」は、上声の「とおい」と去声の「とおざかる」の二つがあります。ですから「相去《あいさ》って日《ひ》に已《すで》に遠《とお》ざかり」と読むこともできます。「緩」を動詞で「ゆるむ」と読みましたので、「遠」を「とおざかる」と動詞で読むと対句としておさまりがよくなるでしょう。しかし、右のように「とおい」と読んでもかまいません。問題なのは、距離的に「遠」なのか、それとも時間的になのか、精神的になのか、「奥深さ」なのか、です。訳では「日に日に遠くへとゆき」としました。これは距離的な遠さを意味します。

この詩は恋人との別れをうたいます。「遠」に距離以外の意味合いを加えると、どうなるでしょうか。別れた恋人に会いたくてたまらないのに、どんどん遠くへといって再会の「時」がますます「遅く」なる、だから思い焦がれる気持ちは「永遠に」ずっと続き、ますます「深く」なる、となるでしょう。だから、ご飯ものどに通らず痩せてしまうのです。「距離」の遠さのほかに、「遠」の多くの意味が重層的にはたらいて深い意味合いが生まれ、豊かな情緒がかもしだされます。

(三) ある情感や雰囲気をただよわす

本来の意味のほかに、ある情感を帯びたり、ある雰囲気をただよわすことばをいいます。たとえば「碧玉《へきぎょく》」。もともとの意味は、「碧《あお》く美しい玉《ぎょく》」ですが、青く澄んでいる空や水の形容としても使います。さらに、女性の名前でもあることから、その清楚な美しさをただよわせます。

詠柳（柳《やなぎ》を詠《えい》ず）　　初唐　賀知章《がちしょう》

碧玉粧成一樹高　　碧玉《へきぎょく》　粧《よそお》い成《な》って　一樹高《いちじゅたか》し
万条垂下緑糸絛　　万条《ばんじょう》　垂下《すいか》す　緑糸《りょくし》の絛《とう》
不知細葉誰裁出　　知《し》らず　細葉誰《さいようたれ》か裁出《さいしゅつ》せるを

二月春風似剪刀

二月《にがつ》の春風《しゅんぷう》　剪刀《せんとう》に似《に》たり

（大意）あおみどり色に化粧を終えたばかりの柳がスラリと立つ。しなやかに垂れる枝は緑の糸で縫《ぬ》ったスカート。柳の葉を細く裁断したのは、いったいだれ？　それは春。二月の風は、ハサミのよう。

（韻字）高、絛、刀（下平声四豪）

「粧成《しょうな》る」は、化粧が終わることです。「碧玉《へきぎょく》 粧成《しょうな》る」で、柳の葉が出そろい、あおみどりの美しい色をたたえているようすをうたっています。「一樹高《いちじゅたか》し」は、柳が一本高く立つようす。承句の「緑糸《りょくし》」は、春の柳の枝をいいます。ここでは、文字どおりの「緑色の糸」の意味で「絛《とう》」を修飾します。「絛《とう》」は、もともとは組み紐という意味ですが、ここでは、裙帯《くんたい》、またはすその長いスカートの意味になります。詩の前半二句は、若葉が青々と萌《も》え出ている柳を、化粧を終えたばかりの、緑のスカートをはいた柳腰の美女にたとえています。

詩の後半は、「緑糸《りょくし》の絛《とう》」を承《う》けて、スカートを裁縫したのはだれ？柳の葉を細く裁断したのはだれ？と問いかけます。「不知《ふち》」は、だれがそうしたのか知らないということですが、「～かしら？」の意味です。結句はその答えで、春が風をハサミのように用いて、柳の葉を細く裁断して、スカートをこしらえた、といいます。若々しい緑をたたえた柳が、春風にしなやかになびいているようすが目に浮かびます。

「碧玉《へきぎょく》」は、六朝時代、呉の地方の歌曲に登場する女性です。南朝陳《ちん》、徐陵《じょりょう》の『玉台《ぎょくだい》新詠《しんえい》』に、孫綽《そんしゃく》の作とされる「情人碧玉歌《じょうじんへきぎょくか》」が載っています。

碧玉小家女　碧玉《へきぎょく》は小家《しょうか》の女《むすめ》
不敢攀貴徳　敢《あ》えて貴徳《きとく》を攀《よ》じず
感郎千金意　郎《ろう》が千金《せんきん》の意《い》に感《かん》ず
慚無傾城色　慚《は》ずらくは傾城《けいせい》の色《いろ》無《な》きを

（大意） 碧玉《わたし》はいやしい家の娘。立派な方の思し召しに甘えるわけにはまいりません。あなたさまの千金にも値するお心にうれしくてたまりませんが、傾城《けいじょう》の美貌のないのが恥ずかしいのです。

この詩から、「碧玉《へきぎょく》」といえば、庶民的な可愛らしい女性、の意となりました。現代中国語でも、たとえで、ちょっとしたかわいい娘、の意で用いられます。

先の賀知章《がちしょう》の詩は、碧玉のイメージをうまく用い、「粧成《しょうな》り」「一樹高《いちじゅたか》し」「緑糸《りょくし》の絛《とう》」で、化粧したての、柳腰でスラリとした、緑のスカートをはいた、かわいい碧玉を連想させます。またそれによって、逆に、柳のみずみずしく、たおやかな感じが出ます。六朝時代の「碧玉歌《へきぎょくか》」と唐代の「詠柳《えいりゅう》（柳を詠ず）」を読み比べてみると、「碧玉歌」は素朴で「おもい」を直截にうたっているのに対して、「詠柳」は擬人法や「色」の使い方などの表現技術が一段と進歩し、それによって詩的情緒が増していることがわかります。

ある情感や雰囲気をただよわすことばのなかでも、「色」のつく語は重要です。「色」の使い方によって詩の雰囲気ががらりとかわります。また「色」の使い方に詩人の特質が表れます。「色」を認識してそれをことばに表現できるのは人間だけですから、人間にしか作れない詩において「色」が重要なはたらきをするのは、当然といえば当然です。もちろん、民族によって、人によって、あるいは習俗・習慣の違いによって、「色」のもっている情感や雰囲気は異なります。「色」の例を少し見ましょう。

「碧《へき》」は、青緑、あおみどりです。「緑」に通じますが、緑より明るく澄んでいます。たとえば「碧水《へきすい》」は、緑の水や川のことですが、緑よりも深く澄んでいる感じになります。「緑水《りょくすい》」は、文字どおり、緑色の水や川で、緑の樹木が映りこんだ水・川にも用います。また「緑」は、つやのある黒にも用いられ、日本でも真っ黒でつやのある髪を「緑の黒髪」といいます。「碧山《へきざん》」は、青々と樹木の茂っている山。「碧玉《へきぎょく》」も、空や水が清らかで、青く澄んでいるたとえに使われます。

「青」は、藍《あい》・紺《こん》・緑などの、アオ系統の色を総称します。横断歩道などの緑の信号を青信号というのはそのためです。「青」は、緑を含んでいますので、「青松《せいしょう》」といっても、みどりの松ですし、「青青《せいせい》」は、みどりの草木などの茂るさまをいいます。「青山《せいざん》」は、青々と樹木の茂っている山のことです。「碧山《へきざん》」と意味は同じですが、イメージが少し違います。李白の「送友人（友人《ゆうじん》を送《おく》る）」全八句のうちの一・二句に、

青山横北郭　青山《せいざん》　北郭《ほっかく》に横《よこ》たわり
白水遶東城　白水《はくすい》　東城《とうじょう》を遶《めぐ》る

（**大意**）青々とした山が郭《まち》の北に横たわり、白く輝く川が城《まち》の東をめぐって流れる。

とあります。友は、この「青山《せいざん》」や「白水《はくすい》」の美しい自然にかこまれた「城郭《じょうかく》」に別れを告げて万里のかなたへと旅立ちます。身近に存在する「青山」や「白水」をうたうことによって、これまで

共有してきた自然や時間を、もはや共有できない、という悲しみを暗にこめています。「青山」は、いつも身近にある美しい山、なつかしい山なのです。

身近にある美しい山の例として、たとえば蘇軾《そしょく》の「司馬君実独楽園《しばくんじつどくらくえん》」に次のようにあります。

青山在屋上　青山《せいざん》は屋上《おくじょう》に在《あ》り
流水在屋下　流水《りゅうすい》は屋下《おくか》に在《あ》り

（大意）青々とした山が屋根の上に顔をのぞかせ、水が家の周りを流れる。

なつかしい山は、同じく蘇軾の「澄邁駅《ちょうまいえき》の通潮閣《つうちょうかく》」（其の二）。

澄邁駅通潮閣　（澄邁駅《ちょうまいえき》の通潮閣《つうちょうかく》）　北宋　蘇軾《そしょく》

余生欲老海南村　余生《よせい》　老《お》いんと欲《ほっ》す　海南《かいなん》の村《むら》
帝遣巫陽招我魂　帝《てい》は巫陽《ふよう》を遣《つか》わして我《わ》が魂《たましい》を招《まね》かしむ
杳杳天低鶻没処　杳杳《ようよう》として天《てん》低《た》れ　鶻《こつ》の没《ぼっ》する処《ところ》
青山一髪是中原　青山一髪《せいざんいっぱつ》　是《こ》れ中原《ちゅうげん》

（大意）残り少ない人生を海南島《かいなんとう》の村で過ごそうと思っていたが、むかし天のみかどが巫女《みこ》の巫陽《ふよう》に命じて河に身を投げて死んだ屈原《くつげん》の魂を招かせたように、この度《たび》みかどが私を呼び寄せてくださった。はるかかなたに大空が垂《た》れ、ハヤブサが消えていくあたり、髪の毛一すじほどの青い山が見える。あれこそがなつかしい中原の地だ。

（韻字）村、魂、原（上平声一三元）

次の詩のように、青い山が一晩で真っ白になるようすを、少年があっという間に老人になるようだ、というのも、どこにでもある身近な山だからでしょう。蘇軾の「江上値雪（江上雪《こうじょうゆき》に値《あ》う）」。

青山有似少年子　　青山《せいざん》は少年子《しょうねんし》に似《に》たる有《あ》り

一夕変尽滄浪髭　　一夕《いっせき》変《へん》じ尽《つ》くす滄浪《そうろう》の髭《ひげ》

（大意）青々とした山は、少年に似ている。あっという間にひげ面の老人になるように、一晩のうちに真っ白になった。

また、次のように、死んで骨を埋めることができる、というのも、身近な美しい山だからです。同じく蘇軾「獄中寄子由（獄中《ごくちゅう》　子由《しゆう》に寄《よ》す）」。

是処青山可埋骨　　是《いた》る処《ところ》の青山《せいざん》　骨《ほね》を埋《うず》むべきも

他年夜雨独傷神　　他年《たねん》　夜雨《やう》　独《ひと》り神《しん》を傷《いた》ましめん

（大意）どこの青山でも骨を埋めることはできるが、残された君はいつの日か雨の音にひとり胸を痛めることだろう。

子由《しゆう》は弟の蘇徹《そてつ》です。蘇軾は四十四歳のとき、朝政を誹謗《ひぼう》した科《かど》で逮捕され、御史台《ぎょしだい》（裁判所）の牢獄に入れられます。死を覚悟した蘇軾は、弟を思いやってこの詩を贈りました。「夜雨《やう》」は、雨の夜にベッドを並べて語りあうことで、二十六歳ころはじめて二人が別れるときに「夜雨対床《やうたいしょう》」の語が使われています。今では、兄弟の仲のよいたとえに用いられます。

「青山《せいざん》」に対して、「碧山《へきざん》」は、人里離れた奥深い山です。李白の「山中問答」。

山中問答　（山中問答《さんちゅうもんどう》）　盛唐　李白

問余何意棲碧山　余《よ》に問《と》う何《なん》の意《い》ありてか碧山《へきざん》に棲《す》むと
笑而不答心自閑　笑《わら》って答《こた》えず　心《こころ》自《おの》ずから閑《かん》なり
桃花流水窅然去　桃花流水窅然《とうかりゅうすいようぜん》として去《さ》り
別有天地非人間　別《べつ》に天地《てんち》の人間《じんかん》に非《あら》ざる有《あ》り

（大意）ある人が私にたずねる。いったい何のつもりでこの青々とした山の中に棲んでいるのかね、と。私はただ笑うだけで何も答えない。しかし、心の中はおのずからのどかである。桃の花びらが川面《かわも》に散り、はるか遠くへと流れていく。ここにこそ、世俗を離れた理想の別天地があるのだ。

（韻字）山、閑、間（上平声一五刪）

「碧山」は、俗世界から離れ、清らかに澄んでいる山、というイメージになります。「碧」のアオと「桃」のピンクの彩りが美しく、別天地の雰囲気がよく出ています。その別天地に身をおき、自然と一つになっている李白の超俗的な生き方も伝わってきます。

次に「緑窓《りょくそう》」について見ましょう。「緑窓」は、緑色のレースのカーテンのかかった窓、またその窓のある部屋のことですが、これには、（1）貧しい女の家、（2）女性の部屋、という意味があります。そしてさらに、幸せで暖かな家庭、またはその逆の、夫や恋人のいないさびしい部屋、というイメージにもなります。

（1）の意味では、白居易《はくきょい》（白楽天《はくらくてん》）が「秦中吟《しんちゅうぎん》」中の「議婚（婚《こん》を議《ぎ》す）」で次のようにうたっています。

緑窓貧家女　緑窓《りょくそう》　貧家《ひんか》の女《むすめ》
寂寞二十余　寂寞《せきばく》として二十余《にじゅうあま》り

（大意） 緑の窓の貧乏な家の娘は、さびしく暮らして二十歳を過ぎる。

五言古詩、全三十句の第十五・十六句目です。内容は、金持ちの娘と結婚したがる風習を批判するものです。金持ちの娘（紅楼富家《こうろうふうか》の女《むすめ》）はみんなにちやほやされ、十六になったばかりですでに婚儀がととのっている。しかし、貧乏な家の娘（緑窓貧家《りょくそうひんか》の女《むすめ》）は、結納する人がいても、縁組の当日になると二の足を踏んで、婚儀がととのわないことがいく度もある。でもよく考えてください。金持ちの娘は、早婚で財産もあることから夫をばかにする。しかし、貧乏な娘は縁談に恵まれず晩婚のため、姑《しゅうとめ》に孝行を尽くす。金持ちの娘はわがまま、貧乏の娘は気配りがある。幸せな結婚を望むなら、貧富で相手を決めるのはいかがなものか、と。

（2）には李紳《りしん》の「鶯鶯歌《おうおうか》」があります。鶯鶯《おうおう》の部屋を「緑窓《りょくそう》」で表し、幸せで暖かな家庭を髣《ほう》髴《ふつ》させます。

緑窓嬌女字鶯鶯　緑窓《りょくそう》の嬌女《きょうじょ》　字《あざな》は鶯鶯《おうおう》
金雀婭鬟年十七　金雀《きんじゃく》の婭鬟《あかん》　年《とし》は十七《じゅうしち》

（大意） 緑のカーテンのかかった部屋の可愛らしい娘の名前は鶯鶯《おうおう》。年は十七、髪に雀をかたどった黄金のかんざしをさしている。

次の温庭筠《おんていいん》の「菩薩蛮《ぼさつばん》」は、詞《ツー》ですが、恋人と別れた女性のひとり寝の部屋を「緑窓《りょくそう》」と表現しています。「緑窓」には幸せで暖かな家庭のイメージがありますから、その部屋でひとりで寝ているということによって、逆にさびしい気持ちが増幅されます。

菩薩蛮
（菩薩蛮《ぼさつばん》）　晩唐　温庭筠

画羅金翡翠
香燭銷成涙
花落子規啼
緑窓残夢迷

画《えが》ける羅《うすぎぬ》に金《きん》の翡翠《ひすい》
香燭《こうしょく》　銷《と》けて涙《なみだ》を成《な》す
花《はな》落《お》ち　子規《しき》啼《な》いて
緑窓《りょくそう》に残夢《ざんむ》迷《まよ》う

（大意）うすぎぬのしとねには雌雄仲《なか》むつまじい黄金色のカワセミの模様。よい香をただよわせるロウソクは、夜のふけゆくとともに涙を流す。花が散り、ホトトギスが鳴き、ひとり寝の部屋に覚《さ》めやらぬ夢がさまよう。

ロウソクを点していると、ロウがとけて下の方へ流れます。それを「銷《と》けて涙を成す」と表現しています。これは、恋人と別れ、ひとり眠れずに涙を流していることを暗示します。

（四）特定のモノやおもいを象徴する

前節の「ある情感や雰囲気をただよわす」ことばのなかでも、とくに具体的な「物」の場合、特定のモノやおもいを象徴するようになります。たとえば前節で出てきた「ロウソクの涙」「蝋涙《ろうるい》」は、別れの象徴としてよくうたわれます。

贈別　其二（贈別《ぞうべつ》）　晩唐　杜牧《とぼく》

多情却似総無情　　多情《たじょう》は却《かえ》って総《すべ》て無情《むじょう》に似《に》たり
惟覚樽前笑不成　　惟《た》だ覚《おぼ》ゆ　樽前《そんぜん》に笑《わら》いの成《な》らざるを
蝋燭有心還惜別　　蝋燭《ろうそく》心《こころ》有《あ》りて還《ま》た別《わか》れを惜《お》しみ
替人垂涙到天明　　人《ひと》に替《かわ》って涙《なみだ》を垂《た》れて天明《てんめい》に到《いた》る

（大意）物事に感じやすい繊細な心は、かえって何事にも感じない鈍い心と同じ。ただ、別れの酒を前にして、笑おうとしても顔が引きつって笑えないことに気づくだけだ。ロウソクには心があり、私の気持ちを察して別れを悲しみ、私の代わりに夜が明けるまで涙を流してくれた。

（韻字）情、成、明（下平声八庚《こう》）

「多情」は物事に感じやすい心。多情な人は、あまりにも悲しみが深いと、かえってなんの感情もわかず、魂のぬけがらのようになって、笑おうとしても顔が引きつって笑いにならない、と。経験のある人はこの感じがよくわかると思います。

後半もシャレた句です。言葉も涙も失って呆然《ぼうぜん》としている私に代わって、ロウソクが泣いてくれた、と。ポタ、ポタ、と涙を流すロウソクに照らされて、夜が明けるまで、ただ黙って向かいあう二人の姿が目に浮かびます。「心有り」の「心《しん》」は、ロウソクの「芯《しん》」との「掛詞《かけことば》」になっています。

「垂涙《すいるい》（涙を垂《た》る）」は、とけて流れるロウを人の涙にたとえたもので、陳《ちん》の後主《こうしゅ》（最後の皇帝）叔宝《しゅくほう》も「君《きみ》を思《おも》へば夜燭《やしょく》の如《ごと》し、涙《なみだ》を垂《た》れて鶏鳴《けいめい》（夜明け）に着《いた》る」（君の出でしより、其の五）とうたっています。

題名の「贈別《ぞうべつ》」は、別れにあたって贈る、という意味です。杜牧は三十一歳から三十三歳まで、官僚として揚州《ようしゅう》（江蘇《こうそ》省《しょう》揚州《ようしゅう》市《し》）に滞在していました。当時の揚州は、景色がすばらしく、酒もおいしく、女性も美しく、中国随一の華やかで魅惑的な都市でした。杜牧は毎晩のように妓楼に上り、浮き名を流し、後年彼自身が「揚州《ようしゅう》の夢《ゆめ》」といってなつかしむ風流三昧《ざんまい》の日々を過ごしたのでした。『唐才子伝《とうさいしでん》』巻六には次のように記されています。

牧《ぼく》、容姿《ようし》美《うつく》しく、歌舞《かぶ》を好《この》み、風情《ふうぜい》頗《すこぶ》る張《は》り、自《みずか》ら遏《とど》むること能《あた》わず。時《とき》に淮南《わいなん》（揚州）繁《はん》盛《じょう》を称《しょう》すること、京華《けいか》に減《げん》ぜず、且《か》つ名姫《めいき》の絶色《ぜっしょく》なるもの多《おお》し。牧《ぼく》恣《ほしいまま》に心賞《しんしょう》す。

家柄もよく、ハンサムな杜牧は、きっと妓女《ぎじょ》たちにもてはやされたことでしょう。しかし、いよいよ中央政府の役人として長安に戻ることとなり、妓女たちとも別れなければならなくなりました。この「贈別」詩は、最も気に入っていた妓女に贈ったものです。

前節で「子規」、ホトトギスも出てきました。このホトトギスは、望郷の象徴としてよく詩に登場します。ホトトギスは、ほかに「杜鵑《とけん》」「杜宇《とう》」「杜魄《とはく》」「蜀魂《しょくこん》」「不如帰《ふじょき》」「思婦鳥《しきちょう》」「望帝《ぼうてい》」などともいいます。西晋・左思《さし》の「蜀都賦《しょくとのふ》」につけられた旧注が引く『蜀記《しょくき》』に、蜀《しょく》を治めた望帝《ぼうてい》、杜《と》宇《う》が死ぬと子規《しき》に姿をかえ、のちに蜀の人々が子規の鳴き声を聞くと、みな口々に望帝がきたとささやいた、とあります。

杜甫にも「杜鵑《とけん》」という詩があります。そこには、杜鵑の姿を見ると、古《いにしえ》の望帝の魂であることに敬意を表すためいつも再拝の礼をとったこと、杜鵑《とけん》は他の鳥の巣に卵を産む（託卵《たくらん》という）が、卵を託された鳥は杜鵑の雛《ひな》を大切に養い、あたかも天子に仕えるように礼儀正しく丁重である、とうたわれています。託卵された鳥の杜鵑に対するようすが、ちょうど臣下が杜宇（望帝）に忠誠を示しているようだ、というのがおもしろいですね。

「不如帰《ふじょき》」は鳴き声を写しとった呼び方です。訓読すると「帰るに如《し》かず」で、意味は「帰りたい」ということです。舌が紅く、血を吐いているように見えることから、のどが張り裂け血を吐きながら故郷へ「帰りたい、帰りたい」と鳴き叫んでいる鳥、とされていました。ホトトギスは、望郷の念を喚起させる鳥なのです。

ホトトギスが鳴く晩春、躑躅《つつじ》が咲きます。その花の紅さは、ホトトギスが鳴きながら吐いた血によって染められたものといわれています。ツツジのことを「杜鵑《とけん》の花」ともいいます。

宣城見杜鵑花　（宣城《せんじょう》にて杜鵑《とけん》の花《はな》を見《み》る）　盛唐　李白《りはく》

蜀国曾聞子規鳥　蜀国《しょくこく》曾《かつ》て聞《き》く子規《しき》の鳥《とり》

宣城還見杜鵑花
一叫一廻腸一断
三春三月憶三巴

宣城《せんじょう》還《ま》た見《み》る杜鵑《とけん》の花《はな》
一叫《いっきょう》一廻《いっかい》 腸一断《ちょういちだん》
三春《さんしゅん》三月《さんがつ》 三巴《さんぱ》を憶《おも》う

（大意） かつて蜀《しょく》にいたとき、ホトトギスの声を聞きながらツツジの花を見たものである。そして今また宣城《せんじょう》でホトトギスの声を聞きながらツツジの花を見ている。ホトトギスが一叫びして一巡りすると、哀しみのために腸がひとたび断たれ、春の三月、故郷の三巴《さんぱ》がなつかしく思われる。

（韻字） 花、巴（下平声六麻）

「宣城《せんじょう》」のホトトギスとツツジから、なつかしい故郷が哀しくよみがえってきたことをうたっています。「宣城」は、安徽省宣城市《あんきしょうせんじょうし》。「三巴《さんぱ》」は、巴郡《はぐん》・巴西《はせい》・巴東《はとう》の総称で、現在の四川省《しせんしょう》の東半分にあたりますが、ここでは李白が少年時代に過ごした蜀《しょく》の地をさしています。前半二句の時間と空間のうたい方、後半の「一」と「三」の使い方が絶妙で、リズミカルです。全体の構成も、起句から、かつての蜀の地↓現在↓現在↓かつての蜀の地となっていて、青春時代へタイムスリップします。

起句・承句は対句です。対句の場合、起句は押韻しなくてもよいことになっています。対句でもないのに起句が押韻していないとき、一般的に「**踏み落とし**」といっています。ただし、唐代では起句を押韻しないことがままあり、白居易（楽天）の七言絶句の約半数は起句が押韻されていません。

転句にある「腸断《ちょうだん》」は、腸が断《た》ち切れるという意味ですが、腸が断ち切れるほどの極度の悲しみを意味します。『世説新語《せせつしんご》』の故事によります。

桓公蜀《かんこうしょく》に入《い》り、三峡《さんきょう》に至《いた》る。部伍《ぶご》の中《うち》に猨子《えんし》を得《う》る者有《ものあ》り。其《そ》の母岸《はははきし》に縁《よ》りて哀号《あいごう》し、行《ゆ》くこと百余里《ひゃくより》にして去《さ》らず。遂《つい》に跳《おど》りて船《ふね》に上《のぼ》り、至《いた》れば便即《すなわ》ち絶《た》ゆ。其《そ》の腹中《ふくちゅう》を破《やぶ》りて視《み》れば、腸皆寸寸《ちょうみなすんすん》に断《た》えたり。（黜免《ちゅつめん》）

（**大意**）晋の桓温が船に乗って蜀に攻め入り、三峡《さんきょう》までやってくると、部隊の中に小猿《こざる》をつかまえた者がいた。すると母猿《ははざる》が岸を伝いながら悲しげに叫び、百里あまりいっても立ち去ろうとしない。とうとう船に飛び込んで、そのまま息が絶えてしまった。その母猿の腹を割いてみると、腸がずたずたにちぎれていた。

子どもがさらわれた悲しみのために母猿《ははざる》の腸がちぎれていた、というのです。私たちも悲しいおもいをすると、胃や腸が熱くなったり痛くなったりして、断ち切れそうな気がすることがあります。猿は、悲しみを誘う動物であり、その鳴き声は悲しいものとして『楚辞《そじ》』以降よく詩に登場します。猿の鳴き声を「猿声《えんせい》」といい、悲しみの象徴として用いられます。

植物で「別れの悲しみ」を象徴するのは「柳」です。その「別れの悲しみ」を活かした詩が中国には多くあります。

閨怨（閨怨《けいえん》）　盛唐　王昌齢《おうしょうれい》

閨中少婦不知愁　閨中《けいちゅう》の少婦《しょうふ》愁《うれ》いを知《し》らず

春日凝妝上翠楼
忽見陌頭楊柳色
悔教夫壻覓封侯

春日《しゅんじつ》妝《よそおい》を凝《こ》らして翠楼《すいろう》に上《のぼ》る
忽《たちま》ち見《み》る　陌頭《はくとう》　楊柳《ようりゅう》の色《いろ》
悔《く》ゆらくは夫壻《ふせい》をして封侯《ほうこう》を覓《もと》め教《し》めしを

（大意） お嬢さん育ちの若妻は、悲しいおもいをしたことがない。結婚してからはじめての春、うららかな陽気に誘われ、念入りにお化粧をして美しい高殿《たかどの》に上る。浮き浮きした気持ちで外を眺めると、ふと目に入ってきたのは、芽吹《めぶ》いたばかりの大通りの柳。たちまち悲しみがこみ上げ、「手柄を立てて大名になってよ」といって夫を戦地に送り出したのが悔やまれる。

（韻字） 愁、楼、侯（下平声一一尤《ゆう》）

前半は、春の浮き浮きした気分。後半は、別離の悲しみ。前半と後半の落差の大きさは、悲しみの大きさを表します。芽吹いたばかりの青々とした柳が、新婚の夫との別れを思い起こさせ、悲しくさせたのです。

ヤナギには、柳《りゅう》のシダレヤナギと楊《よう》のカワヤナギがありますが、詩では厳密に区別することはありません。「楊柳《ようりゅう》」でヤナギを意味します。「柳」は仄声《そくしょう》、「楊」は平声《ひょうしょう》ですから、平仄を合わせたいときどちらかを用います。ただし、「別れの象徴」「別れを暗示」する場合は、「柳」の一文字か、「楊柳」のように「柳」字が入っています。「柳」と同音の「留《りゅう》」との掛詞《かけことば》となっているからです。「留」には、おもいを留める、の意味があります。柳を効果的に使った詩をもう一つ見ましょう。

送元二使安西
渭城朝雨浥軽塵
客舎青青柳色新
勧君更尽一杯酒
西出陽関無故人

盛唐　王維《おうい》

（元二《げんじ》の安西《あんせい》に使《つか》いするを送《おく》る）
渭城《いじょう》の朝雨《ちょうう》　軽塵《けいじん》を浥《うるお》し
客舎《かくしゃ》青青《せいせい》　柳色《りゅうしょく》新《あら》たなり
君《きみ》に勧《すす》む　更《さら》に尽《つ》くせ一杯《いっぱい》の酒《さけ》
西《にし》のかた陽関《ようかん》を出《い》づれば故人《こじん》無《な》からん

（大意） 明け方渭城《いじょう》の町に雨が降り、軽く舞い上がっていた塵《ちり》やほこりを洗い流し、旅館の前の柳も、いま芽吹いたばかりのように青々と新しい。君にさらにもう一杯勧めよう、わたしの杯をぐっと飲み干《ほ》してくれたまえ。西の陽関《ようかん》を出たら、旧知の友はいないのだから。

（韻字） 塵、新、人（上平声一一真）

別れの詩の最高傑作の一つで、「陽関曲《ようかんきょく》」「渭城曲《いじょうきょく》」とも呼ばれ、中唐のころから酒宴や別離の宴で愛唱されました。歌唱法は三回くりかえして歌う「陽関三畳《ようかんさんじょう》」という独特のものだったそうです。「三畳《さんじょう》」とは三回くりかえすことですが、どの句をくりかえすかは、結句だけ、後半の二句、詩を全部、など諸説あります。今日では、承句以下を二回ずつくりかえしながら次の句へ移る、という説が有力となっています。

詩題にある「元二《げんじ》」の「元《げん》」は姓で、「二《じ》」は排行《はいこう》です。どんな人物かはわかっていません。「排《はい》行《こう》」とは、一族の同年代の人に順番につける番号です。ちなみに、李白は「李十二」と自分でいっています。「安西《あんせい》」は、盛唐時代に安西都護府《あんせいとごふ》のおかれた亀茲《きじ》、今の新疆《しんきょう》ウイグル自治区庫車《くちゃ》のあたりです。当時の中国領土の最西端は敦煌《とんこう》でしたから、さらに西の「安西」はさいはての地ということになります。結句の「陽関《ようかん》」は、敦煌の西におかれた関所。起句の「渭城《いじょう》」は、渭水《いすい》をはさんで長安《ちょうあん》（現在の西安市《せいあんし》）のむかい側にある町、咸陽《かんよう》です。西に旅立つ人はこの渭城（咸陽）で最後の別れをしました。

別れの情景には秋の夕暮れがふさわしいのですが、この詩は春の朝になっています。この詩の新しさは、まずその季節と時間の設定にあります。早朝、通り雨がさっと降って、町中のほこりが洗い流され、柳も青々として、たった今芽吹《めぶ》いたかのようになりました。さわやかでみずみずしい朝です。ところが、柳は別れの象徴。新しくなった柳を見て、別れの悲しみがまた新たにわき起こったのです。そこで、転句。さらにもう一杯だけでも私の杯を飲み干《ほ》してください、と。「更」「尽」「一杯」は何気ない語で、句も素直でごく普通の作り方ですが、万感のおもいがこもっています。

起句《きく》・承句《しょうく》のすがすがしい様子は、雨でほこりが流される→柳が青々として新鮮、とうたわれます。朝の風景を描いているだけのようですが、「柳」が別れの象徴であることをうまく利用して、「柳→新」の中に「別れの悲しみ→新た」が込められているのです。

特定のモノやおもいを象徴することばの主なものを見てみましょう。

まず**植物**から。

春草《しゅんそう》―別離　　蘭などの香草《こうそう》―高潔、節操　　蓬《ほう》、転蓬《てんぽう》―あてもない旅、頼りない旅

松《まつ》、松柏《しょうはく》―高雅、節操　　竹―高雅、風流　　蓮―君子、恋人

菊―隠者《いんじゃ》（俗人と交際を絶って山野などにひっそりとかくれ住む人）　柳―別れ

動物では、

猿―悲しみ　鶏、犬―平和な村里　鴻《おおとり》―大人物、「孤鴻《ここう》」は孤独な高士《こうし》

鳳凰《ほうおう》―吉祥、瑞兆《ずいちょう》　鴛鴦《えんおう》、翡翠《ひすい》―夫婦仲のよいこと　鶺鴒《せきれい》―兄弟仲のよいこと

烏《からす》―凶兆または、親孝行

子規《ほととぎす》―望郷。「子規」はほかに「不如帰《ふじょき》」「蜀鳥《しょくちょう》」「杜宇《とう》」などのいい方がある。

雁《がん》―手紙　鯉《こい》―手紙

自然のものでは、雲だけでもおおよそ次のものがあります。

白雲《はくうん》―仙郷、隠者　青雲《せいうん》―高位高官、立身出世

浮雲《ふうん》―聡明なものをおおいかくすもの、邪魔をするもの　朝雲《ちょううん》、楚雲《そうん》―男女の色恋

そのほか、山や方角にも特定のイメージがともないます。**建造物**では、

東籬《とうり》―高潔さ、隠者　柴門《さいもん》―隠者　新亭《しんてい》―国を憂い、時世をいたむ悲憤の情

などがあります。これらのことばは、歴代の多くの詩人に用いられることによって、イメージ化され、人が具体的に感じとる事物で抽象的な意味を表したり、あるいは、客観的な事物で主観的な心理や情緒を表したりするようになりました。

「菊《きく》」や「東籬《とうり》」が隠者をイメージさせるのは、陶淵明の「飲酒」によります。

采菊東籬下　菊《きく》を采《と》る東籬《とうり》の下《もと》
悠然見南山　悠然《ゆうぜん》として南山《なんざん》を見《み》る

（大意）東の垣根のもとで菊を折りとり顔を上げると、悠然と聳える南の山が目に入る。

菊は、百花が散った晩秋のころに咲きますので、そこに孤高の精神を見い出したのです。

「鶏犬《けいけん》」が平和な村里を表すのは、『老子』第八十章「小国寡民《しょうこくかみん》」の条に次のようにあることに由来します。

小国寡民《しょうこくかみん》。…其《そ》の食《し》を甘《あま》しとし、其《そ》の服《ふく》を美《び》とし、其《そ》の居《きょ》に安《やす》んじ、其《そ》の俗《ぞく》を楽《たの》しむ。隣国《りんごく》相望《あいのぞ》み、鶏犬《けいけん》の声相聞《こえあいきこ》ゆるも、民老死《たみろうし》に至《いた》るまで、相往来《あいおうらい》せず。

（大意）小さな国で少ない民、それが理想である。…（民に太古の純朴な生活をさせれば）自分の食物をおいしいとし、その衣服を立派だとし、その住居に落ちつき、その習俗を楽しむようになる。こうなれば、隣の国が近くに眺められ、鶏や犬の声が聞こえてきても、民は年老いて死ぬまで行き来することはない。

戦争のない平和な村里を「鶏犬《けいけん》の声相聞《こえあいきこ》ゆ」で表しています。陶淵明も「桃花源《とうかげん》の記《き》」に、理想の村里のようすを「阡陌《せんぱく》交《こも》ごも通《つう》じ、鶏犬《けいけん》の相聞《あいきこ》ゆ（田畑の間の道は東西南北に縦横に走り、鶏や犬の鳴き声が聞こえてくる）」と表現しています。また、「園田《えんでん》の居《きょ》に帰《かえ》る」では、故郷に帰ってきたときの心休まる村里のようすを次のようにうたっています。

狗吠深巷中　狗《いぬ》は吠《ほ》ゆ深巷《しんこう》の中《うち》　犬が村の奥まった路地裏で吠え
鶏鳴桑樹巓　鶏《とり》は鳴《な》く桑樹《そうじゅ》の巓《いただき》　鶏が桑の木の梢で鳴いている

南宋（一一二七～一二七九）の范成大《はんせいだい》（一一二六～一一九三）は、この鶏犬《けいけん》のイメージを用いて、村里の静かな昼下がりを行商人によって破られるようすを次のようにうたっています。

晩春田園雑興

胡蝶双双入菜花
日長無客到田家
雞飛過籬犬吠竇
知有行商来買茶

（晩春田園雑興《ばんしゅんでんえんざっきょう》）　南宋　范成大《はんせいだい》

胡蝶双双《こちょうそうそう》として　菜花《さいか》に入《い》る
日長《ひなが》くして客《かく》の田家《でんか》に到《いた》る無《な》し
雞《とり》は飛《と》んで籬《まがき》を過《す》ぎ　犬《いぬ》は竇《あな》に吠《ほ》ゆ
知《し》んぬ　行商《ぎょうしょう》の来《き》たりて茶《ちゃ》を買《か》う有《あ》るを

（大意） 二羽のチョウがヒラヒラと菜の花畑へと飛んでゆく。春の日は長く、農家をたずねてくる者もいない。突然、鶏が飛び立って垣根を越え、犬がくぐり穴のところで吠《ほ》えたてた。そうか、行商人が茶を買いつけにきたのか。

（韻字） 花、家、茶（下平声六麻）

「知んぬ」は、ああそうか、とわかったことをいいます。行商人によってひとしきり破られた静寂。そして、そのあとに再びおとずれるいっそうの静寂。平和な農村のけだるい昼下がりです。

第三部　一句の組み立て、四句（一首）の構成

「ことば」が集まると句になります。漢文は「ことば」の位置・語順によってその「ことば」の文法的なはたらきが決まりますから、語順が文法からはずれると意味がとりにくくなります。漢詩も漢文の文法に従いますが、時には平仄《ひょうそく》（○●）の関係で文法からはずれる場合が出てきます。しかし、漢詩の場合は、七言の詩ならば「二二三」のリズムがあり、そのリズムは平仄によって規制されていますから、文法的に合わなくても「ことば」と「ことば」の空白部分にかえって想像力がはたらき、詩的情緒が醸《かも》し出される、という利点が生まれます。

この第三部では、まず漢文の句の構成の基本形をおさえたうえで、詩における句の構成について、漢文の文法に従う場合と異なる場合とに分けて見ます。そのあとで、詩を一首構成する基本的な構成法を見たいと思います。

第一章　漢文の句形

(一)漢文の基本句形

漢字と漢字が結びつくと熟語になります。この結びつきの関係は、すでに87頁で見ました。句の場合には、いくつかの熟語や、いくつかの単漢字が結びついて一つの句になります。句の基本形には次のものがあります。

(1)主語＋述語

何が(は)＋どうする(動作)
　　　　　どんなである(状態)
　　　　　なんである(断定)

主語のあとに述語が続きます。述語は、動作・状態・断定を表します。

動作を表す　日出。―日出《ひい》づ。　鳥鳴。―鳥鳴《とりな》く。
状態を表す　山高。―山高《やまたか》し。　月明。―月明《つきあき》らかなり。
断定を表す　我人。―我《われ》は人なり。　孔子聖人。―孔子《こうし》は聖人《せいじん》なり。

（2）主語＋述語＋目的語

何が（は）＋どうする＋何を

述語のあとに目的語が続きます。「述語＋目的語」は、日本語の語順と異なりますので、訓読するとき日本語の語順に合うように「**返り点**《かえりてん》」をつけ、「ヲ」を送りがなとします。

我学レ書。　―我《われ》　書《しょ》を学《まな》ぶ。

花草埋二幽径一。　―花草《かそう》　幽径《ゆうけい》を埋《うず》む。

兎折レ頸而死。　―兎《うさぎ》　頸《くび》を折《お》りて死《し》す。

（3）主語＋述語＋補語

何が（は）＋どうする＋何に

述語のあとに補語が続きます。「述語＋補語」の形も、日本語の語順と異なりますから、訓読するとき返り点をつけ、「ニ」を送りがなとします。述語と補語との間に「於《お》」「于《う》」「乎《こ》」などの「**置き字**《おきじ》」を多く用います。置き字は、訓読するときには読みません。

良薬苦二於口一。　―良薬《りょうやく》は口《くち》に苦《にが》し。

春色満二天地一。　―春色《しゅんしょく》　天地《てんち》に満《み》つ。

鳥鳴二于樹林一、蝶戯二于花間一。　―鳥《とり》は樹林《じゅりん》に鳴き、蝶《ちょう》は花間《かかん》に戯《たわむ》る。

（4）主語＋述語＋目的語＋補語

何が（は）＋どうする＋何を＋何に

目的語のほかに補語を補う場合は、「目的語＋補語」の順になり、目的語と補語との間に「於」「于」「乎」などの置き字を多く用います。

孔子問㆓礼於老子㆒。―孔子《こうし》　礼《れい》を老子《ろうし》に問《と》う。

天生㆓徳於予㆒。―天《てん》　徳《とく》を予《われ》に生《しょう》ず。

葉公問㆓孔子於子路㆒。―葉公《しょうこう》　孔子《こうし》を子路《しろ》に問《と》う。

（5）主語＋述語＋補語＋目的語

何が（は）＋どうする＋何に＋何を

述語が「与」「授」「奪」「遺」などの他動詞の場合、「補語＋目的語」の順になります。補語と目的語との間に置き字がおかれませんから、読むときに注意が必要です。

王与㆓臣地㆒。―王《おう》　臣《しん》に地《ち》を与《あた》う。

師授㆓弟子書㆒。―師《し》　弟子《ていし》に書《しょ》を授《さず》く。

或遺㆓相魚㆒。―或《ある》ひと相《しょう》に魚《うお》を遺《おく》る。

以上が句の基本形で、それぞれの語に修飾語がついたりします。たとえば、「我常学書（我常《われつね》に書《しょ》を学《まな》ぶ)」の「常」は「学」を修飾します。

くりかえしになりますが、漢文と日本語とでは語順が違いますから、右の（2）～（5）では「返《かえ》り点《てん》」がつけられ、返って読むことになります。よく「ヲニトあったら返《かえ》れ（鬼と会ったら返れ）」といって覚えます。「ト」の送りがながついて返るのは、「為」「謂」「将」などです。

為　～トなル、～トなス

生為レ人。—生《う》まれて人《ひと》と為《な》る。

為二人所一レ制。—人《ひと》の制《せい》する所《ところ》と為《な》る。

必待二尭舜之君一、此為二志士終無一レ時。—必《かなら》ず尭舜《ぎょうしゅん》の君《きみ》を待《ま》たば、此《こ》れ志士《しし》終《つい》に時《とき》無《な》しと為《な》す。

謂　～トいフ

楚人謂二虎於菟一。—楚人《そひと》　虎《とら》を於菟《おと》と謂《い》う。

謂二殺戮刑一。—殺戮《さつりく》を刑《けい》と謂《い》う。

将　まさニ～セントす

我将レ学レ書。—我《われ》　将《まさ》に書《しょ》を学《まな》ばんとす。

不レ知二老之将一レ至。—老《お》いの将《まさ》に至《いた》らんとするを知《し》らず。

「返り点」をまとめておきましょう。

レ点《れてん》	下の一字からすぐ上の一字へ返って読む。
一二点《いちにてん》	二字以上隔てて、下から上に返って読む。必要ならば、一・二・三・四～とする。
上下点《じょうげてん》	一二点をはさんで、さらに上に返って読む。必要ならば、上・中・下とする。
甲乙点《こうおつてん》	一二点と上下点を間にはさんでさらに上に返って読む。必要ならば、甲・乙・丙・丁～とする。
天地人点《てんちじんてん》	右の返り点でも足りない場合に用いる。
一レ点《いちれてん》、上レ点《じょうれてん》	レ点と他の返り点との併用。

漢詩はリズムを活かすように読みますから、目的語や補語が下に続いていても、あえて返らずに読むことがあります。たとえば

七年不到楓橋寺　（陸游《りくゆう》「楓橋《ふうきょう》に宿《しゅく》す」）

散文では「七年楓橋《しちねんふうきょう》の寺《てら》に到《いた》らず」と読みますが、詩では「七年到《しちねんいた》らず楓橋《ふうきょう》の寺《てら》」などと読みます。詩では、レ点や一二点が中心となります。

漢文は「ヲニト」で返りますが、「ヲニト」だけではなく、「ノ」「ガ」「ラン」「ヨリモ」などで返る場合もあります。

父為レ子隠。―父《ちち》は子《こ》の為《ため》に隠《かく》す。

所レ欲与レ之聚レ之。―欲《ほっ》する所《ところ》は之《これ》が与《ため》に之《これ》を聚《あつ》む。

礼与二其奢一寧倹。―礼《れい》は其《そ》の奢《おご》らん与《よ》りは寧《むし》ろ倹《けん》なれ。

霜葉紅二於二月花一。―霜葉《そうよう》は二月《にがつ》の花《はな》よりも紅《くれない》なり。

打消しの「不」がある場合は、「不」の下の動詞の活用語尾が送られます。「有」「無」などは、送りがながつかずに返ります。「不」「有」「無」は、「ヲニト」会わなくても必ず返ります。このような文字を「**返読文字**《へんどくもじ》」といいます。

人皆有二兄弟一。―人皆兄弟《ひとみなけいてい》有《あ》り。

人無二遠慮一、必有二近憂一。―人遠《ひととお》き慮《おもんぱか》り無《な》ければ、必《かなら》ず近《ちか》き憂《うれ》い有《あ》り。

以上、基本句形は、

（1）主語＋述語　（2）主語＋述語＋目的語

（3）主語＋述語＋補語　（4）主語＋述語＋目的語＋補語

（5）主語＋述語＋補語＋目的語　（6）その他

ですが、詩では（4）（5）が極端に少なくなります。詩は、文法に従わずに特殊な句作りをする場合がたくさんあります。それらの特殊な句作りについては次章で見たいと思います。

漢文の表現法には、否定、部分否定、二重否定、疑問、反語《はんご》、比較、選択、使役《しえき》、受け身、仮定、抑揚《よくよう》、可能、限定などがあります。詩の場合も同様です。以下、文法の基本形ごとに詩句の例を見ます。

(二) 基本句形と詩句例

(1) 主語＋述語

望天門山　(天門山《てんもんざん》を望《のぞ》む)　盛唐　李白

天門中断楚江開　天門中断《てんもんちゅうだん》して楚江《そこう》開《ひら》き
碧水東流至北廻　碧水東流《へきすいとうりゅう》して北《きた》に至《いた》りて廻《めぐ》る
両岸青山相対出　両岸《りょうがん》の青山《せいざん》　相対《あいたい》して出《い》で
孤帆一片日辺来　孤帆一片日辺《こはんいっぺんじっぺん》より来《き》たる

(大意) 天の門が真ん中から断ち割られて楚江が広々と流れ、青い水が東へ流れ、さらに北へと転回する。両岸の青々とした山が競うように向かいあうその間を、太陽のあたりから白い帆が一つ現れてきた。

(韻字) 開、廻、来（上平声一〇灰）

起句は「主語＋述語」の並列、承句は、一つの主語に述語が二つの形。転句は「主語＋述語」ですがそれぞれに「修飾語」がついて、「修飾語・主語＋修飾語・述語」の形になっています。結句は、散文なら「一片孤帆自日辺来（一片《いっぺん》の孤帆日辺《こはんじっぺん》より来《き》たる）」というべきところを、「一片」と「孤帆」を倒置し、前置詞の「自」を省略しています。

右の詩の転句のように「修飾語・主語＋修飾語・述語」となる例に、岑参《しんじん》の「酒泉太守席上酔後

作（酒泉太守《しゅせんたいしゅ》の席上酔後《せきじょうすいご》の作《さく》）」の起句、

　酒泉太守能剣舞　酒泉《しゅせん》の太守《たいしゅ》　能《よ》く剣舞《けんぶ》す

同「赴北庭度隴思家（北庭《ほくてい》に赴《おもむ》かんとして隴《ろう》を度《わた》って家《いえ》を思《おも》う）」の転句、

　隴山鸚鵡能言語　隴山《ろうざん》の鸚鵡《おうむ》　能《よ》く言語《げんご》す

などがあります。

「主語（1）・主語（2）＋述語」となる例もあります。李白の「清平調詞《せいへいちょうし》」其の三の起句。

　名花傾国両相歓　名花《めいか》　傾国《けいこく》　両《ふた》つながら相歓《あいよろこ》ぶ

「主語＋述語」の二連型は、李白の「聞王昌齢左遷竜標尉遥有此寄（王昌齢《おうしょうれい》が竜標《りゅうひょう》の尉《い》に左遷《させん》せらると聞《き》き遥《はる》かに此《こ》の寄《き》有《あ》り）」の起句

　楊花落尽子規啼　楊花《ようか》落《お》ち尽《つ》くして子規《しき》啼《な》く

や、唐の詩人、韓翃《かんこう》の「送客知鄂州（客《かく》の鄂州《がくしゅう》に知《ち》たるを送《おく》る）」の承句などがあります。

　江花乱点雪紛紛　江花《こうか》乱点《らんてん》して雪紛紛《ゆきふんぷん》たり

韓翃の句は「**句中対**《くちゅうつい》」（一句のなかで対になっている）です。句中対がさらに次の句と対句になる例もあります。賈至《かし》「春思《しゅんし》」の起句と承句。

　草色青青柳色黄　草色青青《そうしょくせいせい》として柳色黄《りゅうしょくき》に

　桃花歴乱李花香　桃花歴乱《とうかれきらん》として李花香《りかかんば》し

「主語＋述語」の三連型もあります。賈至の「西亭春望《せいていしゅんぼう》」の起句。

　日長風暖柳青青　日長《ひなが》く風暖《かぜあたた》かにして柳青青《やなぎせいせい》たり

（2）主語＋述語＋目的語

解悶（悶《もだえ》を解《と》く）　盛唐　杜甫

一辞故国十経秋　一《ひと》たび故国《ここく》を辞《じ》してより十《と》たび秋《あき》を経《へ》たり
毎見秋瓜憶故丘　秋瓜《しゅうか》を見《み》る毎《ごと》に故丘《こきゅう》を憶《おも》う
今日南湖采薇蕨　今日《こんにち》　南湖《なんこ》　薇蕨《びけつ》を采《と》る
何人為覓鄭瓜州　何人《なんぴと》か為《ため》に覓《もと》めん鄭瓜州《ていかしゅう》

（大意） ひとたび故郷を出てから、十回目の秋を迎える。秋の瓜を見るたびに、故郷の丘を思い出す。今日、謫居中の鄭瓜州は南湖のほとりでわらびをとっている。だれか私のために鄭君《ていくん》を訪ねてきてはくれないだろうか。

（韻字） 秋、丘、州（下平声一一尤）

結句は散文的に「何人《なんぴと》か為《ため》に鄭瓜州《ていかしゅう》を覓《もと》めん」と読んでもかまいませんが、詩では目的語を切り離して読むことが多いようです。

「目的語」をともなう句はたくさんあります。初唐の四傑《しけつ》の一人、王勃《おうぼつ》「蜀中九日《しょくちゅうきゅうじつ》」の転句、

人情已厭南中苦　人情《にんじょう》已《すで》に厭《いと》う南中《なんちゅう》の苦《く》

王昌齢《おうしょうれい》「春宮曲《しゅんきゅうきょく》」の起句。

昨夜風開露井桃　昨夜《さくや》風《かぜ》は開《ひら》く露井《ろせい》の桃《もも》

詩では「主語」を省くことがあります。王昌齢の「西宮春怨《せいきゅうしゅんえん》」を見ましょう。承句は「(主語＋)述語＋目的語、主語＋述語」、転句は「(主語＋)述語＋目的語、述語＋目的語」の型です。

西宮春怨

西宮夜静百花香
欲捲朱簾春恨長
斜抱雲和深見月
朦朧樹色隠昭陽

(西宮春怨《せいきゅうしゅんえん》)　盛唐　王昌齢

西宮夜《せいきゅうよる》静《しず》かにして百花香《ひゃっかかんば》し
朱簾《しゅれん》を捲《ま》かんと欲《ほっ》して春恨《しゅんこん》長《なが》し
斜《なな》めに雲和《うんわ》を抱《いだ》いて深《ふか》く月《つき》を見《み》れば
朦朧《もうろう》たる樹色《じゅしょく》　昭陽《しょうよう》を隠《かく》す

(大意) 西の御殿は夜になると静まりかえり、咲き乱れる百花の香りがただよう。せめて花の香りをいっぱいに浴びようと朱簾《しゅれん》を巻き上げようとしたが、春の恨みが限りなく深く、朱簾を巻き上げることもできない。ただやるせなく、斜めに雲和《うんわ》の琴《こと》をだきかかえ、じっと月を見上げると、おぼろに月光を浴びた樹木が昭陽殿《しょうようでん》のあたりをかくしている。

(韻字) 香、長、陽（下平声七陽）

春の夜のやるせなさをうたいます。「雲和《うんわ》」は楽器の琴《こと》です。詩では動作の主体がすぐにわかる場合、主語を省きます。この詩の主語は、趙飛燕《ちょうひえん》姉妹によって寵愛《ちょうあい》を奪われた班婕妤《はんしょうよ》です。「昭陽《しょうよう》」は、趙飛燕《ちょうひえん》姉妹のいる昭陽殿《しょうようでん》。そこには樹木がこんもり茂っている、というのは、寵愛の深さを暗示します。

承句の「欲捲朱簾春恨長（朱簾《しゅれん》を捲《ま》かんと欲《ほっ》して春恨《しゅんこん》長《なが》し）」は、春の憂いの深さから、朱簾を捲《ま》き上げることも物憂《ものう》くて、捲くのをやめたことをいいます。転句の「深見月（深《ふか》く月《つき》を見《み》る）」は、じっと月を見ること。やるせなく、何も手につかないようすをうたいます。

（3）主語＋述語＋補語

漢文では「補語」の前に「於《お》」「于《う》」「乎《こ》」などの「置き字《おきじ》」を用いますが、字数の制約のある詩ではできるだけ省きます。ただし、杜牧《とぼく》の「山行《さんこう》」の結句のように「於」が使われる例もあります。これによって比較の意味合いが明確になっています。

山行（山行《さんこう》）　　晩唐　杜牧

遠上寒山石径斜　　遠《とお》く寒山《かんざん》に上《のぼ》れば石径《せきけい》斜《ななめ》なり
白雲生処有人家　　白雲《はくうん》生《しょう》ずる処《ところ》　人家《じんか》有《あ》り
停車坐愛楓林晩　　車《くるま》を停《とど》めて坐《そぞ》ろに愛《あい》す楓林《ふうりん》の晩《くれ》
霜葉紅於二月花　　霜葉《そうよう》は二月《にがつ》の花《はな》よりも紅《くれない》なり

（大意）はるばる遠く人気《ひとけ》のない寒々とした山に登ると、石ころだらけの小道が斜めに上まで続いている。車をとめ、何とはなしに夕暮れの楓《かえで》の林を愛《め》でると、霜《しも》に打たれた楓の葉は二月の花よりもいっそう紅《あか》く美しい。

（韻字）斜、家、花（下平声六麻）

杜牧以前にも霜に打たれて紅《あか》く色づいた葉を観賞した詩人はいました（白居易）が、杜牧がもみじの美しさを「紅於《こうお》」と詠ってから、「紅於《こうお》」が「もみじ」の意味として一般的に用いられるようになります。前半の二句は、色のないモノクロームの世界。視線は上に向かっています。転句で視線が下を向き、結句で色がうたわれます。モノクロームの世界から満山の紅葉への転換がたくみで、「紅」の美しさが強調されています。

他に「主語＋述語＋補語」の例として杜審言《としんげん》「戯贈趙使君美人（戯《たわむ》れに趙使君《ちょうしくん》の美人《びじん》に贈《おく》る）」の起句などがあります。

紅粉青娥映楚雲　　紅粉《こうふん》　青娥《せいが》　楚雲《そうん》に映《えい》ず

「紅粉青娥《こうふんせいが》」は紅や白粉《おしろい》で美しく化粧した美人のことをいいます。趙使君《ちょうしくん》の奥さんをさしています。「映《えい》」が「述語」、「楚雲《そうん》」が「補語」です。

王昌齢《おうしょうれい》には班婕妤《はんしょうよ》の美しさをうたう句があります。「西宮秋怨《せいきゅうしゅうえん》」の起句。

芙蓉不及美人粧　　芙蓉《ふよう》も及《およ》ばす美人《びじん》の粧《よそおい》

「芙蓉《ふよう》」はハスの花です。「述語＋補語」が一句に二回出てくる例もあります。次の詩の起句です。

芙蓉楼送辛漸（芙蓉楼《ふようろう》にて辛漸《しんぜん》を送《おく》る）　盛唐　王昌齢

寒雨連江夜入呉　　寒雨《かんう》江《こう》に連《つら》なって夜呉《よるご》に入《い》る

平明送客楚山孤
洛陽親友如相問
一片氷心在玉壺

平明《へいめい》客《かく》を送《おく》れば楚山孤《そざんこ》なり
洛陽《らくよう》の親友《しんゆう》如《も》し相問《あいと》はば
一片《いっぺん》の氷心《ひょうしん》　玉壺《ぎょくこ》に在《あ》り

（大意） 夜になって冷たい雨が長江に降りこんできた。明け方、出発する旅人を見送ると、楚の山がひとつさびしそうにそびえている。もし洛陽《らくよう》の親友が私の安否を聞いたなら、一かけらの氷が白玉《はくぎょく》の壺《つぼ》のなかにあるような澄みきった清らかな心境にある、と答えてください。

（韻字） 呉、孤、壺（上平声七虞《ぐ》）

澄みきった清らかな心境だ、といいながらも、田舎に取り残される孤独な気持ちが詩中にただよいます。「楚山孤《そざんこ》なり」の「孤」が、孤独感を強調するからです。「夜呉《よるご》に入《はい》」ったのは、作者や辛《しん》漸《ぜん》であるとする説もあります。翌日は、その雨もやんで、霧のなかに楚の山が一つ見えています。全体の構成と結句の比喩がたくみです。王昌齢は、七言絶句の名手と称されています。

（4）主語＋述語＋目的語＋補語

この型の例は、それほど多くはありません。散文的になってしまうからでしょう。顧況《こきょう》「宿昭応（昭応《しょうおう》に宿《やど》る）」の起句。

武帝祈霊太乙壇　　武帝《ぶてい》霊《れい》を祈《まつ》る　太乙壇《たいいつだん》

「霊《れい》を太乙壇《たいいつだん》に祈《まつ》る」ということです。岑参《しんじん》の「凱歌《がいか》」其の四の転句・結句。

洗兵魚海雲迎陣　兵《へい》を魚海《ぎょかい》に洗《あら》えば　雲《くも》は陣《じん》を迎《むか》え
秣馬竜堆月照営　馬《うま》を竜堆《りょうたい》に秣《まぐさか》えば　月《つき》は営《えい》を照《て》らす

「魚海《ぎょかい》」は湖の名、「竜堆《りょうたい》」は砂漠です。

さて、基本形にはほかに（5）の「主語＋述語＋補語＋目的語」がありますが、こちらの詩の用例はいまのところ見つけ出すことができないでいます。漢詩では、語順を自由に入れかえることができますから、（4）の「目的語＋補語」でも同じことが表現できます。詩では複雑な構成よりも、より単純に、そして字数が少ないので、散文的な表現は避けます。

（6）のその他の例は、ここでは省略します。

基本形の（1）から（3）のすべてが用いられている詩を見て、この節を終わりにしましょう。

送宇文六（宇文六《うぶんろく》を送《おく》る）　盛唐　常建《じょうけん》

花映垂楊漢水清　花《はな》は垂楊《すいよう》に映《えい》じて漢水清《かんすいきよ》く
微風林裏一枝軽　微風《びふう》　林裏《りんり》　一枝軽《いっしかろ》し
即今江北還如此　即今《そっこん》　江北《こうほく》　還《ま》た此《かく》の如《ごと》し
愁殺江南離別情　愁殺《しゅうさつ》す　江南《こうなん》　離別《りべつ》の情《じょう》

（大意） 紅《くれない》の花が緑のしだれ柳に映え、漢水が清らかに流れる。そよ風が林のなかを音もなく過ぎると、ただ一枝がかすかに揺れる。今、江北でも、このような悩ましい春の景色なのだから、君がこれからゆく江南では、君を耐えがたい離別の情にしずませることであろう。

（韻字）清、軽、情（下平声八庚）

承句を散文で表すと「微風渡林而一枝軽揺（微風《びふう》林《はやし》を渡《わた》りて一枝《いっし》軽《かる》く揺《ゆ》る」とでもなりましょう。先の王昌齢の「欲捲朱簾春恨長（朱簾《しゅれん》を捲《ま》かんと欲《ほっ》して春恨《しゅんこん》長《なが》し）」と同様、むだのない緊密な表現からは、詩人の「おもい」が伝わってきます。

第二章　漢詩の特殊句法

詩は、平仄や韻の規則に従い、字数の制限もありますから、文法に合わない場合ができます。そうした特殊な句法を、（一）語順がかわる、（二）語の省略、の二つに分けて用例を見たいと思います。

（一）語順がかわる

漢語は「孤立語《こりつご》」といわれます。ヨーロッパの言語では語形が変化したり、性があったりしますが、漢語では漢字の位置によって働きと意味が決まります。たとえば、次の文の「一」。

七言古詩、諸公一調。（王士禎《おうしてい》『居易録《きょいろく》』）

「七言古詩《しちごんこし》は、諸公一調《しょこういっちょう》なり」とも読めますが、「主語＋述語＋目的語・補語」の形からすれば、「諸公調《しらべ》を一《いつ》にす」と「一」を動詞として読む方が落ち着きます。もし、「七言古詩、諸公調一」ならば、「七言古詩、諸公の調は一なり」と読みます。

このように同じ語でも位置によって、動詞になったり名詞になったりしますから、散文では、きちんと語順を守らないと、読む人に理解してもらえません。ところが、漢詩では、平仄や押韻の関係から、語順がかわることがよくあります。語順のかわり方には、次の（1）～（6）が考えられます。

（1）主語と述語の語順がかわる

（2）述語と目的語・補語の語順がかわる
（3）主語と目的語・補語の語順がかわる
（4）修飾語の位置がかわる
（5）副詞の位置がかわる
（6）その他

（1）主語と述語の語順がかわる

「主語＋述語」の形が、平仄や押韻の関係で「述語＋主語」になる場合です。

与史郎中欽聴黄鶴楼上吹笛（史郎中《しろうちゅう》欽《きん》と黄鶴楼上《こうかくろうじょう》に笛を吹くを聴く）　盛唐　李白

一為遷客去長沙
西望長安不見家
黄鶴楼中吹玉笛
江城五月落梅花

一《ひと》たび遷客《せんかく》と為《な》りて長沙《ちょうさ》に去《さ》る
西《にし》のかた長安《ちょうあん》を望《のぞ》めども家《いえ》を見《み》ず
黄鶴楼中《こうかくろうちゅう》　玉笛《ぎょくてき》を吹《ふ》けば
江城《こうじょう》　五月《ごがつ》　梅花《ばいか》落《お》つ

（大意） ひとたび流謫《るたく》の身となって長沙《ちょうさ》へと赴く。西の長安《ちょうあん》を望み見ても、わが家は見えない。黄鶴楼《こうかくろう》の中でだれかが笛を吹くと、川のほとりのまちでは、夏の五月というのに、梅の花が散る。

（韻字） 沙、家、花（下平声六麻）

結句の「落梅花《らくばいか》」は、文法的には「梅花＋落（梅花《ばいか》＋落《お》つ）」となるところです。韻を合わせるために主語と述語を「倒置《とうち》」したのでしょうが、ここではまた笛の曲の「落梅花《らくばいか》」にもかけています。黄鶴楼の中で吹かれていたのは「落梅花」という笛の曲で、そのメロディーが楼上からまちのなかに流れてゆくことを「梅花落つ」といったのです。

「五月《ごがつ》」も重要なはたらきをしています。陰暦の五月は盛夏ですから、梅の花はもうとっくにありません。「夏の五月というのに、梅の花が散るようだ」と、「落梅花（梅花落つ）」を際だたせています。

「述語＋主語」としても読め、「述語＋目的語・補語」としても読める例があります。たとえば、王烈《おうれつ》の「塞上曲《さいじょうきょく》」其の二（後半の二句）。

　明鏡不須生白髪
　風沙自解老紅顔

「生＋白髪」「老＋紅顔」を「述語＋主語」と見るならば、

明鏡《めいきょう》　須《もち》いず　白髪生《はくはつしょう》ぜしを
風沙《ふうさ》　自《みずか》ら解《かい》す　紅顔老《こうがんお》ゆるを

と読みますが、「述語＋目的語・補語」と見るならば

明鏡　須いず　白髪を生ずるを
風沙　自ら解す　紅顔を老いしむるを

となります。意味はどちらの読み方でも、「白髪の生じたのを鏡に照らして見るまでもなく、風沙

によって紅顔が老いたことを自分でもわかっている」となります。訓読が違うと解釈も違ってくる、解釈が違うから訓読が違う、ということもありますが、ここではそれほどの違いはありません。

以下、「述語＋主語」がはっきりとわかる例をいくつか挙げてみたいと思います。まず、王維《おうい》の「積雨輞川荘作（積雨輞川荘《せきうもうせんそう》の作《さく》）」（七言律詩の三・四句）。

漠漠水田飛白鷺　漠漠《ばくばく》たる水田《すいでん》に白鷺《はくろ》飛《と》び
陰陰夏木囀黄鸝　陰陰《いんいん》たる夏木《かぼく》に黄鸝《こうり》囀《さえず》る

（大意） きりさめにかすむ水田に白鷺《しらさぎ》が飛び、うっそうと茂る夏木にウグイスがさえずっている。

「白鷺＋飛」「黄鸝＋囀」となるところですが、「飛＋白鷺」「囀＋黄鸝」と語順が逆になっています。「鸝」は韻字《いんじ》です。

劉長卿《りゅうちょうけい》の「送孫逸帰廬山（孫逸《そんいつ》が廬山《ろざん》に帰《かえ》るを送《おく》る」（七言律詩の三・四句）では、「橘柚＋香」「楓杉＋暗」となるところ、「香＋橘柚」「暗＋楓杉」となっています。「杉」は韻字です。

彭蠡湖辺香橘柚　彭蠡湖辺《ほうれいこへん》　橘柚《きつゆう》香《かお》り
潯陽郭外暗楓杉　潯陽郭外《じんようかくがい》　楓杉《ふうさん》暗《くら》し

（大意） 彭蠡湖《ほうれいこ》のあたりではみかんの花の香りがただよい、潯陽《じんよう》のまちの郊外では木々がうっそうと茂っていることだろう。

次の詩では、起句・承句に「述語＋主語」の倒置が見られます。

陽関詞（陽関詞《ようかんし》）

暮雲収尽溢清寒
銀漢無声転玉盤
此生此夜不長好
明月明年何処看

北宋　蘇軾

暮雲《ぼうん》収《おさ》まり尽《つ》きて　清寒溢《せいかんあふ》れ
銀漢声無《ぎんかんこえな》く　玉盤転《ぎょくばんてん》ず
此《こ》の生《せい》　此《こ》の夜《よる》　長《とこし》えには好《よ》からず
明月《めいげつ》　明年《みょうねん》　何《いず》れの処《ところ》にか看《み》ん

（大意）夕暮れの雲が消え、夜の清らかな冷気があふれる。天の川は音もなく流れ、白玉《はくぎょく》の大皿のような月が移りゆく。私のこの一生、そしてこの夜は、いつまでもよいままであるとは限らない。この名月を、来年はいったいどこで見ることであろうか。

（韻字）寒、盤、看（上平声一四寒）

弟の蘇轍《そてつ》と中秋の名月を見たときの作です。「玉盤《ぎょくばん》」は月のこと。「転ず」は、月が移動することをいいます。兄弟二人が長い時間月を眺めていたことがわかります。蘇軾の詩をもう一首。

雪詩（雪《ゆき》の詩《し》）其一

石泉凍合竹無風
気色沈沈万境空
試向静中間側耳

北宋　蘇軾

石泉凍合《せきせんとうごう》して竹《たけ》に風無《かぜな》く
気色沈沈《きしょくちんちん》として　万境空《ばんきょうむな》し
試《こころ》みに静中《せいちゅう》に向《おい》て間《しずか》に耳《みみ》を側《そばだ》つれば

隔窓撩乱撲春虫　窓《まど》を隔《へだ》てて撩乱《りょうらん》として春虫《しゅんちゅう》撲つ

（大意） 岩の間からほとばしり出る泉も凍り、竹林にはまったく風がない。あたりはしんしんと静まり、この世界には何もないかのようだ。この静寂のなかで、じっと耳をすましていると、窓に春の虫が入り乱れてあたるような音がする。

（韻字） 風、空、虫（上平声一東）

結句の「撲＋春虫」が「述語＋主語」です。前半二句は、しんしんと雪が降っているようす。後半二句は、窓に雪があたるようす。雪を「春虫」と表現したところがおもしろく、機知に富んでいます。前半二句の静寂が、後半のかすかな雪の音を導き出す伏線となっていて、構成もたくみです。雪国育ちの人なら、雪がしんしんと降る静けさのなか、雪のかすかに窓を打つ音のする情景を何度も経験していると思います。実相を捉え、それを的確に表現する蘇軾はさすがです。

（2）述語と目的語・補語の語順がかわる

「述語＋目的語・補語」となるところ、「目的語・補語＋述語」となるものです。

逢入京使（京《けい》に入《い》る使《つか》いに逢《あ》う）　盛唐　岑参《しんじん》

故園東望路漫漫　故園《こえん》　東望《とうぼう》すれば　路漫漫《みちまんまん》

双袖竜鍾涙不乾　双袖《そうしゅう》　竜鍾《りょうしょう》として　涙乾《なみだかわ》かず

馬上相逢無紙筆
憑君伝語報平安

馬上《ばじょう》　相逢《あいあ》いて　紙筆《しひつ》無《な》し
君《きみ》に憑《よ》って伝語《でんご》して平安《へいあん》を報《ほう》ぜん

（大意） 東の方のわが故郷を望めば、路ははるばると果てしなく、両の袖《そで》はこぼれ落ちる涙で乾くひまもない。旅の途中で出逢って紙も筆もないので、君にことづてを頼みたい、私は無事でいる、とどうか家族に知らせてください。

（韻字） 漫、乾、安（上平声一四寒）

起句の「故園＋東望」は、散文では「東望＋故園（東《ひがし》のかた故園《こえん》を望《のぞ》む）」となります。ここは、目的語の「故園」が倒置されて、「目的語＋述語」のかたちになっています。平仄の関係で語順がかわったのでしょうが、倒置されることによって「故園」の印象が強くなり、「路漫漫《みちまんまん》」も「涙不乾（涙乾《なみだかわ》かず）」も必然性のあることばとして輝きます。

次に、王之渙《おうしかん》の「涼州詞《りょうしゅうし》」を見ましょう。起句の「黄河＋遠上」が「目的語＋述語」の形です。散文なら、「遠上＋黄河（遠く黄河を上る）」です。

涼州詞（涼州詞《りょうしゅうし》）　盛唐　王之渙

黄河遠上白雲間
一片孤城万仞山
羌笛何須怨楊柳

黄河《こうが》遠《とお》く上《のぼ》る　白雲《はくうん》の間《かん》
一片《いっぺん》の孤城《こじょう》　万仞《ばんじん》の山《やま》
羌笛《きょうてき》何《なん》ぞ須《もち》いん楊柳《ようりゅう》を怨《うら》むを

春光不度玉門関

春光《しゅんこう》度《わた》らず　玉門関《ぎょくもんかん》

（大意） 黄河を遠く白雲のわくあたりまでさかのぼると、町が一つ、そそり立つ山のなかに孤立している。ここでは、羌族《きょうぞく》が笛を吹いて悲しい調べの「折楊柳《せつようりゅう》」を演奏しても、少しも悲しくならない。なぜなら、春の光が玉門関《ぎょくもんかん》をわたってここまでくることはないのだから。

（韻字） 間、山、関（上平声一五刪）

起句は黄河をさかのぼったはるか遠くの地であることをうたいます。承句は「一」と「万」の数字を用いながら、雄大な山々に押しつぶされそうな、小さな、孤立した町。この町は異民族の襲来を防ぐ最前線基地です。転句に「楊柳《ようりゅう》」がうたわれています。ヤナギは、すでに見たように、別れの象徴です。笛の曲に「折楊柳《せつようりゅう》」があり、別れのときに演奏されます。その笛の曲を異民族が吹き鳴らしています。普通ならば、悲しい調べに、つい望郷の念を起こしてしまいます。しかし、いくら「折楊柳」の曲が吹かれても、悲しくはならない、なぜならこの山奥のまちにはヤナギを芽吹かせる春の光がさすことはないのだから、と結びます。

「玉門関《ぎょくもんかん》」は敦煌《とんこう》の西にある関所で、ここを越えるともう異国の地です。春は玉門関をわたってやってくることもなく、ヤナギも芽吹かない、だからちっとも悲しくない、というのは、悲しみや望郷の裏返しの表現です。悲しくないと強がれば強がるほど、その悲しみが読む者の胸を打ちます。

次の句は劉長卿《りゅうちょうけい》の「長沙過賈誼宅（長沙《ちょうさ》にて賈誼《かぎ》の宅《たく》に過《よ》ぎる）」（七言律詩の五・六句）です。

秋草独尋人去後

秋草《しゅうそう》　独《ひと》り尋《たず》ぬ　人去《ひとさ》りし後《のち》

寒林空見日斜時　寒林《かんりん》　空《むな》しく見《み》る　日斜《ひなな》めなる時《とき》

（**大意**）主人がとっくに世を去ったあとに、ひとり秋の草をたずね、日が斜めに傾くとき、ただむなしく寒々とした林を見る。

文法に従うなら「人去後独尋秋草、日斜時空見寒林（人去《ひとさ》りし後独《のちひと》り秋草《しゅうそう》を尋《たず》ね、日斜《ひなな》めなる時空《ときむな》しく寒林《かんりん》を見《み》る）」となるでしょうが、詩では平仄を合わせ、「目的語」の「秋草」「寒林」が前に置かれています。

陸游《りくゆう》の「書憤（憤《いきどお》りを書《しょ》す）」（七言律詩）の五句目も、「目的語」と「述語」の順番が逆になっています。

塞上長城空自許　塞上《さいじょう》の長城《ちょうじょう》　空《むな》しく自《みずか》ら許《ゆる》せしも

鏡中衰鬢已先斑　鏡中《きょうちゅう》の衰鬢《すいびん》　已《すで》に先《ま》ず斑《まだら》なり

（**大意**）私自身、辺境のとりでを守る長城のようなつもりでいたが、鏡に映る鬢《びん》は衰えて、もうとっくに白髪まじりになっている。

「塞上の長城」であることを「空しく自ら許し」ていたのです。

「目的語・補語＋**主語**＋述語」のように、「主語」を越えて倒置される場合もあります。

九日宴（九日《きゅうじつ》の宴《えん》）　盛唐　張顥《ちょうがく》

秋葉風吹黄颯颯　秋葉《しゅうよう》　風吹《かぜふ》いて　黄颯颯《こうさつさつ》

晴雲日照白鱗鱗　晴雲《せいうん》　日照《ひて》らして　白鱗鱗《はくりんりん》

帰来得問茱萸女　　帰来《きらい》　茱萸《しゅゆ》の女《じょ》に問《と》うを得《え》たり
今日登高酔幾人　　今日《こんにち》の登高《とうこう》　幾人《いくにん》を酔《よ》わしめしと

（大意） 秋風が吹いて、黄ばんだ木の葉がざわざわと音をたてる。晴れた空に浮かぶ雲は、日に照らされて、白い鱗《うろこ》のようにかがやいている。茱萸《しゅゆ》を髪にさして帰ってくる女たちに聞いてみた。今日の登高《とうこう》の宴では何人の人を酔わせたのかね、と。

（韻字） 鱗、人（上平声一一真）

散文ならば、起句・承句は、「風＋吹＋秋葉（風は秋葉を吹いて）」「日＋照＋晴雲（日は晴雲を照らして）」となるところです。語順がかわることによって、平仄が合いました。なお、起句・承句は対句で、韻を踏んでいません。もう一首見ましょう。

贈花卿（花卿《かけい》に贈《おく》る）　盛唐　杜甫

錦城糸管日紛紛　錦城《きんじょう》の糸管《しかん》　日《ひ》に紛紛《ふんぷん》
半入江風半入雲　半《なか》ばは江風《こうふう》に入《い》り　半《なか》ばは雲《くも》に入《い》る
此曲祇応天上有　此《こ》の曲《きょく》祇《た》だ応《まさ》に天上《てんじょう》にのみ有《あ》るべし
人間能得幾回聞　人間《じんかん》　能《よ》く幾回《いくかい》か聞《き》くを得《え》ん

（大意） 錦官城《きんかんじょう》の管弦の響きは毎日入り乱れて、半ばは川風に乗って響きわたり、半ばは雲のなかに入る。この曲は、ただ天上界にあるだけ。人間の世界で何度このような美しい曲を聞けるであろうか。

（韻字） 紛、雲、聞（上平声十二文）

転句の「此曲＋祇応＋天上＋有」は散文では「祇応＋天上＋有＋此曲（祇《た》だ応《まさ》に天上《てんじょう》にのみ此《こ》の曲有《きょくあ》るべし）」となるところです。倒置された語は強調されます。承句は、句の中で対句になっている「句中対《くちゅうつい》」です。

（3）主語と目的語・補語の語順がかわる

文法的には「主語＋述語＋目的語・補語」となるところ、「主語」と「目的語・補語」が入れかわり、「目的語・補語＋述語＋主語」となるものです。

十五夜望月（十五夜《じゅうごや》 月《つき》を望《のぞ》む）　中唐　王建《おうけん》

中庭地白樹棲鴉　中庭《ちゅうてい》地《ち》白《しろ》くして　樹《き》に鴉《からす》棲《す》み
冷露無声湿桂花　冷露《れいろ》声《こえ》無《な》く桂花《けいか》を湿《うるお》す
今夜月明人尽望　今夜《こんや》月明《つきあき》らかにして人《ひと》尽《ことごと》く望《のぞ》むも
不知秋思在誰家　知《し》らず　秋思《しゅうし》　誰《た》が家《いえ》にか在《あ》る

（大意） 中庭の地面が白く輝き、木では鴉《からす》がねぐらについている。冷え冷えとした露は音もなくひそかに結び、木犀の花をしっとりうるおす。今夜の月はひととき明るく、だれもがみな眺めていることであろうが、秋の夜の物思いにふけっているのは、どこの家の人であろうか。

（韻字）鴉、花、家（下平声六麻）

起句の「樹＋棲＋鴉」は、散文ならば「鴉＋棲＋樹（鴉樹《からすき》に棲《す》む）」となるところですが、ここでは「主語」と「補語」が入れかわって「補語＋述語＋主語」の形になっています。「鴉」は韻字です。承句の「湿＋桂花」は、「桂花《けいか》を湿《うるお》す」と読みましたが、「桂花《けいか》湿《うるお》う」のようにも読めます。これですと主語と述語が倒置された（1）の「述語＋主語」のかたちということになります。

次の詩は、承句の「一曲霓裳＋按＋小伶」が「目的語＋述語＋主語」のかたちになっています。

答蘇庶子月夜聞家僮奏楽見贈　　中唐　白居易

（蘇庶子《そしょし》が月夜《げつや》に家僮奏楽《かどうそうがく》すと聞《き》きて贈《おく》られしに答《こた》う）

牆西明月水東亭　　牆西《しょうせい》の明月《めいげつ》　水東《すいとう》の亭《てい》
一曲霓裳按小伶　　一曲《いっきょく》の霓裳《げいしょう》　小伶《しょうれい》按《あん》ず
不敢邀君無別意　　敢《あ》えて君《きみ》を邀《むか》えざるは別意《べつい》無《な》し
絃生管渋未堪聴　　絃生管渋《げんせいかんじゅう》　未《いま》だ聴《き》くに堪《た》えざればなり

（大意）月が明るく照る牆《かき》の西、川の東の亭《あずまや》で、家僮《かどう》が霓裳《げいしょう》羽衣《うい》の曲を演奏した。君を招待しなかったが、他意はない。演奏が未熟で聴くに堪えないからだ。

（韻字）亭、伶、聴（下平声九青）

承句の「霓裳《げいしょう》」は霓裳羽衣曲《げいしょううういきょく》のことです。天女を歌った曲で、唐の玄宗皇帝が仙人と天に上り、月宮で聞いた曲を覚えて帰り、楽人に作らせたもの、とされています。「按《あん》」は奏でる。「小伶《しょうれい》」は家僮をさします。結句の「絃生管渋《げんせいかんじゅう》」は、「絃」や「管」の楽器を演奏することが、「生」＝熟練していない、「渋」＝円滑でない、ことです。

歎白髪（白髪《はくはつ》を歎《たん》ず）　盛唐　王維

宿昔朱顔成暮歯　宿昔《しゅくせき》の朱顔《しゅがん》　暮歯《ぼし》と成《な》り
須臾白髪変垂髫　須臾《しゅゆ》にして白髪《はくはつ》　垂髫《すいちょう》変《へん》ず
一生幾許傷心事　一生幾許《いっしょういくばく》ぞ　傷心《しょうしん》の事《こと》
不向空門何処銷　空門《くうもん》に向《む》かわざれば何《いず》れの処《ところ》にか銷《け》さん

（大意）あっという間に、若々しい顔は皺《しわ》くちゃになり、黒い髪も白くなった。生涯心を傷めることばかり。仏門にでも入らなければ傷めた心を癒《いや》すことはできない。

（韻字）髫、銷（下平声二蕭）

「暮歯《ぼし》」は老年。「垂髫《すいちょう》」は幼子の垂れ髪のことです。承句の「白髪＋変＋垂髫」は、散文ならば「垂髫＋変＋白髪（垂髫《すいちょう》白髪《はくはつ》に変《へん》ず）」となるところ。ですから倒置形の「補語＋述語＋主語」と見ることができます。

しかしまた「白髪垂鬢《はくはつすいちょう》を変《へん》ず」と読むことも可能です。それならば「主語＋述語＋目的語」ということになります。訓読の違いで文法の解釈がかわるわけですが、ここで注意すべきことは、もしかしたら「白髪垂鬢《はくはつすいちょう》を変《へん》ず」という捉え方が、作者王維《おうい》のモノの見方、表現の仕方の特色かもしれない、ということです。これについては、王維という「人」に迫る必要がありますので、今のところ何ともいえません。文学は、文法だけですべて解決できるわけではなく、表現から「人」に迫る、あるいは「人」から表現に迫る必要があります。

詩の解釈によって文法的な捉え方がかわることを念頭において、以下も見たいと思います。

(4) 修飾語の位置がかわる

「修飾語＋被修飾語」のかたちが普通ですが、「修飾語」の位置がかわり、「被修飾語」と離ればなれになるものです。たとえば、杜甫の「詠懐古迹（古迹《こせき》を詠懐《えいかい》す）」、七言律詩の一・二句。

群山万壑赴荊門　群山《ぐんざん》　万壑《ばんがく》　荊門《けいもん》に赴《おもむ》き
生長明妃尚有村　明妃《めいひ》を生長《せいちょう》して尚《な》お村《むら》有《あ》り

（大意）無数の山や谷が荊門山《けいもんざん》に向かって連なるなか、王昭君《おうしょうくん》が生長したという村が今なお残っている。

二句目の「生長明妃＋尚有＋村」は、散文では「尚有＋生長明妃＋村（尚《な》お有《あ》り明妃《めいひ》を生長《せいちょう》せし村《むら》）」となります。「村」を修飾する「生長明妃」が離れて前におかれています。

南宋《なんそう》（一一二七～一二七九）を代表する詩人、陸游《りくゆう》の次の詩の起句、「舟中」も倒置されています。この倒置によって、作者のいる「場」と「おもい」がより明確になっています。

小雨極涼、舟中熟睡至夕　南宋　陸游

（小雨《しょうう》ふりて極《きわ》めて涼《すず》しく、舟中《しゅうちゅう》に熟睡《じゅくすい》して夕《ゆう》べに至《いた》る）

舟中一雨掃飛蠅
半脱綸巾臥翠籐
清夢初回窓日晩
数声柔艫下巴陵

舟中《しゅうちゅう》　一雨《いちう》　飛蠅《ひよう》を掃《はら》い
半《なか》ば綸巾《かんきん》を脱《だっ》して翠籐《すいとう》に臥《ふ》す
清夢《せいむ》初《はじ》めて回《さ》むれば窓日《そうじつ》晩れ
数声《すうせい》の柔艫《じゅうろ》　巴陵《はりょう》に下《くだ》る

（大意） 小雨がさっと降って、舟の中を飛び回っていた蠅《はえ》を追い払った。頭巾《ずきん》を半分ずらして、籐《とう》の長椅子《ながいす》に横になる。すがすがしい夢からさめると、窓の外には日が暮れ、舟は艫《ろ》の音をやわらかくたてながら、巴陵《はりょう》へと下っていく。

（韻字） 蠅、籐、陵（下平声一〇蒸）

籐椅子《とういす》に横になっていて眠ってしまい、夢からさめると、もう夕暮れどき。艫《ろ》の音はやわらかく、舟はゆっくり川を下ってゆきます。この夕暮れのやわらかな艫《ろ》の音によって旅情がかきたてられます。

起句の「舟中＋一雨＋掃飛蠅（舟中《しゅうちゅう》　一雨《いちう》　飛蠅《ひよう》を掃《はら》ふ）」は、「一雨＋掃＋舟中飛蠅（一雨《いちう》、舟中《しゅうちゅう》の飛蠅《ひよう》を掃《はら》う）」ということです。「舟中＋一雨」で、舟の中に雨が降りこんできた、などととると、籐椅子《とういす》に横になることができません。ですから、「舟中」は「飛蠅」と結びついている語ということになります。「舟中＋飛蠅（舟中の飛蠅）」は「修飾語＋被修飾語」です。倒置され、「修飾語」の「舟中」が離れて句のはじめにおかれることによって、「舟の旅」という場がより明確に設定されました。

「修飾語」と「被修飾語」が離れればなれになっている例をもう一つ。

高郵夜泊　（高郵《こうゆう》にて夜泊《よるはく》す）　清　王士禎《おうしてい》

寒雨秦郵夜泊船　　寒雨《かんう》の秦郵《しんゆう》　夜《よる》　船《ふね》を泊《はく》す
南湖新張水連天　　南湖《なんこ》　新《あら》たに張《みなぎ》りて　水《みず》　天《てん》に連《つら》なる
風流不見秦淮海　　風流《ふうりゅう》　見《み》ず　秦淮海《しんわいかい》
寂寞人間五百年　　寂寞《せきばく》たり　人間《じんかん》　五百年《ごひゃくねん》

（大意） 寒々とした雨の降る秦郵《しんゆう》に、夜、船を停泊させる。南湖《なんこ》は新たに水がみなぎり、天と連なっている。あの風流な秦淮海《しんわいかい》のような人物は現れず、この世は五百年ものあいだ寂寞としている。

（韻字） 船、天、年（下平声一先）

詩題の「高郵《こうゆう》」は江蘇《こうそ》省《しょう》高郵《こうゆう》県《けん》。起句に見えるように「秦郵《しんゆう》」ともいいます。「風流《ふうりゅう》」はすばらしい人物のこと。明清の文学で「風流」というと男女の色事に使うことが多いのですが、ここは違います。「秦淮海《しんわいかい》」は、宋の詩人秦観《しんかん》（一〇四九〜一一〇〇）、字《あざな》は少游《しょうゆう》です。蘇軾《そしょく》の門人で、「四学《しがく》士《し》」の一人に数えられます。蘇軾に、屈原《くつげん》・宋玉《そうぎょく》のような文学的な才能があると称《たた》えられ、蘇軾の推薦によって官を得ましたが、蘇軾の失脚とともにその地位を次々に失い、最後は南方の瘴癘《しょうれい》に流されます。皇帝が哲宗《てっそう》から徽宗《きそう》にかわると許されますが、帰る途中で亡くなりました。黄庭堅《こうていけん》（山《さん》谷《こく》）は「国士無双秦少游《こくしむそうしんしょうゆう》」と詩にうたっています。宋代に流行した詞《ツー》という韻文の作者としても知られています。

「寂寞《せきばく》」は、むなしいさま。「人間《じんかん》」は、人の世、この世。

転句の「風流＋不見＋秦淮海（風流見《ふうりゅうみ》ず秦淮海《しんわいかい》）」を一読して意味がわかる人はそうとう漢詩に慣れ親しんだ人です。もしこれを「主語＋述語＋目的語」ととったならば、風流が秦淮海を見ない、となって意味がまったく通じません。ここでは、風流な秦淮海のような人物を見ない、ということです。「不見（見ない）」のは、「風流＋秦淮海（風流なる秦淮海）」なのです。あるいは「秦淮海＋風流（秦淮海のごとき風流）」ととってもかまいません。いずれにしても、ここは明らかに「修飾語」と「被修飾語」が離れています。

（5）副詞の位置がかわる

「副詞」は「主語＋副詞＋述語」のように、「述語」の前におかれ、「述語」に程度や範囲・時間・否定・反語などの意味合いをつけ加えます。漢詩漢文はこの「副詞」によってよりいっそう豊かな表現が可能となります。例として、杜甫の詩を見ましょう。

江南逢李亀年
岐王宅裏尋常見
崔九堂前幾度聞
正是江南好風景
落花時節又逢君

（江南《こうなん》にて李亀年《りきねん》に逢《あ》う）　盛唐　杜甫

岐王《きおう》の宅裏《たくり》　尋常《じんじょう》に見《み》
崔九《さいきゅう》の堂前《どうぜん》　幾度《いくたび》か聞《き》きし
正《まさ》に是《こ》れ江南《こうなん》の好風景《こうふうけい》
落花《らっか》の時節《じせつ》　又君《またきみ》に逢《あ》う

（大意）むかし岐王様《きおうさま》のやかたでしょっちゅうお目にかかりました。崔九様《さいきゅうさま》の座敷の前で何度もあなたの歌声を聞きました。今はまさに、都から遠く離れた江南の晩春の美しい風景のなか、花の散るこの時節にまたあなたと逢うことができました。

（韻字）聞、君（上平声一二文）

杜甫は安禄山《あんろくざん》の乱ののち食糧を求めて家族とともに諸国をめぐり、晩春の花散る江南で李亀年《りきねん》と偶然出逢いました。李亀年はかつて玄宗皇帝のもとで宮廷歌人としてその名を馳せた人です。転句の「正に」と結句の「又」が「副詞」です。「正に」は現在の時間を表します。これによって、前半二句のかつての華やかな都・長安とは異なる、田舎・江南の華やかさが対比され、「又」によって、もはや逢うはずはないと思っていた人と偶然に「また」逢ったという歓喜の気持ちが付加されます。

華やかな都長安での二人の青春時代ははるか昔、「今まさに」青春の季節の田舎で、老人となった二人が偶然にも「また」出逢ったのです。うれしくなつかしくもありますが、辛酸《しんさん》を嘗《な》めた長い歳月が思い起こされ、すっかり年をとった悲しみを改めて実感したことでもあったでしょう。晩春の「落花」、ハラハラと散る花は、年老いた二人が流す涙でもあります。杜甫五十九歳の作。杜甫は、この年の暮れに亡くなります。前半の二句は対句になっていますので、起句は韻が踏まれていません。

「副詞」の類別と主な語を挙げておきます。漢詩漢文によく出てくる、きわめて重要な語です。カタカナは送りがなです。

程度副詞

極―きわメテ　　絶・甚・孔・太―はなはダ　　最―もっとモ
良―まことニ　　少―すこシ　　稍―やや
微―かすカニ　　益―ますます　　更―さらニ

範囲副詞

皆・咸―みな　　尽―ことごとク　　具・備―つぶさニ
唯・第―たダ〜ノミ　　独―ひとリ〜ノミ　　倶・同・共―ともニ
交―こもごも　　相・相与―あい・あいともニ

時間副詞

已・既・業―すでニ　　向―さきニ　　方・正―まさニ
将・且―まさニ〜トス　　行―ゆくゆく　　垂―なんなんトス

欲—〜ほっス　終・卒・竟—ついニ　立—たチドコロニ
即—すなわチ　常—つねニ　素—もとヨリ
久・長—ひさシク　稍・漸—ようやク　徐—おもむロニ

数量副詞

復・又・亦—また　更—さらニ　数・亟—しばしば

謙敬副詞

窃—ひそカニ　伏—ふシテ↓謙譲を表す　請—こフ
辱—かたじけなクモ　謹—つつしンデ↓表敬。

否定副詞

不・弗—ず　非—あらズ　未—いまダ〜ズ
莫・無・勿・毋—なカレ

語気副詞

必—かならズ　定—さだメテ　実・良—まことニ
固—もとヨリ↓確定　殆・庶幾—ほとんド　蓋—けだシ
或—あるイハ↓推定　豈—あニ　安・悪・焉・烏—いずクンゾ
何・曷・胡・奚・庸・詎・寧—なんゾ↓反語。

「副詞の位置がかわる」というのは、これらの「副詞」が修飾すべき「述語」と離れているものをいいます。たとえば、五言の例ですが、韓偓《かんあく》の「幽窗《ゆうそう》」に、「猶得暫心寛（猶《な》お暫《しばら》く心《こころ》の寛《くつろ》ぐを得《え》たり)」とあります。下の三字は文法に従うなら「心＋暫＋寛（心暫《しばら》く寛《くつろ》ぐ)」ですが、「二四不《にしふ》同《どう》」にするため語順がかわった、と考えられます。

次の北宋、秦観《しんかん》の「春日《しゅんじつ》」、転句の「纔＋日＋出（纔《わずか》に日出《ひい》づ)」も文法に従うなら「日＋纔＋出（日《ひ》纔《わずか》に出《い》づ)」ですが、文法通りの語順では「二六対」にならず、しかも「孤平《こひょう》」になってしまいます。

春日（春日《しゅんじつ》）　北宋　秦観

幅巾投暁入西園
春動林塘物物鮮
却憩小亭纔日出
海棠花発麝香眠

幅巾《ふくきん》　暁《あかつき》に投《とう》じて　西園《せいえん》に入《い》れば
春《はる》は林塘《りんとう》を動《うご》かして物物鮮《ぶつぶつあざ》やかなり
却《かえ》って小亭《しょうてい》に憩《いこ》えば纔《わずか》に日出《ひい》で
海棠《かいどう》　花発《はなひら》いて　麝香眠《じゃこうねむ》る

（大意）朝まだ暗いうちに起きだし、頭巾もつけないまま西の庭園に入ってゆくと、春の気配は林のなか、つつみのあたりにやってきて、何もかもが鮮やかである。歩き疲れてあずまやで休んでいると、朝日がやっとさしてきて、その光のなか、海棠の花が咲き、麝香鹿が眠っている。

（韻字）園、鮮、眠（上平声十三元・下平声一先の通韻）

次の詩の結句はどうでしょうか。「偏」の「副詞」と「走」の「述語」が入れかわっている、と一見思われますが、そうではありません。

泉石軒初秋乗涼小荷池上（泉石軒《せんせきけん》の初秋《しょしゅう》、小荷池《しょうかち》の上《ほとり》に乗涼《じょうりょう》す）　南宋　楊万里《ようばんり》

芙蕖落片自成**船**
吹泊高荷傘柄**辺**
泊了又離離又泊
看他走偏水中**天**

芙蕖《ふきょ》の落片《らくへん》　自《おのずか》ら船《ふね》と成《な》り
吹《ふ》かれて高荷傘柄《こうかさんぺい》の辺《へん》に泊《はく》す
泊《はく》し了《おわ》って又離《またはな》れ　離《はな》れて又泊《またはく》す
看《み》る　他《かれ》が走《はし》って水中《すいちゅう》の天《てん》に偏《あまね》きを

（大意） 水に落ちたハスの花びらは、まるで船そっくり。風に吹かれては高いハスの傘の柄の下に留まる。留まったかと思うと、また風に吹かれて離れ、離れたかと思うとまた別の柄に留まる。見ているうちに、花びらの船は、空を映している水の上をただよい、とうとうあちらこちらとすみずみまでただよい回った。

（韻字） 船、辺、天（下平声一先）

結句の「偏」は、「あまねシ」という形容詞、「あまねクス」という動詞、「あまねク」の副詞があります。結句をもし「他＋偏＋走＋水中天（他《かれ》偏《あまね》く水中の天に走る）」ととると、「偏」は「副詞」となり、詩中の「走偏」は「副詞」と「述語」が倒置されたかたち、ということになります。しかし、「走偏」のままでもおかしいわけではありません。「走偏」は、「走り回り」、その結果として、「偏《あまね》くすみずみまでいった」、ととることができるからです。実は、その方が、船が風にただよう感じが出ます。船に意志があって「偏《あまね》く走った」わけではないのですから。また、「走」も「偏」

も仄声ですから、平仄を合わせるために倒置する必要はまったくありません。となると、作者は花びらの動きをよく観察し、意識的に「走偏」にした、ということになります。

同じ字が何度も使われていますが、これは、花びらが風に吹かれてただよい、ハスの茎にぶつかっては少し留まり、また風に吹かれてただよう、というようすをうたうのに効果的です。作詩では**「同じ字は使わない（同字《どうじ》重複《ちょうふく》を禁ず）」**という規則があるのですが、効果をねらうときにはかまいません。「了《りょう》」という口語も船の軽快さを出しています。

（6）その他

これまで見てきた以外のもの、分類の難しいものをここで見ます。いままでも分類の難しいものがたくさんありましたが…。

帰雁（帰雁《きがん》）　　中唐　銭起《せんき》

瀟湘何事等閑回
水碧沙明両岸苔
二十五絃弾夜月
不勝清怨却飛来

瀟湘《しょうしょう》　何事《なにごと》ぞ　等閑《とうかん》に回《かえ》る
水《みず》は碧《みどり》に沙《すな》は明《あき》らかにして両岸苔《りょうがんこけ》むす
二十五絃《にじゅうごげん》　夜月《やげつ》に弾《だん》ずれば
清怨《せいえん》に勝《た》えずして却飛《きゃくひ》し来《き》たる

（大意） 雁《かり》よ、どうしてこの美しい瀟湘《しょうしょう》を見捨てて北へ帰ってゆくのか。水は碧《みどり》に澄み、砂浜は明るく輝き、両岸は苔《こけ》むしているのに。（湘江《しょうこう》の女神が）月夜に二十五絃の瑟《しつ》を奏《かな》で、その音があまりにも清らかで悲しいため、聞くに耐えられず飛び帰るのです。

（韻字）回、苔、来（上平声一〇灰《かい》）

「等閑《とうかん》」は、なおざりにする、の意。ここは美しい瀟湘《しょうしょう》を見捨てることをいいます。承句は、瀟湘の美しさを具体的に表現したものです。転句の「二十五絃」は、瑟《しつ》といわれる大きな琴です。もと五十絃あったものを、あまりにも悲しい音色だったので、黄帝《こうてい》が二十五絃にしたといいます。奏《かな》でているのは湘江《しょうこう》の女神です。この女神は、もと、帝尭《ていぎょう》の娘で、舜《しゅん》の妃《きさき》になった娥皇《がこう》と女英《じょえい》です。二人の妃は夫の舜と仲むつまじく暮らしていましたが、舜が亡くなるとあとを追って瀟湘のあたりまでやって来て、湘江に身を投げて死にました。「瀟《しょう》」も川の名で、湘江と合流して洞庭湖《どうていこ》に注ぎます。「瀟湘《しょうしょう》」は、洞庭湖の南方一帯をいいます。風光明媚な地として有名で、「瀟湘八景《しょうしょうはっけい》」の称があります。入水自殺した二人の妃は、やがて女神になり、月のきれいな夜には瑟を奏でたといいます。結句の「清怨《せいえん》」は、清らかで悲しいこと。「うらみ」ではありません。「却飛《きゃくひ》」は、飛び帰ること。雁は春になると南から北へ帰るのでこのようにいいます。

特殊な句法は転句です。「弾《だん》」ずるのは「二十五絃」で、「夜月」は「弾」じているときの状態を表しています。ですから、散文的に表せば「夜月之下、弾二十五絃（夜月《やげつ》の下《もと》、二十五絃《にじゅうごげん》を弾《だん》ず）」というのが普通のかたちです。「之下」を省くと「夜月弾二十五絃（夜月に二十五絃を弾ず）」です。詩は、「夜月」と「二十五弦」が入れかわったかたちで、これによって「二・二・三」のリズムになり、平仄が合います。

状態を表す語が「補語」のようなかたちになっている同様の句法が李賀《りが》の「李憑箜篌引（李憑《りひょう》の箜篌《くご》の引《いん》）」にも見られます。七言古詩全十四句のうちの第一・二句です。

呉糸蜀桐張高秋　　呉糸《ごし》　蜀桐《しょくどう》　高秋《こうしゅう》に張《は》る
空白凝雲頽不流　　空《そら》は白《しろ》く雲《くも》を凝《こ》らし　頽《くず》れて流《なが》れず

（大意） 空が高く澄みわたる秋、呉《ご》の絹糸《きぬいと》を蜀《しょく》の桐《きり》でできた竪琴《たてごと》に張って奏でると、空では白い雲が息をこらしているかのように、くずれかけたまま動かない。

題名の「箜篌《くご》」は、ハープに似た竪琴《たてごと》です。「引《いん》」は、歌の意です。「呉糸《ごし》」は、呉《ご》（江蘇省《こうそしょう》蘇州《そしゅう》）で産する絹糸。楽器の弦にも使われました。呉は絹織物の産地として古来有名で、そこで日本では絹織物のことを「呉服」といいます。「蜀桐《しょくどう》」は、蜀《しょく》（四川省《しせんしょう》）産の桐《きり》です。蜀は良質の楽器の桐材を産しました。第一句目は、散文で表すなら、「高秋之下、張呉糸於蜀桐（高秋《こうしゅう》の下《もと》、呉《ご》糸《し》を蜀桐《しょくどう》に張《は》る）」ですが、詩では余計なものは省き、「高秋」を「張」の「補語」のようなかたちにしています。

第二句目は、箜篌《くご》の演奏がすばらしく、雲の動きをとめた、ということです。昔、秦青《しんせい》という名歌手が歌を歌うと、声が林の木々を震わし、空飛ぶ雲を押しとどめたそうです（『博物志』）。美しい音楽が雲をとめるという発想は昔からありましたが、李賀の「頽《くず》れて流れず」は一瞬にして雲がとまるようすを具体的に表現しています。それはまた一瞬にして聴衆の心を奪ったことをも表します。「空白」は「空山」とするテキストもあります。「空白凝雲」は「空凝白雲（空《そら》は白雲《はくうん》を凝《こ》らす）」

ということで、「修飾語」と「被修飾語」が離れている形です。李賀のこの「李憑の箜篌の引」は、音楽を「ことば」で表現したものとして特に有名です。

次は、北宋、隠者として知られる林和靖《りんわせい》（逋《ほ》）の「山園小梅（山園《さんえん》の小梅《しょうばい》）」、七律の一・二句です。

衆芳揺落独暄妍　　衆芳揺落《しゅうほうようらく》して独《ひと》り暄妍《けんけん》たり

占尽風情向小園　　風情《ふうじょう》を占《し》め尽《つ》くして小園《しょうえん》に向《む》かう

（大意） 多くの花がみな散ってしまったあと、ひとり梅だけが美しく咲き、山中の小園の風趣をひとり占めしている。

訓読では「向小園」を「小園《しょうえん》に向《む》かう」と読みますが、この「向」は「在」と同じ意味です。「小園に向《お》いて風情を占め尽くしている」ということで、散文なら「向（在）小園＋占尽風情」となります。ですからここは、場所を表す「向小園」が倒置されている、ということになります。「暄妍《けんけん》」は、暖かで景色の美しいことで、ここでは梅の花が春の日差しをいっぱいに受けて美しく咲いているようすをいいます。

林和靖（逋）は、西湖の孤山に廬《いおり》を結び、梅を妻とし鶴を子として隠棲し、杭州の町に二十年も足を踏み入れなかったといいます。

白楽天の「和談校書秋夜感懐呈朝中親友（談校書《だんこうしょ》の「秋夜感懐《しゅうやかんかい》」に和《わ》し朝中《ちょうちゅう》の親友《しんゆう》に呈《てい》す）」、七律の三・四句。

秋霜似鬢年空長　　秋霜《しゅうそう》は鬢《びん》に似《に》て年《とし》ごとに空《むな》しく長《なが》く

春草如袍位尚卑　春草《しゅんそう》は袍《ほう》の如《ごと》く位尚《くらいな》お卑《ひく》し

（大意）髪の毛は秋の霜のように白く、年ごとにただむなしく増え、着ている物は春の草のように青く、官位はなおまだ低いまま。

本来なら「鬢似秋霜（鬢《びん》は秋霜《しゅうそう》に似《に》て）」「袍如春草（袍《ほう》は春草《しゅんそう》の如《ごと》く）」となるところです。「似」「如」を「述語」として見れば、右の句は「主語」と「補語」が入れかわったもの、と見ることができます。「長」は量が増えることです。逆に量が減ることは、「短」です。杜甫に「白頭掻《はくとうか》けば更《さら》に短《みじか》く、渾《すべ》て簪《しん》に勝《た》えざらんと欲《ほっ》す」（「春望《しゅんぼう》」）の句があります。

（二）語の省略

語の省略というのは、詩句のなかで名詞や動詞などが省略されることをいいます。たとえば、前章で見た銭起の「帰雁」の転句「二十五絃弾夜月（二十五絃夜月《にじゅうごげんやげつ》に弾《だん》ず）」は、弾じた人（名詞）が省略されています。漢詩は字数と平仄《ひょうそく》にしばられ、押韻《おういん》もしなければなりませんので、どうしても何かを省略する必要が出てきます。しかし、詩は全体の構成から、何を省略したかわかるように作られています。詩を享受する人々には共通の素養があるからです。省略された部分の「物語」によって、詩の奥ゆきも生まれます。

以下「語の省略」について、次のように分けて見てゆきます。

（1）名詞の省略　（2）代詞の省略

（3）動詞の省略　（4）その他の省略

（1）名詞の省略

細かく分類することができますが、ここでは大まかに見ます。まず、固有名詞の一部を省略する例です。

青楼曲　（青楼曲《せいろうきょく》）　　盛唐　王昌齢《おうしょうれい》

白馬金鞍従武**皇**
旌旗十万宿長**楊**
楼頭少婦鳴筝坐
遥見飛塵入建**章**

白馬《はくば》金鞍《きんあん》　武皇《ぶこう》に従《したが》い
旌旗《せいき》十万《じゅうまん》　長楊《ちょうよう》に宿《しゅく》す
楼頭《ろうとう》の少婦《しょうふ》　筝《そう》を鳴《な》らして坐《ざ》し
遥《はる》かに見《み》る　塵《ちり》を飛《と》ばして建章《けんしょう》に入《い》るを

（大意） 白馬に黄金の鞍《くら》をおいた夫は武帝《ぶてい》につき従い、旗さしものを連ねた十万の将士とともに長《ちょう》楊宮《ようきゅう》に宿営する。楼上のうら若い妻は、筝《こと》を鳴らしながらすわり、砂塵《さじん》を飛ばして建章宮《けんしょうきゅう》に入る騎馬の群れをはるかに眺める。

（韻字） 皇、楊、章（下平声七陽）

「長楊《ちょうよう》」「建章《けんしょう》」は、それぞれ「長楊宮《ちょうようきゅう》」「建章宮《けんしょうきゅう》」という固有名詞の一部「宮《きゅう》」が省略されています。

詩は、唐の時代のものですが、漢の時代としてうたわれています。政治や皇帝に関わることを詠《よ》むときの常套法です。「武皇《ぶこう》」は、漢の武帝。「長楊（長楊宮）」は、長安《ちょうあん》の西約七十キロ、周至県《しゅうしけん》の東南にあった離宮です。「建章（建章宮）」は、漢の武帝によって太初《たいしょ》元年（前一〇四）に建てられた宮殿です。「千門万戸《せんもんばんこ》」の厖大《ぼうだい》な宮殿群からなり、長安城外の西に隣接し、城内の未央宮《びおうきゅう》と閣《かく》道《どう》（二階建ての廊下）で結ばれていたそうです。

起句の「白馬金鞍《はくばきんあん》」は、白馬と黄金の鞍《くら》ですが、黄金の鞍をおいた白馬に乗る若者をさします。男だてを気どる若者、豪族や高級官僚の子弟、というイメージです。「楼頭の少婦」は、詩題の「青楼曲《せいろうきょく》」から青楼《せいろう》（妓楼）の妓女とする説があります。

李白の「少年行《しょうねんこう》」では「銀鞍白馬《ぎんあんはくば》」といいます。お金と暇にまかせて男だてを気どり、妓楼やバーに入り浸る若者を活写しています。

少年行　（少年行《しょうねんこう》）　盛唐　李白

五陵年少金市**東**　　五陵《ごりょう》の年少《ねんしょう》　金市《きんし》の東《ひがし》
銀鞍白馬度春**風**　　銀鞍白馬《ぎんあんはくば》　春風《しゅんぷう》を度《わた》る
落花踏尽遊何処　　落花《らっか》踏《ふ》み尽《つ》くして何《いず》れの処《ところ》にか遊《あそ》ぶ
笑入胡姫酒肆**中**　　笑《わら》って入《い》る　胡姫《こき》　酒肆《しゅし》の中《うち》

（**大意**）五陵《ごりょう》の若者が、長安の盛り場の東を、銀の鞍《くら》をつけた白馬にまたがって春風の中を駆けてゆく。散り敷く花を踏みしだいて、どこへ遊びにゆくのか。と見れば、笑いながら西域の美人のいるバーに入っていった。

（韻字）東、風、中（上平声一東）

「五陵《ごりょう》」は、漢の皇帝の五つの陵墓《りょうぼ》です。この一帯では、全国各地の豪族や大富豪、高級官僚たちが別邸を構えて住んでいました。「五陵の年少」は、そのお坊ちゃんをいいます。「金市《きんし》」は、長安の西の市、商業の中心地です。詩は、「銀鞍白馬」に「騎《の》る」、という動詞が省略されています。

方位を表す語が省略される場合もあります。128頁で見た王維の「送元二使安西（元二《げんじ》の安西《あんせい》に使《つか》いするを送《おく》る）」の承句にその例が見られます。前半の二句です。

渭城朝雨浥軽塵　　渭城《いじょう》の朝雨《ちょうう》　軽塵《けいじん》を浥《うるお》し
客舎青青柳色新　　客舎青青《かくしゃせいせい》　柳色《りゅうしょく》新《あら》たなり

「客舎《かくしゃ》」は、「客舎前（客舎の前）」あるいは「客舎側（客舎の側）」の「前」「側」が省略されたかたち、と考えることができます。

146頁で見た王昌齢の「芙蓉楼送辛漸（芙蓉楼《ふようろう》にて辛漸《しんぜん》を送《おく》る）」の結句も場所を表す語が省略されています。後半の二句は次のようでした。

洛陽親友如相問　　洛陽《らくよう》の親友《しんゆう》　如《も》し相問《あいと》わば
一片氷心在玉壺　　一片《いっぺん》の氷心《ひょうしん》　玉壺《ぎょくこ》に在《あ》り

「在玉壺（玉壺に在り）」は「在玉壺中（玉壺の中に在り）」ということです。洛陽の親友が問うのは「私の安否」ですが、それにあたる語も省かれています。「一片の氷心玉壺に在り」も、そう親友に答えてくれ、というものですが、答えてくれ、という語が省かれています。

時間を表す語が省略される場合もあります。陸游の「感旧《かんきゅう》」、七言古詩全十四句のうちの第九句目です。

後之視今猶視昔　後《のち》の今《いま》を視《み》ること猶《な》お昔《むかし》を視《み》るがごとし

（大意）後の人が今を見ることは、ちょうど今の人が昔を見るようなもの。

下三字は、「猶今之視昔（猶《な》お今《いま》の昔《むかし》を視《み》るがごとし）」の「今之」が省かれています。

（2）代詞の省略

代名詞の省略です。ここでは主に「我」や「君」の省略された詩を見ましょう。まず「我」の省略。

夏昼偶作（夏昼偶作《かちゅうぐうさく》）　中唐　柳宗元《りゅうそうげん》

南州溽暑酔如酒　南州《なんしゅう》の溽暑《じょくしょ》　酔《よ》うて酒《さけ》の如《ごと》し
隠几熟眠開北牖　几《き》に隠《よ》りて熟眠《じゅくみん》し　北牖《ほくゆう》を開《ひら》く
日午独覚無余声　日午《にちご》　独《ひと》り覚《さ》めて　余声《よせい》無《な》し
山童隔竹敲茶臼　山童《さんどう》竹《たけ》を隔《へだ》てて茶臼《さきゅう》を敲《たた》く

（大意）南の国の蒸し暑さは、二日酔いのように気持ちが悪い。そこで、北側の窓を開け放ち、肘《ひじ》掛《か》けにもたれてぐっすり眠る。昼ごろひとり目覚めると、竹林の向こうで、童《わらべ》が茶の葉を臼《うす》でつく音が聞こえてくるだけで、ほかには何の物音もしない。

（韻字）酒、牖、臼（上声二五有）

近体詩のほとんどは平声で押韻しますが、この詩は珍しく仄声で押韻しています。

柳宗元《りゅうそうげん》は、四十三歳（八一五年）のとき柳州《りゅうしゅう》（広西壮族自治区《こうせいそうぞくじちく》）に流されました。桂林《けいりん》よりも南の地ですから、その蒸し暑さは想像にあまりあります。柳宗元は柳州で善政をおこない、三年後わずか四十七歳で亡くなります。

起句「酒に酔ったようだ」というのは、「茶」をうたうための伏線です。茶は酔い覚ましに効果があるからです。蒸し暑くあたりが静まり返っているなか、臼《うす》をつく単調な音だけが聞こえてきて、夏の昼下がりのけだるさがいっそう増幅されます。「几《き》に隠《よ》りて熟眠《じゅくみん》」するのも、「独《ひと》り覚《さ》め」るのも作者です。が、「我《われ》は几《き》に隠《よ》りて～」、などといいません。漢詩は作者である「我」の「おもい」をうたうものですから、「我」の字を用いないのが普通です。それでは、逆に「我」を用いたら、どうなるでしょうか。

贈汪倫（汪倫《おうりん》に贈《おく》る）　盛唐　李白

李白乗舟将欲行　李白《りはく》舟《ふね》に乗《の》りて将《まさ》に行《ゆ》かんと欲《ほっ》す
忽聞岸上踏歌声　忽《たちま》ち聞《き》く岸上踏歌《がんじょうとうか》の声《こえ》
桃花潭水深千尺　桃花潭水《とうかたんすい》深《ふか》さ千尺《せんせき》なるも
不及汪倫送我情　汪倫《おうりん》の我《われ》を送《おく》るの情《じょう》に及《およ》ばず

（**大意**）李白《わたし》が舟に乗って出発しようとすると、岸の上で足を踏みならしながら歌う声が聞こえてきた。ここ桃花潭《とうかたん》の水の深さは千尺もあるが、汪倫《おうりん》が私を見送ってくれる情の深さには及ばない。

（**韻字**）行、声、情（下平声八庚）

固有名詞が「李白《りはく》」「桃花潭《とうかたん》」「汪倫《おうりん》」と三つも出ていて、そのうえ「我を送る」などと、まったく李白の個人的なことをうたっているように見えます。しかし、「李白」の「李」はスモモで、転句の「桃」と応じていますし、「白」は「桃の花」の紅《くれない》と照り映えます。自分の名前を何気なく読みこんで、きれいな花の咲く春を演出しているのです。また「汪倫《おうりん》」の「汪」は、水のひろくて深いさま、ですから、前の句の「深さ千尺」とうまく呼応しています。「倫」は、仲間あるいは人の踏むべき道の意味ですから、これも「我を送る情」とうまくつながっています。固有名詞をうたいこんだ好例の一つです。

詩は、詩人の個別的なことを描写しながら、人の普遍的な「おもい」をうたいます。それは、「我」があろうと、なかろうとです。次の王翰《おうかん》の「涼州詞《りょうしゅうし》」は「我」が省かれ、普遍的な「おもい」がうたわれます。

涼州詞　（涼州詞《りょうしゅうし》）　盛唐　王翰《おうかん》

葡萄美酒夜光杯　　葡萄《ぶどう》の美酒《びしゅ》　夜光《やこう》の杯《はい》

欲飲琵琶馬上催　　飲《の》まんと欲《ほっ》すれば琵琶《びわ》馬上《ばじょう》に催《もよお》す

酔臥沙場君莫笑　酔《よ》うて沙場《さじょう》に臥《ふ》すとも君笑《きみわら》うこと莫《な》かれ

古来征戦幾人回　古来《こらい》　征戦《せいせん》　幾人《いくにん》か回《かえ》る

（大意） 葡萄《ぶどう》の美酒を夜光の杯になみなみとそそぎ、飲もうとすると、さあ飲めとばかりに琵琶《びわ》が馬上でかき鳴らされる。酔って砂漠の上に横になっても、どうか君よ、笑わないでくれ。昔から、戦争に出かけていって帰ってきた者はいないのだから。

（韻字） 杯、催、回（上平声一〇灰《かい》）

起句は、夜光の杯に美酒を「盛る」といった動詞が省略されています。転句の「笑う」対象は、直接的には酔った「我」です。しかし、詩は、個人の「我」をうたいながら、酔った「多くの人々（兵士）」へとイメージがひろがり、詩全体が戦争の悲しみを表します。

前半の二句は、エキゾチックな雰囲気の華やかな宴会。後半は、酔いつぶれた兵士。前半と後半の落差の大きさによって、「古来《こらい》　征戦《せいせん》　幾人《いくにん》か回《かえ》る」がピタリときまり、戦争の悲しみがいやがうえにも増します。

次の詩は「君」が省かれている例。

送李判官之潤州行営（李《り》判官《はんがん》の潤州《じゅんしゅう》の行営《こうえい》に之《ゆ》くを送《おく》る）　中唐　劉長卿《りゅうちょうけい》

万里辞家事鼓鼙　万里《ばんり》　家《いえ》を辞《じ》して　鼓鼙《こへい》を事《こと》とす

金陵駅路楚雲西　金陵《きんりょう》の駅路《えきろ》　楚雲《そうん》の西《にし》

江春不肯留行客　江春《こうしゅん》　肯《あ》えて行客《こうかく》を留《とど》めず
草色青青送馬蹄　草色《そうしょく》　青青《せいせい》として馬蹄《ばてい》を送《おく》る

（大意）君は、家族に別れを告げて、はるか遠く軍務に就《つ》くことになった。めざす金陵《きんりょう》の街道は、楚の空にたちこめる雲の西。長江の春は、旅行く君を無理に引きとめようとはせず、青々と茂る若草が、どこまでも君の乗る馬を送ってゆくことだろう。

（韻字）鼙、西、蹄（上平声八斉《せい》）

「行客留《こうかくとど》まらず」とはいわず、「江春《こうしゅん》があえて行客《こうかく》を留《とど》めない」といいます。そこには、江春の美しさが旅人を引きとめるという観念が前提としてあります。しかし、春は「裏切って」、青々とした若草がどこまでも君を送る、というのです。春さえも友を留めることのできない恨み、そこに、尽きることのない惜別の情がこもります。

王維にも、春に友を見送る詩があります。美しい春の景色がどこへ行っても君をつつみこむように、私の思いも尽きることはない、とうたいます。

送沈子福之江東　（沈子福《しんしふく》の江東《こうとう》に之《ゆ》くを送《おく》る）　盛唐　王維

楊柳渡頭行客稀　楊柳《ようりゅう》の渡頭《ととう》　行客稀《こうかくまれ》なり
罟師盪槳向臨圻　罟師《こし》　槳《かい》を盪《うご》かして　臨圻《りんき》に向《む》かう
惟有相思似春色　惟《た》だ相思《そうし》の春色《しゅんしょく》に似《に》たる有《あ》りて

江南江北送君帰　　江南《こうなん》　江北《こうほく》　君《きみ》が帰《かえ》るを送《おく》る

（大意）楊柳の生える渡し場には、旅人の姿も稀《まれ》である。漁師が櫂《かい》を動かして、みさきへとすすんでゆく。この春景色が江北から江南へゆく君をどこまでもつつみこむように、私の君へのおもいもひろがり、尽きることはない。

（韻字）稀、圻、帰（上平声五微）

起句は、人の姿もないさびしい渡し場で「君」が旅立つこと、承句は「君」の乗った舟が遠ざかってゆくことをうたいます。

（3）動詞の省略

これまでにもいくつかの例が出てきましたが、さらに動詞の省略された例を見ましょう。

戯贈趙使君美人　（戯《たわむ》れに趙使君《ちょうしくん》の美人《びじん》に贈《おく》る）　初唐　杜審言《としんげん》

紅粉青娥映楚雲　　紅粉《こうふん》　青娥《せいが》　楚雲《そうん》に映《えい》ず

桃花馬上石榴裙　　桃花《とうか》の馬上《ばじょう》　石榴《せきりゅう》の裙《くん》

羅敷独向東方去　　羅敷《らふ》独《ひと》り東方《とうほう》に向《む》かって去《さ》る

謾学他家作使君　　謾《みだ》りに他家《たか》を学《まな》んで使君《しくん》と作《な》らん

（大意）紅白粉《べにおしろい》と青い眉が楚《そ》の地の雲に照り映え、桃花《とうか》の馬に跨《また》るザクロ模様の裙《もすそ》。美しい羅敷《らふ》どのは、ご主人のおられる東のかたに去ってゆく。私も、かの人を見習って使君になってみたいものだ。

（韻字）雲、裙、君（上平声一二文）

起句の「紅粉《こうふん》」は、紅《べに》をつけ白粉《おしろい》を塗り、ということですが、「紅粉」の語だけで「美人」を意味します。「青娥《せいが》」は、「青い娥眉《がび》」、美しい眉のことです。「娥眉《がび》」は、「蛾眉」とも書きます。これは蛾の触覚のことで、三日月のようにきれいな弧を描くことから、「蛾眉」で、三日月眉→美人、の意味になります。女偏《おんなへん》の「娥」は、みめよい、美人、のこと。「桃花馬《とうかば》」は、白い毛並みに紅い点々の入った馬。「石榴裙《せきりゅうくん》」は、ザクロの絵が刺繍されたスカートです。

転句の「羅敷《らふ》」は、「陌上桑《はくじょうそう》」という楽府詩《がふし》に見える美人の名前ですが、ここでは題名にある趙《ちょう》使君《しくん》の美人、つまりお嫁さんをさします。羅敷が、貞女の意に転用されることは、100頁で述べました。「陌上桑」では、桑摘みをしている羅敷に使君（太守）がいい寄りますが、羅敷は夫がいるからとキッパリ誘いを断ります。しかし、この詩では、「陌上桑」とは違って、今は使君のものとなって使君のもとにゆく、といいます。本来の歌を逆手にとり、趙使君が羨ましい、私も趙君のように使君になりたいなあ、というのです。「謾」は、「柄にもなく」と自らを卑下していったもの。「他家」は俗語で、彼の人、あの方。接尾辞の「家」は、多少丁寧ないい方で、「～の人」の意に用います。

詩の前半は、趙使君のお嫁さんの美しさを正面からうたいます。それを転句では貞節な美人の代表「羅敷《らふ》」で承《う》け、結句でユーモラスに趙使君が羨ましいなあ、と、趙使君の多福をたたえます。それゆえ、この詩では、女性の美しさをどう表現するかが、もう一つの見どころということになります。起句は化粧をしたきれいな顔が「楚雲《そうん》」と照り映えているといいます。「楚雲」は、楚《そ》の懐《かい》王《おう》の故事から、男女の恋を連想させる語です。懐王が夢に一人の女性と枕を交わし、その女性が去るとき「私は巫山《ふざん》の女神で、旦《あした》には朝雲《ちょううん》となり、暮れには行雨《こうう》となりましょう」といいます。王が朝見ると果たして巫山に雲がかかり、夕方には雨が降ったということです。この詩では、巫山の女神の化身のような魅力的な美人、の意が込められています。

起句は、艶やかなようすをうたいます。承句は、馬に乗る姿を写します。ただし、馬の毛並みとスカートの絵模様だけに焦点をあて、美人が「乗っている」などと無粋なことはいいません。動詞を省略し、美しい「桃花」と「石榴」の花で統一した名詞だけで句を構成します。中心となるものだけを読者に示し、美人の色っぽい姿態を連想させるのです。

次は、ひなびた雰囲気の詩を見ましょう。

道旁店（道旁《どうぼう》の店《てん》）　南宋　楊万里《ようばんり》

路旁野店両三家　　路旁《ろぼう》の野店《やてん》　両三家《りょうさんか》
清暁無湯況有茶　　清暁《せいぎょう》に湯《ゆ》無し　況《いわ》んや茶《ちゃあ》有らんや
道是渠儂不好事　　是《こ》れ渠儂《かれ》は好事《こうず》ならずと道《い》うや

青瓷瓶挿紫薇花　青瓷《せいじ》の瓶《へい》に挿《さ》す　紫薇《しび》の花《はな》

（大意） 村の街道沿いには二・三軒の店。ここでは、夜が明けたのに湯もわかさない。まして茶をいれるはずもない。それならば、この店の主人は風流心がないというのか。いや、そんなことはない。青磁《せいじ》の花びんに百日紅《さるすべり》の花がさしてある。

（韻字） 家、茶、花（下平声六麻）

起句に動詞の省略が見られます。普通ならば「路旁店立両三家（路旁《ろぼう》に店《てん》は立《た》つ両三家《りょうさんか》）」とでもするでしょう。平仄《ひょうそく》も合いますから。そこをあえて動詞を省いて「野店《やてん》」としたのは、ひなびた感じを強調したかったのだと思います。周囲には二・三軒の店しかない村の街道の茶店。朝になっても湯をわかす気配もありません。客もまれで、さびれていてあたり前、風流などあるはずはない。まさしく「野《や》」の世界です。それでは、店の主人はまったく風流を解さない野暮な人間か、というとそうでもない。店の中には、青磁に紅い花がさしてあり、意外にも、風流があったのです。庶民の日常生活の中に詩の題材を見い出そうとする姿勢は、きわめて近代的です。楊万里《ようばんり》の詩風は、日本の江戸後期の詩人に大きな影響を与えました。

転句の「道是」は、～であるという、の意。この詩では反語として用い、～であるといえようか、いやいえない、の意味になります。「渠儂《かれ》」は、呉地方《ごちほう》の方言で、三人称の「彼」の意です。「好事《こうず》」は、よいものや美しいものを好むことです。結句の「青瓷《せいじ》の瓶《へい》」は、うすい緑色の釉薬をかけて焼いた磁器で、宋代に発達した技法です。調度品もない殺風景な所に、碧玉《へきぎょく》のような美しい花びんがあり、そこにサルスベリの紅い花が活けてあります。ひそやかな美、です。
次は、動詞の省略が転句に見られます。

秦淮雑詩　（秦淮雑詩《しんわいざつし》）　清　王士禎《おうしてい》

年来腸断秣陵舟　年来《ねんらい》腸断《ちょうだん》す　秣陵《まつりょう》の舟《ふね》
夢繞秦淮水上楼　夢《ゆめ》は繞《めぐ》る　秦淮《しんわい》　水上《すいじょう》の楼《ろう》
十日雨糸風片裏　十日《じゅうじつ》の雨糸《うし》　風片《ふうへん》の裏《うち》
濃春煙景似残秋　濃春《のうしゅん》の煙景《えんけい》　残秋《ざんしゅう》に似《に》たり

（大意） ここ数年、舟で南京にゆきたいと思い焦がれ、秦淮《しんわい》の岸の酒楼へゆく夢を何度も見た。しかし、いざ来てみると、風の中、十日も小雨が降り続き、カスミにけむる春のさかりのはずの景色が、まるで秋の終わりのようなさびしさ。

（韻字） 舟、楼、秋（下平声一一尤）

転句で、残秋のようなさびしい景色を動詞を省いた名詞だけでうたいます。うたいたいことの特徴的な部分に焦点をあてて、その特徴的な素材だけをポンと示すかたちです。これによってその場の雰囲気や情況が強調されます。
作者の王士禎《おうしてい》は、まだ見ぬ土地へのおもいを、「腸が断ち切れんばかりに（断腸）」と形容しています。山東省で育った王士禎にとって、美しい江南は憧れの土地だったことでしょう。なかでも秣《まつ》陵《りょう》、南京は、繁栄と滅亡がいく度となく繰り返された古都で、詩の前半は、秣陵の栄華を連想して憧れの気持ちをうたいます。が、後半は一転して「さびしさ」をうたいます。南京は、はじめ明《みん》の時代の都でもありました。明の滅亡を目のあたりにした王士禎にとって、残秋のような南京に「滅亡の悲しみ」を感じたのでしょう。

これまで、七言絶句の起句、承句、転句で動詞が省略される例を見てきました。以下では起句・承句の二句でともに動詞が省略される例と、転句で動詞が省略される例を見たいと思います。まず、起句・承句の二句で動詞が省略されている例。

汴河懐古（汴河懐古《べんがかいこ》）　晩唐　杜牧《とぼく》

錦纜竜舟隋煬帝　錦纜《きんらん》　竜舟《りょうしゅう》　隋《ずい》の煬帝《ようだい》

平台復道漢梁王　平台《へいだい》　復道《ふくどう》　漢《かん》の梁王《りょうおう》

遊人閑起前朝念　遊人閑《ゆうじんかん》に起《お》こす前朝《ぜんちょう》の念《ねん》

折柳孤吟断殺腸　折柳《せつりゅう》　孤吟《こぎん》　腸《ちょう》を断殺《だんさつ》す

（大意）隋《ずい》の煬帝《ようだい》がきらびやかな纜《ともづな》をつけた竜船《りゅうせん》に乗り、前漢の梁孝王《りょうこうおう》が復道《ふくどう》をかけ、平台《へいだい》で遊宴した汴河《べんが》。旅人は、いつしか前代の栄華を想い、ひとり折楊柳《せつようりゅう》の歌を吟じると、腸《はらわた》がちぎれんばかりに悲しくなる。

（韻字）王、腸（下平声七陽）

前半の二句、起句と承句は名詞がならんでいるだけです。隋《ずい》の煬帝《ようだい》が「乗った」、漢《かん》の梁孝王《りょうこうおう》が「おこなった」といった動詞が省かれています。自明のことですから、動詞がなくてもわかるのです。またこの二句は、「対句《ついく》」になっています。対句ですので起句の韻は踏んでいません。

「汴河《べんが》」は、河南省開封市《かなんしょうかいほうし》の郊外を流れる大運河。「錦纜《きんらん》」は美しいともづな。「竜舟《りゅうしゅう》」は天子の乗る船。船首に竜の飾りがついています。「平台《へいだい》」は漢の梁孝王《りょうこうおう》が築いた台。「復道《ふくどう》」は上下二層に重なった道で、「複道」ともいいます。「漢《かん》の梁王《りょうおう》」は、漢の文帝の第二子で、名は武。はじめ代王に封《ほう》じられ、ついで淮陽王《わいようおう》となり、のちに梁王《りょうおう》になりました。亡くなってからの名、諡《おくりな》は、孝王《こうおう》といいます。

「遊人《ゆうじん》」は、旅人のことで、ここでは作者の杜牧自身をいいます。「折柳《せつりゅう》」は、「折楊柳《せつようりゅう》」を略したもので、別れのときに演奏される「別れの曲」です。「折柳＋孤吟」は、「孤吟＋折柳」を倒置したかたち、「孤《ひと》り折（楊）柳を吟ず」ということです。「断殺腸」の「断腸」は、腸がちぎれそうなほど悲しいこと。「殺」は、動作の程度のはなはだしいことを示す助字で、「忙殺」「悩殺」のように用いられます。

動詞が省略され、対句になっていると、いっそうリズムがよく、格調高くなります。皇帝をうたうにはよいかもしれません。絶句の前半二句が対句の詩を「前対格《ぜんついかく》」といいます。

さて、今度は、結句の動詞が省略される例を見ましょう。

江南《こうなん》（江南）

村辺紫豆花垂次
岸上紅梨葉戦初
莫怪煙中重回首
酒旗青紵一行書

晩唐　陸亀蒙《りくきもう》

村辺《そんぺん》の紫豆《しとう》　花垂《はなた》るる次《ころ》
岸上《がんじょう》の紅梨《こうり》　葉戦《はそよ》ぐ初《はじ》め
怪《あや》しむ莫《な》かれ煙中《えんちゅう》に重《かさ》ねて首《こうべ》を回《めぐ》らすを
酒旗《しゅき》の青紵《せいちょ》　一行《いちぎょう》の書《しょ》

（大意）村のあちこちに紫色の大豆の花が垂れ下がって咲くころ、岸のほとりに紅梨《こうり》の葉がそよぎはじめるとき。カスミのなかで何度も振りかえるのを不思議に思わないでくれたまえ。酒屋の青い旗に書かれた一行の文字が気になるのだ。

（韻字）初、書（上平声六魚）

この詩も、前半の二句が対句の「前対格」です。こちらは「垂《た》る」「戦《そよ》ぐ」という動詞がありま す。先に見た杜牧の句と比べて、リズムがやわらかく感じると思います。

「紫豆《しとう》」は紫色の大豆、「紅梨《こうり》」は梨の一種です。江南の何気ない植物によって、江南独特の風情が醸《かも》し出されています。「酒旗《しゅき》」は、酒の銘柄が書かれている旗です。「老春《ろうしゅん》」とか「梨花酒《りかしゅ》」などの銘柄があったようです。「青紵《せいちょ》」は、青い麻布。旗が青色だったことがわかります。春のそよ風に吹かれながら歩いているうちにのどが渇き、一杯飲みたくなった、酒屋はないかと「首を回らす」、あちこちキョロキョロしている。人が見たら挙動不審。だから、「怪《あや》しむ莫《な》かれ」といいます。「煙《えん》」

は、「けむり」ではなく、モヤ、カスミ、をいいます。ここは春がすみのことです。明るく開放的な詩で、杜牧の「千里《せんり》鶯《うぐいす》啼いて緑紅《みどりくれない》に映《えい》ず、水村山郭酒旗《すいそんさんかくしゅき》の風《かぜ》」（江南の春）や「借問《しゃもん》す酒家《しゅか》は何《いず》れの処《ところ》にか有《あ》る、牧童《ぼくどう》遥《はる》かに指《ゆび》さす杏花《きょうか》の村《むら》」（清明）と同じおもむきです。

次は、秋の詩です。清の黄景仁《こうけいじん》の「午窓偶成《ごそうぐうせい》」。昼寝の窓辺でたまたまできた詩、という意味です。二十七、八歳ころの作。

午窓偶成　（午窓偶成《ごそうぐうせい》）　清　黄景仁

繞籬紅遍雁来紅　籬《まがき》を繞《めぐ》り　紅《くれない》遍《あまね》し　雁来紅《がんらいこう》
翹立鶏冠也自雄　翹立《ぎょうりつ》せる鶏冠《けいかん》も也《また》自《おの》ずから雄《ゆう》なり
只有断腸花一種　只《た》だ断腸花一種《だんちょうかいっしゅ》のみ有《あ》りて
牆根愁雨復愁風　牆根《しょうこん》　愁雨《しゅうう》　復《ま》た愁風《しゅうふう》

（**大意**）垣根の周りをハゲイトウが紅くとりまき、とさかを立てたケイトウの花も紅《あか》く雄々しい。ただ、断腸花《だんちょうか》だけは、垣根のもとで、雨にぬれ風に吹かれて、愁《うれ》いにしずんでいる。

（**韻字**）紅、雄、風（上平声一東）

起句に「紅」が二回、結句に「愁」が二回使われています。前半の二句は、今を盛りと咲き誇る雄々しい「紅《あかい》」花、その鮮やかさを強調します。それに対して、後半は、垣根の下にひっそり咲く淡紅色の「断腸花《だんちょうか》」の「愁《うれい》」に満ちたようすを強調します。「断腸花」は「秋海棠《しゅうかいどう》」ともいいます。ベゴニアです。昔、ある女性が思う人がこないのを悲しんで涙を流し、その涙が落ちた地面からこの花が生えたといいます。乙女の涙から生まれたからこそ、作者は、小さくて地味で、雨風にさらされたこの花が、いとおしくて仕方がないのです。動詞を省き「愁」を二度も使う結句から、その作者のおもいが伝わってきます。

黄景仁《こうけいじん》は字《あざな》を仲則《ちゅうそく》といい、江蘇省武進《こうそしょうぶしん》の人です。進士の試験に合格せず、生活のため薄給をもとめて各地を転々とします。二十三歳、安徽省《あんきしょう》の学政（省の学務を監督する官吏）朱筠《しゅいん》の幕下《ばっか》に入り、翌二十四歳のとき、朱筠が采石磯《さいせきき》（南京の近く）の太白楼《たいはくろう》で宴を開いたとき、最年少の黄景仁が「紅霞一片海上《こうかいっぺんかいじょう》より来《き》たり、我《わ》が楼上華筵《ろうじょうかえん》の開《ひら》くを照《て》らす」（「太白楼に宴す」）とうたい起こした七言歌行《しちごんかこう》に参加者がみな賛嘆し、一躍詩名が挙がったといわれています。北京で四庫全書館（中国の書籍のすべてを収める図書館）の書記をするなどして、最後は、陝西省巡撫《せんせいしょうじゅんぶ》の畢沅《ひつげん》に招かれて赴く途中、山西省解州《さんせいしょうかいしゅう》で病死しました。年は三十五歳でした。友人の洪亮吉《こうりょうきつ》が葬儀のいっさいを取り仕切ったという佳話が伝えられています。

詩は、盛唐を学んで抒情的。李白を学んだといいますが、不遇と貧困、さらに病気が重なって、暗い感傷的な詩が多いようです。昔の中国では、専門の詩人はいませんでした。詩人といっても政治家です。今日いう専門の詩人は、黄景仁が最初とされます。日本では明治後期によく読まれました。近代の作家・郁達夫《いくたっぷ》に、黄景仁をモデルとした『采石磯《さいせきき》』という短編小説があります。朱筠の安徽省学政署が舞台になり、虚構ではありますが、考証学者として有名な戴震《たいしん》も登場します。

（4）その他の省略

前置詞が省略されている例です。

送孟浩然之広陵　（孟浩然《もうこうねん》の広陵《こうりょう》に之《ゆ》くを送《おく》る）　盛唐　李白

故人西辞黄鶴楼　故人《こじん》　西《にし》のかた黄鶴楼《こうかくろう》を辞《じ》し

烟花三月下揚州　烟花《えんか》　三月《さんがつ》　揚州《ようしゅう》に下《くだ》る

孤帆遠影碧空尽　孤帆《こはん》の遠影《えんえい》　碧空《へきくう》に尽《つ》き

唯見長江天際流　唯《た》だ見《み》る　長江《ちょうこう》の天際《てんさい》に流《なが》るるを

（大意）親友の孟浩然は、ここ西にある黄鶴楼に別れを告げて、カスミたつ春三月、（東の）揚州へと下ってゆく。君の乗った帆掛け船が一つ遠ざかりゆき、そのかすかな姿が青い空に吸いこまれて消えると、あとにはただ長江が天の果てへと流れてゆくのが見えるだけである。

（韻字）楼、州、流（下平声一一尤）

承句の「烟花三月下揚州（烟花《えんか》三月《さんがつ》揚州《ようしゅう》に下《くだ》る）」は、「於烟花三月下揚州（烟花《えんか》の三月に於《お》いて揚州に下る）」という「於」が省略された形です。転句の「碧空尽（碧空《へきくう》に尽《つ》き）」は、「述語＋補語」の「尽＋碧空」の倒置形です。

この詩は、親友の孟浩然《もうこうねん》が長江を下って揚州《ようしゅう》に赴くのを黄鶴楼《こうかくろう》で見送ったときの、別離の悲しみと、ひとり残されたさびしさをうたっています。前半の二句は、「烟花三月」「揚州」と、孟浩然がゆく明るく華やかな地をうたいます。揚州は当時だれもが一度は訪れたいと思う憧れの土地でした。

後半は、孟浩然の乗る小さな舟の姿を捉えます。見送る李白は、遠ざかりゆく小さな帆をじっと見つめています。舟がどんどん遠ざかり、水平線のかなたに帆の先端がふっと消えると、それまで一点に集中していた目は焦点を合わせるところがなくなり、目線はうつろになります。そのうつろな目に見えるものは、水平線のかなたに蕩々《とうとう》と流れていく長江の水です。うつろな目に映る、茫漠《ぼうばく》とひろがる長江と天は、親友が去ってしまった空虚感を、蕩々《とうとう》と尽きることなく流れる水は、尽きないさびしさ、孤独を表します。「孤帆《こはん》」の「孤」は、たった一つポツンと、という意味ですが、そう見ているのは作者の李白です。前半の二句が華やかであればあるほど、後半の「孤独」が強調されます。

141頁で見た李白の「望天門山（天門山《てんもんざん》を望《のぞ》む）」の結句

孤帆一片日辺来　孤帆一片日辺《こはんいっぺんじっぺん》より来《き》たる

は、「～より」という起点を表す「従」「自」の語が省かれています。散文なら「一片孤帆従日辺来」というところです。

受け身を表す「被」や使役の助字「使」「令」などが省略されることもあります。

文法に合わない特殊な句法を見てきましたが、ほかに、意味的に漢詩のリズムの二・二・三からはずれる場合もあります。たとえば「於」「到」が使われるときです。白居易の「送王十八帰山、寄題仙遊寺（王十八《おうじゅうはち》の山《やま》に帰《かえ》るを送《おく》り、仙遊寺《せんゆうじ》に寄題《きだい》す）」。七言律詩の一・二句です。

曾於太白峯前住　曾《かつ》て太白峯前《たいはくほうぜん》に於《お》いて住《す》み
数到仙遊寺裏来　数《しば》しば仙遊寺裏《せんゆうじり》に到《いた》りて来《き》たる

（大意）かつて太白山の前に住んでいたころは、しばしば仙遊寺に出かけたものだ。

中国語で読むと二・二・三のリズムですが、意味的には「一・五・一」です。対句ですからこのような句作りも可能なのでしょう。

「於」は平声です。仄声で「おいて」の意味を表すときは「向」を用います。「平仄互用」です。

李白の「清平調詞《せいへいちょうし》」三首の其の一。後半の二句です。

若非群玉山頭見　若《も》し群玉山頭《ぐんぎょくさんとう》にて見《み》るに非《あら》ずんば
会向瑶台月下逢　会《かなら》ず瑶台月下《ようだいげっか》に向《お》いて逢《あ》わん

（大意）もし群玉山の上で見かけるのでなければ、きっと仙女の住む瑶台で月光のもとでしかめぐりあえないであろう。

意味的なリズムはやはり「一・五・一」になります。もちろん詩のリズムに合わせるために「会《かなら》ず瑶台《ようだい》に向《お》いて月下《げっか》に逢《あ》わん」と読むことも可能です。

詩は「おもい」を最小限の「ことば」で、かつ効果的に表現します。ですから、文法をはずれて語順がかわったり、語が省略されることが多々あります。詩を作るにも鑑賞するにも、それらを正しく認識し、省略を補う想像力が必要です。

作詩のさいにはいろいろな用法を探してみるのも楽しいと思いますが、はじめは語順がかわるなどの特殊な句法はなるべく避けたほうがよいでしょう。

第三章　四句（一首）の構成

前の章で一句の組み立てを見ました。今度は四句全体、つまり一首の構成の仕方を見たいと思います。一首を構成するときは「起承転結《きしょうてんけつ》」が基本となります。

起句《きく》（第一句）―うたい起こし。感動の背景を述べる。

承句《しょうく》（第二句）―起句を承け、叙述をさらに深める。

転句《てんく》（第三句）―場面の転換。感動の動機（きっかけ・てがかり）を述べる。

結句《けっく》（第四句）―結び。感動の中心、主題を述べる。

絶句では、転句が大切であるといわれています。『三体詩《さんたいし》』では三句目に実景（風景などの具体的な物）をうたう「実接《じっせつ》」と、「虚語《きょご》」（感情思考を表すことば）を用いて情をうたう「虚接《きょせつ》」に分けて説明しています。

実接　絶句の法は、大抵《たいてい》第三句を以《もっ》て主《しゅ》と為《な》す。…実事《じつじ》を以《もっ》て意を寓して接すれば、則《すなわ》ち転《てん》換力有《かんちからあ》り。断《た》ゆるが若《ごと》くにして続き、外振起《そとしんき》し内平妥《うちへいだ》を失わず、前後相応ずれば、四句に止まると雖《いえど》も、不尽《ふじん》の意を涵蓄《かんちく》す。

虚接　第三句虚語《きょご》を以《もっ》て前二句に接するを謂《い》う。亦《ま》た語は実なりと雖《いえど》も意は虚なる者有《ものあ》り。承《しょう》接《せつ》の間《かん》に於《お》いて、略《ほ》ぼ転換《てんかん》を加え、反と正と相依《あいよ》り、順と逆と相応《あいおう》じ、一呼《いっこ》一喚《いっかん》、宮商《きゅうしょう》自《おのずか》ら諧《かな》う。

「虚」と「実」という概念はとても難しいのでここでは深入りしませんが、「虚」は「情」、「実」

は「景」と単純に捉えると、四句の構成の仕方がとてもわかりやすくなります。一首を構成する四つの句を、情と景で組み合わせると十六通りの型が考えられます。ここではそのうちから四つの型を見たいと思います。

（一）前半二句景物《けいぶつ》・後半二句情思《じょうし》（前景後情《ぜんけいこうじょう》）
（二）前半二句情思・後半二句景物（前情後景《ぜんじょうこうけい》）
（三）四句すべて景物（四景《しけい》）
（四）四句すべて情思《じょうし》（四情《しじょう》）

詩の理想は「情景一致《じょうけいいっち》」ですから、情・景どちらかわからないという場合も当然あります。

（一）前半二句景物《けいぶつ》・後半二句情思《じょうし》（前景後情《ぜんけいこうじょう》）

前半の二句が実景《じっけい》や事物《じぶつ》、後半の二句が情思《じょうし》で構成する詩です。構成としてはわかりやすく、作りやすいのですが、転句でどう転ずるか、そして結句でどうまとめるか、苦労します。詩人はそれぞれ工夫をこらしていますので、たくさんの詩を鑑賞し、コツをつかみましょう。ここでは、まず、一年のうちでどの季節がよいかをうたう、韓愈《かんゆ》と蘇軾《そしょく》の詩を見ます。

早春呈水部張十八員外（早春《そうしゅん》、水部張十八員外《すいぶちょうじゅうはちうんがい》に呈《てい》す）　中唐　韓愈《かんゆ》

天街小雨潤如酥　　天街《てんがい》　小雨《しょうう》　潤《うるお》うて酥《そ》の如《ごと》し
草色遥看近卻無　　草色《そうしょく》遥《はる》かに看《み》るも近《ちか》づけば卻《かえ》って無《な》し

最是一年春好処
絶勝煙柳満皇都

最《もっと》も是《こ》れ一年春《いちねんはる》の好《よ》き処《ところ》
絶《はなは》だ煙柳《えんりゅう》の皇都《こうと》に満《み》つるに勝《まさ》れり

（大意）都大路《みやこおおじ》は春の小雨にぬれて酥《そ》のように光っている。遠目には青く萌《も》えて見える若草は、近づいて見るとまだそれほど芽を出していない。一年中で最もすばらしいのは、まさにこのころ。長安の街に柳の緑がけむるころも好ましいが、それよりもずっと風情がある。

（韻字）酥、無、都（上平声七虞《しちぐ》）

「天街《てんがい》」は、都大路《みやこおおじ》。「酥《そ》」は、牛や羊の脂肪分から作った白くてなめらかなあぶら。「卻《きゃく》」は、意外感を表します。「好処《こうしょ》」は、すばらしいとき。「煙柳《えんりゅう》」は、モヤのようにけむって見える柳。「皇都《こうと》」は都の長安《ちょうあん》。詩題の「水部張十八員外《すいぶちょうじゅうはちうんがい》」は、韓愈の弟子の張籍《ちょうせき》（七六八～八三〇？）。「十八」は、排行。一族同世代の男子につける生まれた順番のことです。「水部員外《すいぶうんがい》」は、官名です。

前半の二句は、小雨が乾き切った大地をぬらし、緑が萌《も》えだすきざしをうたいます。承句、遠くから見ると草が青々としているのに、近くで見ると草の一本一本はそれほど伸びていない、という景色。春先によく経験します。緑もなく乾き切った長い冬が終わり、春がようやくやってきた喜び。そこで転句で、一年中で最もすばらしいのはまさにこのころだ、と。結句でいう「煙柳《えんりゅう》」が都いっぱいになるころは、春も深まっています。一般的に柳が風になびく風情がよい、といいますが、韓愈《かんゆ》は緑がちょっと萌えでたころがもっとすばらしい、というのです。

季節の中では春がよいという人が多いなかで、蘇軾は秋がよいといいます。

贈劉景文（劉景文《りゅうけいぶん》に贈《おく》る）　北宋　蘇軾《そしょく》

荷尽已無擎雨蓋
菊残猶有傲霜枝
一年好景君須記
最是橙黄橘緑時

荷《はす》は尽《つ》きて已《すで》に雨《あめ》を擎《ささ》ぐるの蓋《かさ》無《な》く
菊《きく》は残《おとろ》えて猶《な》お霜《しも》に傲《おご》るの枝《えだ》有《あ》り
一年《いちねん》の好景《こうけい》　君《きみ》須《すべか》らく記《しる》すべし
最《もっと》も是《こ》れ橙《とう》は黄《き》に橘《きつ》は緑《みどり》なる時《とき》

（大意） ハスの葉は枯れ、雨をさえぎる傘《かさ》のようなすがたはもうない。菊の花は衰えてしまったが、それでも霜にも負けない一枝がある。一年のうちのよい景色を、あなたにはぜひとも覚えておいてほしい。何よりも、ユズの実が黄色く、ミカンが緑色のこのときを。

（韻字） 枝、時（上平声四支）

前半の二句は、晩秋から初冬にかけての季節感を、ハスと菊で対句を用いて描いています。素材は平凡ですが、うたいかたが非凡です。それは「擎《けい》」と「傲《ごう》」の二字に見られます。「擎」は、高く差し上げること。そそりたつ感じです。目の前のハスにはすでに雨が降っても「擎《ささ》ぐる」傘《かさ》のような葉はないのですが、「無い」ということによって、逆に、夏のさかりのハスの生命力が強烈に感じとれます。だからこそ、それがなくなった「今」の無惨な姿が強調されます。「傲」は、ここでは霜にも負けないということですが、「傲《おご》る」といったところに、寒さに傲然《ごうぜん》と立ち向かう生命力の強さを感じさせます。そして、それでも衰残している、と強調するのです。

後半は、前の二句を承《う》けながら、すべてが衰残《すいざん》する時節のなかにあって、「橙《とう》」と「橘《きつ》」がさかりを迎えようとする、一年で最もすばらしい季節である、といいます。「橙」はユズ、「橘」はミカンの類です。蘇軾のこの詩から、晩秋から初冬にかけての小春の時節を「橙黄橘緑《とうこうきつりょく》の時」というようになりました。この詩は、前半の二句が対句の「前対格《ぜんついかく》」の詩です。

次の詩は、中唐王建《おうけん》の詩です。題に見える酸棗県《さんそうけん》は、現在の河南省《かなんしょう》延津県《えんしんけん》、蔡中郎《さいちゅうろう》は後漢の書家・学者の蔡邕《さいよう》です。

題酸棗県蔡中郎碑（酸棗県《さんそうけん》の蔡中郎《さいちゅうろう》の碑《ひ》に題《だい》す）　中唐　王建

蒼苔満字土埋**亀**　蒼苔《そうたい》字《じ》に満《み》ち　土《つち》　亀《かめ》を埋《う》め
風雨銷磨絶妙**詞**　風雨《ふうう》銷磨《しょうま》す　絶妙《ぜつみょう》の詞《し》
不向図経中旧見　図経《ずきょう》の中《うち》に向《お》いて旧《もと》見《み》えずんば
無人知是蔡邕**碑**　人《ひと》の是《こ》れ蔡邕《さいよう》の碑《ひ》なるを知《し》る無《な》し

（**大意**）青い苔《こけ》が字をおおい、石碑を支えていた亀も土の中に埋もれ、風雨によって碑面のすばらしい文章もすり減っている。図経の中に古い記録がなかったなら、これが蔡邕《さいよう》の碑であることはだれにもわからないだろう。

（**韻字**）亀、詞、碑（上平声四支）

碑は「劉熊碑《りゅうゆうひ》」でしょうか。筆法すぐれ、風韻を備えて、漢碑の精華と激賞されています。北魏の酈道元《れきどうげん》の『水経注《すいけいちゅう》』、北宋の欧陽脩《おうようしゅう》の『集古録《しゅうころく》』、趙明誠《ちょうめいせい》の『金石録《きんせきろく》』に記録されていますが、のちに破壊され、明代には残っていた二枚の残石も行方不明になったといいます。

中国の石碑は多く亀《かめ》（玄武《げんぶ》）に載せてあります。起句は、その亀が土に埋もれ、碑面に青い苔《こけ》がびっしり生えているようすをうたいます。それを承《う》けて、承句。青い苔をこそぎ落としたのでしょう。下から文字が現れてきましたが、長い年月を経て刻字はすり減っています。石碑の「現実」、何の碑かもわからず、朽ち果てていることをそのまま描写しています。これでは本当に捜していた碑なのかどうか心配になります。そこで後半の二句。図経の中の古い記録によって、蔡邕の碑であることがわかった、と。捜していた石碑をようやく捜しあてた喜びがうたわれます。

起句は石碑全体の状態を、承句は刻字の状態を、と視点はかわりますが、前半の二句は「石碑の状態」を描写するという同じ視線でうたわれています。絶句の前半の二句は起句・承句というように、二句の内容や流れが同じでなければいけません。転句・結句では、前半の「石碑の状態」を見ての「おもい」をうたいます。ですから前半は、後半とも関連があり、後半の伏線になっています。

次の詩は中唐李渉《りしょう》の詩です。

竹枝詞（竹枝詞《ちくしし》）　　中唐　李渉

十二峰頭月欲低　　十二峰頭《じゅうにほうとう》　月低《つきた》れんと欲《ほっ》し
空舲灘上子規啼　　空舲灘上《くうれいたんじょう》　子規《しき》啼《な》く

孤舟一夜東帰客
泣向春風憶建渓

孤舟一夜《こしゅういちや》　東帰《とうき》の客《かく》
泣《な》いて春風《しゅんぷう》に向《む》かって建渓《けんけい》を憶《おも》う

（大意）巫山《ふざん》の峰々に月が姿をかくそうとしている。空舲灘《くうれいたん》のあたりでは、ホトトギスが悲しそうに啼いている。ある夜、ひとり小舟で東へと帰る旅人は、春風に吹かれつつ、いままでいた建渓《けんけい》を思って涙を流すのだった。（韻字）低、啼、渓（上平声八斉）

「十二峰《じゅうにほう》」は、三峡《さんきょう》の一つの巫峡《ふきょう》の山なみ。「空舲灘《くうれいたん》」は、三峡の一つ、西陵峡の牛肝馬肺峡《ぎゅうかんばはい》の周辺の空舲峡《くうれいきょう》のことです。このあたりにくると、大波のため舲《れい》（小舟）が揺れて積荷がすべて江中に投げ出されるため、「空舲《くうれい》（小舟が空になる）」と命名されたといいます。

この詩は、「十二峰《じゅうにほう》」に月がしずもうとしている、と大きな風景でうたいだします。しずむという語から視線が下に向かい、船が「しずむ」難所の「空舲灘《くうれいたん》」がうたわれます。そこには「子規《しき》」が啼いています。「子規」は望郷を促す鳥であることは、ことばのイメージのところで見ました。恐ろしい「空舲灘」で「子規」が啼く。もうそれだけで船旅などやめて家に帰りたくなります。そこで後半、故郷の「建渓《けんけい》」を憶《おも》って泣く、というのです。「建渓《けんけい》」は杭州《こうしゅう》の西南、杭州湾《こうしゅうわん》に注ぐ富《ふ》春江《しゅんこう》沿いのまちです。字面からも「空舲《くうれい》」はむなしく危うい感じがしますが、「建渓」はゆるぎなく建っている渓《たに》、という感じで、好対照です。

起句と承句が同じ流れにあり、後半を導き出す、あるいは後半の伏線となっていることに注意してください。三句目は、転句だからといってむやみに転じると、結句でまとめられなくなります。

次の詩は、杜牧。

泊秦淮（秦淮《しんわい》に泊《はく》す）　晩唐　杜牧

煙籠寒水月籠沙　　煙《けむり》は寒水《かんすい》を籠《こ》め　月《つき》は沙《すな》を籠《こ》む
夜泊秦淮近酒家　　夜《よる》秦淮《しんわい》に泊《はく》して酒家《しゅか》に近《ちか》し
商女不知亡国恨　　商女《しょうじょ》は知《し》らず亡国《ぼうこく》の恨《うら》み
隔江猶唱後庭花　　江《こう》を隔《へだ》てて猶《な》お唱《うた》う　後庭花《こうていか》

（大意）霧が寒々とした川面いっぱいにたちこめ、月光が川辺の砂をつつみこむ。今夜、秦淮に停泊してみると、酒楼の近くであった。妓女たちは亡国の恨みも知らずに、江《かわ》のむこうで今もなお「後庭花《こうていか》」を歌っている。

（韻字）沙、家、花（下平声六麻）

起句は舟からの景色。「籠」は、つつみこむ意。「句中対」という技巧が使われています。承句は、起句の「寒」「月」を承《う》けて時間を、「水」「沙」を承けて場所を表します。霧が立ち、月がいっぱいに照る時刻、つまり夜に、水が流れる場所、つまり秦淮河《しんわいが》の酒楼の近くに、舟を停泊させた、と。「秦淮《しんわい》」は南京の南を流れる川。その昔、秦の始皇帝《しこうてい》が巡幸《じゅんこう》したとき、鍾山《しょうざん》を断ち割って淮水《わいすい》を通したのでこの名がついたといいます。秦淮河が流れる南京の西南部は、当時最も繁華な地として知られ、川の両岸には妓楼や酒楼が密集していたといいます。「酒家《しゅか》」は女性達がいて花柳の遊びができる酒楼をいいます。

転句の「商女《しょうじょ》」は、歌や踊りによって興を添える妓女。亡国の悲しみも知らず、昔から歌い継がれている「後庭花《こうていか》」をいまもなお歌っています。「後庭花」は亡国を象徴する歌で、「玉樹後庭花《ぎょくじゅこうていか》」といいます。六朝《りくちょう》最後の天子、陳《ちん》の後主《こうしゅ》はみずから「玉樹後庭花」を作詩作曲し、迫りくる国難も顧みず、歌舞や酒宴にふけり、とうとう隋《ずい》に滅ぼされてしまいました。その「玉樹後庭花」の歌詞に「玉樹後庭《ぎょくじゅこうてい》の花《はな》、花開《はなひら》くも復《ま》た久《ひさ》しからず」とあり、これを聞いた当時の人が、まもなく国が滅ぶ前兆だと思ったそうです。陳の後主は、隋軍に迫られて愛妃と井戸にかくれますが発見され、長安に連行され、十五年後に亡くなります。

詩の結句の「猶唱」の「猶」は、いまもなお、相かわらずの意味です。「江を隔てて」というのは、夜霧がたちこめている河のむこう側です。妓女達のいるむこう側と自分が舟を停泊しているこちらの岸とは夜霧によって隔てられています。起句のはじめに「煙《けむり》は籠《こ》む」とうたいだされましたが、その夜霧は、亡国の恨みを知らない商女と亡国の恨みを知っている自分とを分けるものでもあったのです。杜牧は、詩人特有の鋭い感覚によって、唐の滅亡を感じとっていたのです。転句は、「劇的」に転じてはいません。むしろ前の句を承《う》けながら、作者の「不安」が詠じられます。

(二) 前半二句情思《じょうし》・後半二句景物《けいぶつ》(前情後景《ぜんじょうこうけい》)

前半の二句を情思、後半の二句を景物で構成する詩です。劉禹錫《りゅううしゃく》の詩を見ましょう。

秋思（秋思《しゅうし》）

中唐　劉禹錫

自古逢秋悲寂寥
我言秋日勝春朝
晴空一鶴排雲上
便引詩情到碧霄

古《いにしえ》より秋に逢《あ》うて寂寥《せきりょう》を悲《かな》しむも
我《われ》は言《い》う　秋日《しゅうじつ》は春朝《しゅんちょう》に勝《まさ》れりと
晴空《せいくう》　一鶴《いっかく》　雲《くも》を排《はい》して上《のぼ》り
便《すなわ》ち詩情《しじょう》を引《ひ》きて碧霄《へきしょう》に到《いた》る

（大意） 昔から人々は秋になると寂寥《せきりょう》をかこったものだが、私は、秋の日こそが春の日よりも勝っているといいたい。晴れた空に一羽の鶴が雲を押し開いて上り、たちまち詩情を引いて紺碧の大空のかなたに飛んでゆく。 **（韻字）** 寥、朝、霄（下平声二蕭《しょう》）

前半の二句。秋といえば昔から悲しいもの、ということで、詩にも多くうたわれてきました。が、作者は、そうではない、秋は春よりもすばらしい、といいます。後半は、秋のすばらしさを具体的にうたいます。「便」は、たちまち、の意。「詩情を引く」という表現がここでは見どころ。秋には詩心がわき、よい詩がたくさんできる、というのです。

次も中唐の詩人です。

山中（山中《さんちゅう》）

中唐　顧況《こきょう》

野人自愛山中宿

野人《やじん》自《おのずか》ら愛《あい》す　山中《さんちゅう》の宿《やど》

況是葛洪丹井西
庭前有箇長松樹
夜半子規来上啼

況《いわ》んや是《こ》れ葛洪《かっこう》が丹井《たんせい》の西《にし》なるをや
庭前箇《ていぜんこ》の長松《ちょうしょう》の樹有《じゅあ》り
夜半《やはん》子規《しき》来たり上《のぼ》りて啼《な》く

(大意) 私は、世の習わしになじまず、自然に山中の暮らしが好きになった。ましてこの地が、あの葛洪《かっこう》先生が丹砂《たんさ》を掘った井戸の西となれば、愛着もひとしお。庭先には一本の高い松の木があり、夜中にホトトギスが来て啼く。**(韻字)** 西、啼（上平声八斉）

「野人《やじん》」はいなかに住む人。ここは、自分のことをいっています。「葛洪《かっこう》」は、西晋《せいしん》から東晋《とうしん》にかけての人で、字《あざな》は稚川《ちせん》（二八四〜三六三）といいました。神仙の術に通じ、練丹《れんたん》の術を伝えました。「丹井《たんせい》」は、仙薬の原料である丹砂《たんさ》を掘った井戸です。

前半の二句は、山の中での生活が好きだといい、後半はその山の中の身近な自然を詠じます。「子規《しき》」は望郷を促す鳥ですから、一説に、隠棲しながら故郷が忘れられないことをいっている、とするものもあります。起句は「踏み落とし」です。

結句にあるように、鳥が木や枝にとまって啼くとき、「上」という字をよく使います。花の咲く枝に啼く鳥をうたう詩。

晏起（晏《おそ》く起《お》く）

晩唐　韋荘《いそう》

近来中酒起常遅

近来《きんらい》　酒《さけ》に中《あた》って　起《お》くること常《つね》に遅《おそ》し

臥看南山改旧詩
開戸日高春寂寂
数声啼鳥上花枝

臥《ふ》して南山《なんざん》を看《み》て　旧詩《きゅうし》を改《あらた》む
戸《と》を開《ひら》けば　日高《ひたか》く　春寂寂《はるせきせき》たり
数声《すうせい》の啼鳥《ていちょう》　花枝《かし》に上《のぼ》る

（大意） ちかごろ酒にやられて早起きがつらく、いつも遅く起きるのが習慣となった。寝転がったまま南の山を眺め、むかし作った詩を思い出しては推敲する。やっと起き上がって戸を開けると、日はすでに高く昇り、春が静かに過ぎゆくなか、何羽かの小鳥が花の咲く枝で啼いている。

（韻字） 遅、時、枝（上平声四支）

前半二句は遅く起きる理由と、ごろごろしながら山を見たり詩を推敲したりするようす。後半は、花の咲く中で小鳥が啼いていることを描いて、のどかな春をうたいます。この詩も「前情後景」の詩とみることができます。次は、白居易《はくきょい》の詩。

禁中夜作書与元九（禁中《きんちゅう》にて夜書《よるふみ》を作《か》き元九《げんきゅう》に与《あた》う）　中唐　白居易《はくきょい》

心緒万端書両紙
欲封重読意遅遅
五声宮漏初鳴後
一点窓灯欲滅時

心緒万端《しんしょばんたん》　両紙《りょうし》に書《か》き
封《ふう》ぜんと欲《ほっ》して重《かさ》ねて読《よ》み　意《い》　遅遅《ちち》たり
五声《ごせい》の宮漏《きゅうろう》　初《はじ》めて鳴《な》る後《のち》
一点《いってん》の窓灯《そうとう》　滅《き》えんと欲《ほっ》する時《とき》

（大意）思いのたけをこまごまと二枚の紙にしたため、封をしようとしては何度も読みかえし、なかなか封ができない。午前四時を告げる宮中の水時計がついさきほど鳴ったばかり、窓辺にたてかけた一点のともしびが消えかかるとき。

（韻字）遅、時（上平声四支）

書き残しはないかと心配でなかなか封ができない心理をうまくうたっています。起句「踏み落とし」。後半の二句は対句で「後対格《こうついかく》」になっています。「心緒《しんしょ》」は、こころの糸。「おもい」をいいます。「万端《ばんたん》（万端）」は、こまごまと。「遅遅《ちち》」は、ためらうさま。「五声《ごせい》」は五更《ごこう》と同じで、午前四時ころです。「宮漏《きゅうろう》」は、宮中の水時計。

同じく書き漏らしを心配する詩に、張籍の詩があります。ただしこれは「前情後景《ぜんじょうこうけい》」ではありません。「景情情情」でしょうか。

秋思（秋思《しゅうし》）　　中唐　張籍《ちょうせき》

洛陽城裏見秋風　　洛陽城裏《らくようじょうり》　秋風《しゅうふう》を見《み》る
欲作家書意万重　　家書《かしょ》を作《つく》らんと欲《ほっ》して　意万重《いばんちょう》
復恐怱怱説不尽　　復《ま》た恐《おそ》る　怱怱《そうそう》説《と》いて尽《つ》くさざるを
行人臨発又開封　　行人《こうじん》発《はっ》するに臨《のぞ》んで又封《またふう》を開《ひら》く

（大意）洛陽《らくよう》のまちに秋風が吹くようになった。故郷が恋しくなり、手紙を書こうとすると、あれやこれやとおもいは尽きない。あわただしく書いたので、書き残しがあるのではと心配になり、ことづける旅人が出発するとき、もう一度封を開いて読みなおした。

（韻字） 風、重、封（上平声一東）

説明がいらないほど内容はよくわかります。ところで、「情」と「景」の二つに分けると、作者または人の行動は「情」なのか「景」なのか判断に苦しみます。白居易の詩の承句では「意遅遅」とあり、張籍のでは「意万重」とありますので、これは「情」の句ととれます。作者または人がある「おもい」をもっておこなう動作を「情」と見、客観的に描写しているときは「景」とすれば、いちおうの分類はできます。すべてを「情」と「景」の二つに分けることなど無意味だ、といってしまえばそれまでですが。

次の北宋秦観《しんかん》の「納涼」の前半二句も作者の行動が描かれています。涼を求める「情」から出た行動とみると、「前情後景」の詩となります。

納涼（納涼《のうりょう》）　　北宋　秦観

携杖来追柳外涼　　杖《つえ》を携《たずさ》えて来《き》たり追《お》う　柳外《りゅうがい》の涼《りょう》
画橋南畔倚胡牀　　画橋南畔《がきょうなんぱん》　胡牀《こしょう》に倚《よ》る
月明船笛参差起　　月明《つきあき》らかに　船笛参差《せんてきしんし》として起《お》こり
風定池蓮自在香　　風定《かぜさだ》まって　池蓮自在《ちれんじざい》に香《かお》る

（大意）涼を求め、杖を手に川辺の柳のもとにやってき、美しい橋の南側で椅子《いす》に寄りかかる。月は明るく、船の笛の音が高くあるいは低く鳴り、風が静まると、蓮の花が自在に香る。

（韻字）涼、牀、香（下平声七陽）

後半の二句は、椅子《いす》にすわって見ている風景です。ありふれた風景の中から、夜の静けさと花のほのかな香りを取り出して「涼」をうたっています。

実際に詩を作るときは「流れ」で作っていきますから、この句は景でこの句は情で作る、などと型があるわけではありません。うたいたいように描けばよいのですが、前半の二句、起句と承句では視線が同じになるように注意します。

（三）四句すべて景物《けいぶつ》（四景《しけい》）

四句をすべて景色で構成する詩です。あれもこれもうたいこもうとすると、まとまりがつかなくなります。具体的な作品をたくさん読んで研究しましょう。

邙山（邙山《ぼうざん》）　初唐　沈佺期《しんせんき》

北邙山上列墳塋
万古千秋対洛城
城中日夕歌鐘起

北邙山上《ほくぼうさんじょう》　墳塋《ふんえい》列《つら》なり
万古千秋《ばんこせんしゅう》　洛城《らくじょう》に対《たい》す
城中日夕《じょうちゅうにっせき》　歌鐘起《かしょうお》こるも

山上惟聞松柏声　　山上《さんじょう》惟《た》だ聞《き》く　松柏《しょうはく》の声《こえ》

（大意）北邙山《ほくぼうさん》には墳墓《ふんぼ》が連なり、遠い昔から洛陽《らくよう》のまちと向かいあっている。まちの中は、夕暮れになると歌舞音曲でにぎわうが、山の上はただ松風の音がするだけ。

（韻字）塋、城、声（下平声八庚《こう》）

「邙山《ぼうざん》」は洛陽《らくよう》の北にある台地で、後漢以来、王侯貴族の墳墓が作られました。「墳塋《ふんえい》」の「墳」は土饅頭《どまんじゅう》、「塋」は周囲をまるく区切った墓所のことです。起句は死の世界、承句は生の世界、転句は生の世界、結句は死の世界、と生死が交互にうたわれます。どんなに歓楽を尽くしてもいつかは死ぬ、という無常の気持ちが伝わってきます。「松柏《しょうはく》」は墓所に植えられる樹木です。そこを吹きわたる風は、まちの華やかな音と対比されて、さびしさを募らせます。

次は一転して華やかな詩を。

華清宮（華清宮《かせいきゅう》）　　中唐　王建《おうけん》

酒幔高楼一百家　　酒幔《しゅまん》　高楼《こうろう》　一百家《いっぴゃくか》
宮前楊柳寺前花　　宮前《きゅうぜん》の楊柳《ようりゅう》　寺前《じぜん》の花《はな》
内園分得温湯水　　内園《ないえん》　分《わ》かち得《え》たり温湯《おんとう》の水《みず》
三月中旬已進瓜　　三月《さんがつ》中旬《ちゅうじゅん》　已《すで》に瓜《うり》を進《すす》む

（大意）酒屋や高楼がたくさん建ちならび、宮殿の前には楊柳が茂り、役所の前では花が咲く。内園に温泉が引かれているため、三月中旬にはもう瓜をすすめる。

（**韻字**）家、花、瓜（下平声六麻）

前半の二句は門前町のにぎやかさ。「宮《きゅう》」は華清宮《かせいきゅう》。長安の東北、驪山《りざん》の麓にある宮殿で、温泉がわき、楊貴妃が浴したことで有名です。白居易《はくきょい》の「長恨歌《ちょうごんか》」に「春寒《はるさむ》くして浴《よく》を賜《たま》う華清《かせい》の池《ち》、温泉水滑《おんせんみずなめ》らかにして凝脂《ぎょうし》を洗《あら》ふ、侍児《じじ》扶《たす》け起《お》こせども嬌《きょう》として力無《ちからな》し」とうたわれています。「寺《じ》」は都の長安から出張してきている役所。後半の二句は、華清宮の庭園に温泉が引かれていることから、春の三月にすでに瓜の実ることをうたいます。次も春の詩です。

余杭　（余杭《よこう》）　　南宋　范成大《はんせいだい》

春晩山花各静芳
従教紅紫送韶光
忍冬清馥薔薇釅
薫満千村万落香

春《はる》晩《く》れて山花《さんか》各《おの》おの静《しず》かに芳《かお》り
従《ほしい》ままに紅紫《こうし》をして韶光《しょうこう》を送《おく》らしむ
忍冬《にんとう》は清馥《せいふく》たり　薔薇《しょうび》は釅《げん》たり
薫《かおり》は千村万落《せんそんばんらく》に満《み》ちて香《かお》る

（**大意**）晩春、山の花は静かに香り、紅《あか》や紫の花が思いのままに輝いている。スイカズラはさわやかに馥郁《ふくいく》と香り、バラの香りは深く胸にしみる。こうして薫《かお》りは村という村に満ち満ちて香るのだ。

（**韻字**）芳、光、香（下平声七陽）

色とりどりの花と、「芳《ほう》」「清馥《せいふく》」「釅《げん》」という、微妙に異なる「かおり」がよみこまれています。「教」は、使役の助字で、「教AB」の形で、AをしてBせしむ、と読みます。意味は、AにBさせる。「釅」は、濃く、胸にしみいるように香る、という意味です。「かおり」の詩をもう一首。

安寧道中即事　（安寧道中即事《あんねいどうちゅうそくじ》）　清　王文治《おうぶんじ》

夜来春雨潤垂楊
春水新生不満塘
日暮平原風過処
菜花香雑豆花香

夜来《やらい》の春雨《しゅんう》　垂楊《すいよう》を潤《うるお》し
春水《しゅんすい》新《あら》たに生《しょう》じて塘《とう》に満《み》たず
日暮《にちぼ》　平原《へいげん》　風過《かぜす》ぐる処《ところ》
菜花《さいか》の香《かお》りは雑《まじ》う　豆花《とうか》の香《かお》り

（大意）夜来の春雨に柳の枝がぬれ、あふれはしないものの池には春の水が増えた。夕暮れどき、平原を風がわたると、菜の花の香りにまじって、豆の花の香りもただよってくる。

（韻字）楊、塘、香（下平声七陽）

夕暮れのはたけに黄色い菜の花と白い豆の花が一面に咲く景色が目の前にひろがります。秋の詩も見ましょう。白居易《はくきょい》です。

秘書後庁　（秘書《ひしょ》の後庁《こうちょう》）　中唐　白居易

槐花雨潤新秋地　　槐花《かいか》　雨《あめ》に潤《うるお》う　新秋《しんしゅう》の地《ち》

桐葉風翻欲夜天
尽日後庁無一事
白頭老監枕書眠

桐葉《とうよう》　風《かぜ》に翻《ひるが》える　夜《よる》ならんと欲《ほっ》するの天《てん》
尽日《じんじつ》　後庁《こうちょう》　一事《いちじ》無《な》く
白頭《はくとう》の老監《ろうかん》　書《しょ》を枕《まくら》して眠《ねむ》る

（大意）初秋をむかえたこの地では槐《えんじゅ》の花が雨にうるおい、夜をむかえようとする空には桐《きり》の葉が風にひるがえる。一日中後庁《こうちょう》にいて仕事一つなく、白髪頭の老長官は書物を枕にして眠る。

（韻字）天、眠（下平声一先）

「後庁《こうちょう》」は官庁の後ろざしき。白居易は宝暦《ほうれき》二年（八二六）の秋、病気のため勤めていた蘇州刺史《そしゅうし》を免ぜられ、翌太和《たいわ》元年（八二七）洛陽《らくよう》の旧居に帰り、召されて秘書監《ひしょかん》になります。宮中の図書館長です。この詩はそのときのもので、歳は五十六でした。結句の「白頭《はくとう》の老監《ろうかん》」はもちろん作者の白居易自身です。後半の二句は情とも景ともどちらともいえません。

（四）四句すべて情思《じょうし》（四情《しじょう》）

四情の詩も、くどくど説明的になってしまいますので気をつけたいところです。白居易の詩。

対酒（酒《さけ》に対《たい》す）

中唐　白居易

蝸牛角上争何事
石火光中寄此身

蝸牛角上《かぎゅうかくじょう》　何事《なにごと》をか争《あらそ》う
石火光中《せっかこうちゅう》　此《こ》の身《み》を寄《よ》す

随富随貧且歓楽　富《とみ》に随《したが》い貧《ひん》に随《したが》い且《しばら》く歓楽《かんらく》せよ
不開口笑是痴人　口《くち》を開《ひら》いて笑《わら》わざるは是《こ》れ痴人《ちじん》

（大意）かたつむりの角の上のような、狭くて小さな世界で何を争うのか。火打ち石から出る一瞬の火のようなはかない人生に、かりにこの身をあずけているだけなのに。金持ちならば金持ちなりに、貧乏ならば貧乏なりに、まずはおもしろおかしく人生を過ごすことだ。大きく口を開けて笑わないのは愚か者だ。

（韻字）身、人（上平声一一真）

『荘子《そうじ》』則陽篇《そくようへん》に、蝸牛《かたつむり》の左の角《つの》には触氏《しょくし》、右の角の上には蛮氏《ばんし》がそれぞれ国をかまえ、土地争いをした、という寓話が載っています。この詩はそれを踏まえています。「石火」は石と石を打ちあわせたときに出る火。一瞬で消えてしまいますので、短い時間にたとえます。晋《しん》の潘岳《はんがく》の「河陽《かよう》県《けん》にて作る」という詩に「人《ひと》は天地《てんち》の間《かん》に生《う》まれ、百歳《ひゃくさい》孰《たれ》か能《よ》く要《むか》へん、頻《ひか》ること石《いし》を槁《う》つ火《ひ》の如《ごと》く、瞥《ほの》かなること道《みち》を截《わた》る飆《つむじかぜ》の若《ごと》し」とあります。「開口笑（口《くち》を開《ひら》いて笑《わら》う）」も『荘子』盗《とう》跖篇《せきへん》が出典です。「痴人《ちじん》」は、ばかもの、たわけもの。

白居易の詩集を見ていますと、七絶では「四情」の詩が目立ちます。

白鷺（白鷺《はくろ》）　中唐　白居易

人生四十未全衰　人生四十《じんせいしじゅう》　未《いま》だ全《まった》くは衰《おとろ》えざるに

我為愁多白髪垂　　我《われ》は愁《うれ》い多《おお》きが為《ため》に白髪《はくはつ》垂《た》る
何故水辺双白鷺　　何故《なにゆえ》ぞ　水辺《すいへん》の双白鷺《そうはくろ》
無愁頭上亦垂糸　　愁《うれ》い無《な》きに頭上《とうじょう》に亦《ま》た糸《いと》を垂《た》る

（大意）人生四十、まだまったくは衰えていないのに、私は愁いが多いために白髪を垂らしている。それにしても、水ぎわのつがいの白鷺《しらさぎ》は、愁いもないくせに、どうして白い糸を垂らしているのだろうか。

（韻字）衰、垂、糸（上平声四支）

説明は不要。作詩には機知のひらめきが必要、ということでしょうか。次も白居易。

閑吟（閑吟《かんぎん》）　中唐　白居易

自従苦学空門法　　苦《ねんごろ》に空門《くうもん》の法《ほう》を学《まな》びしより
銷尽平生種種心　　銷《け》し尽《つ》くす　平生種種《へいぜいしゅじゅ》の心《こころ》
唯有詩魔降未得　　唯《た》だ詩魔《しま》のみ降《くだ》すこと未《いま》だ得《え》ざる有《あ》り
毎逢風月一閑吟　　風月《ふうげつ》に逢《あ》う毎《ごと》に一《ひと》たび閑吟《かんぎん》す

（大意）熱心に仏教を学んでからは、日々のさまざまな迷いを消すことができた。しかし、詩の愛好癖だけは降伏させることができず、美しい自然に出会うたびに、ちょっと詩を口ずさみたくなる。

（韻字）心、吟（下平声一二侵）

「自従」は、口語（話し言葉）的な表現で、～から、という起点を表します。「空門《くうもん》」は仏道。「平生種種《へいぜいしゅじゅ》の心《こころ》」は煩悩。「風月《ふうげつ》」は美しい自然をいいます。

白居易が続きましたので、次は違う詩人を見ましょう。前の詩と同様、「風月」の語が出てきます。

寄人（人《ひと》に寄《よ》す）　唐　張侹《ちょうてい》

酷憐風月為多情　酷《はなは》だ風月《ふうげつ》を憐《あわ》れむは多情《たじょう》なるが為《ため》なり
還到春時別恨生　還《ま》た春時《しゅんじ》に到《いた》って別恨生《べっこんしょう》ず
倚柱尋思倍惆悵　柱《はしら》に倚《よ》り　尋思《じんし》して倍《ます》ます　惆悵《ちゅうちょう》
一場春夢不分明　一場《いちじょう》の春夢《しゅんむ》　分明《ぶんめい》ならず

（大意）人一倍美しい景色を愛《め》でるのは多情ゆえ。それなのに、また春がめぐってきて、別れの悲しみがわき起こる。柱にもたれ、あれこれおもいをめぐらしてはますます悲しくなる。一場の春の夢は、模糊《もこ》として思い出すこともかなわない。

（韻字）情、生、明（下平声八庚）

「別恨《べっこん》」は別れの悲しみ。多情ゆえに風月の移りかわりにも涙するのに、春になると別れの悲しみも加わる。やるせなく柱にもたれて、恋人との春の夢を思い出そうとしても、思い出せない。

先にも述べましたが、すべてを「情」と「景」とで割り切ることはできません。詩は「情景一致《じょうけいいっち》」が大切ですので、景色をうたいながらもそこに「情」がこもるように、名作を読みながら研究してみましょう。

第四章　対句《ついく》、句中対《くちゅうつい》

これまでにも何度か「対句」「句中対」ということばがでてきました。ここでは少し詳しく説明します。

「対句」とは、文法的に同じ働きをもつ語がそれぞれ対応して同じ順番で用いられる二つの句をいいます。たとえば、201頁で見た蘇軾《そしょく》の「贈劉景文（劉景文《りゅうけいぶん》に贈《おく》る）」の前半の二句。

荷尽已無擎雨蓋　荷《はす》は尽《つ》きて已《すで》に雨《あめ》を擎《ささ》ぐるの蓋《かさ》無《な》く

菊残猶有傲霜枝　菊《きく》は残《おとろ》えて猶《な》お霜《しも》に傲《おご》るの枝《えだ》有《あ》り

名詞の「荷《はす》」と「菊《きく》」、動詞の「尽《つ》く」と「残《おとろ》える」、副詞の「已《すで》に」と「猶《な》お」、動詞の「無《な》し」と「有《あ》り」、動詞の「擎《ささ》ぐ」と「傲《おご》る」、名詞の「雨《あめ》」と「霜《しも》」、名詞の「蓋《かさ》」と「枝《えだ》」が、それぞれ対応して、同じ順番で用いられています。このような二つの句を「対句」といいます。

律詩では、規則の上で、三句目・四句目、五句目・六句目の二聯は必ず対句にしなければなりません。聯とは二句をいいます。しかし、七言絶句では、規則の上で、対句にしなければならない、ということはありません。

ただ、これまで見てきた作品のなかにも「対句」がありましたように（59、125、158、167、190、192、201、216頁）、対句にすることがままあります。また、七言絶句は四句で構成されますが、前半の二句が対句の詩を「**前対格**《ぜんついかく》」、後半の二句が対句の詩を「**後対格**《こうついかく》」といいます。たとえば晩唐・陸《りく》亀蒙《きもう》の「江南《こうなん》」（192頁）

村辺紫豆花垂次
岸上紅梨葉戦初
莫怪煙中重回首
酒旗青紵一行書

村辺《そんぺん》の紫豆《しとう》　花垂《はなた》るる次《ころ》
岸上《がんじょう》の紅梨《こうり》　葉戦《はそよ》ぐ初《はじ》め
怪《あや》しむ莫《な》かれ煙中《えんちゅう》に重《かさ》ねて首《こうべ》を回《めぐ》らすを
酒旗《しゅき》の青紵《せいちょ》　一行《いちぎょう》の書《しょ》

は、「前対格《ぜんついかく》」です。「後対格《こうついかく》」の詩は、中唐の白居易の「禁中夜作書与元九（禁中《きんちゅう》にて夜書《よるふみ》を作《か》き元九《げんきゅう》に与《あた》う）」（209頁）です。

心緒万端書両紙
欲封重読意遅遅
五声宮漏初鳴後
一点窓灯欲滅時

心緒万端《しんしょばんたん》　両紙《りょうし》に書《か》き
封《ふう》ぜんと欲《ほっ》して重《かさ》ねて読《よ》み　意《い》　遅遅《ちち》たり
五声《ごせい》の宮漏《きゅうろう》　初《はじ》めて鳴《な》る後《のち》
一点《いってん》の窓灯《そうとう》　滅《き》えんと欲《ほっ》する時《とき》

ここまで述べますと、それでは前半の二句も対句、後半の二句も対句、というように、全部対句仕立てになっている詩もあるのでは、と思うでしょう。じつはそういう詩もあるのです。これを「**全対格**《ぜんついかく》」の詩といいます。「ゼンツイカク」は、「前《ぜん》」対格と「全《ぜん》」対格がありますので注意が必要です。「全対格」の例として、杜甫の詩を見ましょう。

絶句（絶句《ぜっく》）　盛唐　杜甫

両箇黄鸝鳴翠柳
一行白鷺上青天

両箇《りょうこ》の黄鸝《こうり》　翠柳《すいりゅう》に鳴《な》き
一行《いっこう》の白鷺《はくろ》　青天《せいてん》に上《のぼ》る

牕含西嶺千秋雪　牕《まど》には含《ふく》む　西嶺千秋《せいれいせんしゅう》の雪《ゆき》
門泊東呉万里船　門《もん》には泊《はく》す　東呉万里《とうごばんり》の船《ふね》

（大意）二羽のウグイスが緑の柳で鳴き、一列になった白鷺《しらさぎ》が青空を上っていく。窓からは西の嶺の万年雪が見え、門には東の呉からはるばるやってきた船が泊まっているのが見える。

（韻字）天、船（下平声一先）

前半の「黄《きいろ》」「翠《みどり》」「白《しろ》」「青《あお》」という色の使い方、「両」「一」という数字の使い方は見事です。色が対になっているものを「**色対**《しきつい》」、数字が対になっているものを「**数対**《すうつい》」といいます。後半では「西」「東」（**方位対**《ほういつい》）が使われ、また「千」「万」の数字が使われています。

起句は地上の近景、承句は空の遠景、転句は前の句を承《う》けるかたちで空の彼方の山の遠景、結句は川の近景と、句作りが工夫されています。杜甫は律詩が得意で対句がとても上手です。短い絶句にもその技量が表れています。なお、前半の二句を対句にすると、起句は韻を踏まなくてもかまいません。これまで見た詩では、124、158、167、190、192、201、215頁にその例が見られます。

その他、起句と転句、承句と結句が対になっている詩もあります。このような対を「**扇対**《せんつい》」（**隔**《かっ》**句対**《くつい》）といいます。

寄裴唔員外（裴唔員外《はいごうんがい》に寄《よ》す）　盛唐　鄭谷《ていこく》

昔年共照松谿影　昔年共《せきねんとも》に照《て》らす　松谿《しょうけい》の影《かげ》

松折碑荒僧已無　　松《まつ》は折《お》れ碑《ひ》は荒《あ》れて　僧《そう》已《すで》に無《な》し
今日還思錦城事　　今日《こんにち》還《ま》た思《おも》う　錦城《きんじょう》の事《こと》
雪消花謝夢何殊　　雪《ゆき》は消《き》え花《はな》は謝《しゃ》して　夢《ゆめ》何《なん》ぞ殊《こと》ならん

（大意）むかし二人で松の生える谿《たに》を歩いて、松が水に映るようすを愛《め》でたものであったが、いまや松は折れ碑は荒れて一緒に歩いた僧もまたこの世を去ってしまった。今日また蜀《しょく》の錦官城《きんかんじょう》のことを思う。雪が消え花が散っても、夢はかわることはない。

（韻字）無、殊（上平声七虞）

また、四句のうちの真んなかの承句と転句が対のようになっている詩もあります。これを「間対《かんつい》」といいます。

越中覧古（越中覧古《えっちゅうらんこ》）　盛唐　李白

越王勾践破呉帰　　越王勾践《えつおうこうせん》　呉《ご》を破《やぶ》って帰《かえ》り
義士還家尽錦衣　　義士《ぎし》家《いえ》に還《かえ》るに尽《ことごと》く錦衣《きんい》す
宮女如花満春殿　　宮女《きゅうじょ》は花《はな》の如《ごと》く春殿《しゅんでん》に満《み》ちしも
只今惟有鷓鴣飛　　只《た》だ今《いま》は惟《た》だ鷓鴣《しゃこ》の飛《と》ぶ有《あ》るのみ

（大意）越王勾践《えつおうこうせん》が呉を破って凱旋《がいせん》すると、義士たちは恩賞として賜った錦の衣服を着飾り、宮中の女性達は花のように春の宮殿に満ちあふれた。しかし、いまはただ、栄華のあとの廃墟に、さびしそうに鷓鴣《しゃこ》が飛びまわっているだけ。(韻字)帰、衣、飛(上平声五微)

さて、一句の中で、対句的な用法を用いる場合があります。これを「句中対《くちゅうつい》」といいます。これまでも58、142、159、205頁などに出てきました。ここではあらたに白居易の詩を見ましょう。

暮江吟《ぼこうぎん》(暮江吟) 中唐 白居易

一道残陽鋪水中
半江瑟瑟半江紅
可憐九月初三夜
露似真珠月似弓

一道《いちどう》の残陽《ざんよう》 水中《すいちゅう》に鋪《し》き
半江《はんこう》は瑟瑟《しつしつ》 半江《はんこう》は紅《くれない》なり
憐《あわ》れむ可《べ》し 九月初三《くがつしょさん》の夜《よる》
露《つゆ》は真珠《しんじゅ》に似《に》 月《つき》は弓《ゆみ》に似《に》たり

(大意)一筋のなごりの夕陽が水中にさしこみ、川の半分は深緑色《ふかみどりいろ》に、半分は紅色《くれないいろ》に染まる。いとおしいのは、九月三日の夜の景色。白露《しらつゆ》は真珠のようであり、月は弓のよう。

(韻字)中、紅、弓(上平声一東)

承句は「半江《はんこう》は瑟瑟《しつしつ》 半江《はんこう》は紅《くれない》」と、上の四字と下の三字が対となっています。また、結句も「露《つゆ》は真珠《しんじゅ》に似《に》 月《つき》は弓《ゆみ》に似《に》たり」と、上の四字と下の三字が対となっています。このような句を「句中対」といいます。「句中対」を用いるとリズムがよくなります。作詩のさいに試みてください。

おわりに

初心者が陥る欠点を第一部第八章で挙げましたが、それを解決するために、第二部・第三部で「ことば」と「構成」について考えてみました。それらを踏まえ、「作詩の心得」としてまとめてみます。

「ことば」を多く知る

「ことば」の意味、転用される語の意味、詩語のイメージをたくさん知る。

作詩のさいには、知っている「ことば」を使い、自分の知らないむずかしい「ことば」は避ける。

「ことば」と「ことば」のつながりに注意

句は「二字・二字・三字」で構成しますが、意味上「二字・二字・三字」や「四字・三字」で大きく断絶しない。断絶する場合は、必然性、詩的情緒があること。これには、視線をあちこちかえないことが肝要です。

一首全体の構成は「起承転結」

（1）起句・承句の作り方　視点をかえない。風景描写なら風景描写に徹する。一句の中で、上四字が風景描写、下三字が心情、などとするとわかりにくくなるので、なるべく避ける。

転句・結句を導き出す仕掛け（伏線）を設けておく。
（2）転句の作り方　起句・承句から視線をかえ、意外性をもたせる。
（3）結句の作り方　全体をまとめる句であるが、起句・承句の流れとかけ離れないように。起句・承句の表現を活かすように。
（4）「ことば」が緊密に結びつき、むだな「ことば」がないように。

詩は、こころの「おもい」をうたうものですから、安易に「心」「心情」などの「ことば」は使わないほうがよいでしょう。説明的になったり、理屈をこねたりせず、また抽象的にならないように、情景が目に見えるように具体的に描写することが大切です。我流に陥らないよう添削を受けることも大切です。仲間どうしで批判しあうのもよいでしょう。「詩題」に合わせて作るのもよいでしょう。

自然や芸術に触れることも大切です。うたう題材は何でもかまいません。感じたこと、思ったことを自由に表現することが大切です。まずは作ってみることです。

最後に、李白の詩を挙げておきます。有名な詩ですが、解釈上いろいろ問題があります。文法的に分析すると、あらたな発見もあると思います。お試しください。

峨眉山月歌（峨眉山月《がびさんげつ》の歌《うた》）　盛唐　李白

峨眉山月半輪**秋**　　峨眉山月《がびさんげつ》　半輪《はんりん》の秋《あき》
影入平羌江水**流**　　影《かげ》は平羌江水《へいきょうこうすい》に入《い》りて流《なが》る
夜発清渓向三峡　　夜《よる》清渓《せいけい》を発《はっ》して三峡《さんきょう》に向《むか》う
思君不見下渝**州**　　君《きみ》を思《おも》えども見《み》えず渝州《ゆしゅう》に下《くだ》る

（大意）峨眉山《がびさん》にかかる半輪の秋の月。その月の光は平羌江《へいきょうこう》の水面に輝きながら、水とともに流れる。夜、清渓《せいけい》を出発して三峡《さんきょう》へと向かう。君を見たいと思いながらも見ることができず、君を見ぬまま渝州《ゆしゅう》へと下る。

（韻字）秋、流、州（下平声一一尤《ゆう》）

附録

（一）主な韻字

韻目ごとに韻字を音読み五十音順に配列、同じヨミは画数順

○上平声 一東

オウ 翁
キュウ 弓
キュウ 穹
キュウ 躬
キュウ 宮
キュウ 窮
クウ 空
コウ 工
コウ 公
コウ 功
コウ 攻
コウ 紅
コウ 洪
コウ 烘
コウ 虹
コウ 鴻
シュウ 終
シュウ 崇
シュウ 嵩
ジュウ 戎
ジュウ 充
ジュウ 絨
スウ 菘
ソウ 怱
ソウ 葱
ソウ 棕
ソウ 聡
ソウ 叢
ソウ 驄
チュウ 中
チュウ 虫
チュウ 沖
チュウ 忡
チュウ 忠
チュウ 衷
チュウ 衷
ツウ 通
トウ 東
トウ 侗
トウ 桐
トウ 筒
ドウ 同
ドウ 恫
ドウ 童
ドウ 僮
ドウ 銅
ドウ 潼
ドウ 瞳
フウ 汎
フウ 風
フウ 馮
フウ 楓
ホウ 豊
ホウ 蓬
ホウ 篷
ボウ 夢
モウ 蒙
モウ 濛
ユウ 雄
ユウ 熊
ユウ 融
リュウ 隆
ロウ 滝
ロウ 瓏
ロウ 朧
ロウ 櫳
ロウ 聾
ロウ 籠

○上平声 二冬

キョウ 凶
キョウ 共
キョウ 兇
キョウ 供
キョウ 洶
キョウ 恭
キョウ 胸
キョウ 蛩
キョウ 蛬
ジュウ 従
ショウ 松
ショウ 舂
ショウ 淞
ショウ 慵
ショウ 衝
ショウ 縦
ショウ 鍾
ショウ 蹤
ショウ 鐘
ジョウ 茸
ソウ 宗
ソウ 淙
チョウ 重
トウ 冬
ノウ 農
ノウ 儂
ノウ 濃
ホウ 封
ホウ 逢
ホウ 峰
ホウ 烽
ホウ 蜂
ホウ 鋒
ホウ 縫
ヨウ 容
ヨウ 庸
ヨウ 頌
ヨウ 溶
ヨウ 蓉
ヨウ 雍
ヨウ 慵
リョウ 龍

○上平声 三江

コウ 江
コウ 矼
コウ 舡
コウ 降
コウ 釭
コウ 腔
ショウ 撞
ソウ 双
ソウ 淙
ソウ 窓
ソウ 滝
ドウ 幢
ホウ 邦
ホウ 厖
ロウ 滝

○上平声 四支

イ 夷
イ 医
イ 怡
イ 為
イ 移
イ 萎
イ 惟
イ 帷
イ 維
イ 遺
イ 噫
イ 頤
ガイ 涯
キ 危
キ 肌
キ 岐
キ 奇
キ 其
キ 飢
キ 姫
キ 亀
キ 規
キ 基
キ 棋
キ 期
キ 旗
キ 嬉
キ 窺
キ 騎
キ 麒
キ 羈
ギ 宜
ギ 欺
ギ 疑
ギ 儀
ギ 曦
シ 之
シ 支
シ 司
シ 糸
シ 芝
シ 巵
シ 私
シ 枝
シ 茨
シ 思
シ 姿
シ 施
シ 脂
シ 師
シ 祠
シ 詞
シ 斯
シ 揣
シ 詩
シ 資
シ 嗤
シ 雌
シ 髭
ジ 児
ジ 持
ジ 時
ジ 滋
ジ 辞
ジ 慈

吹《スイ》 炊《スイ》 垂《スイ》 衰《スイ》 陲《スイ》 推《スイ》 誰《スイ》 錐《スイ》 雖《スイ》 随《ズイ》 池《チ》 治《チ》 知《チ》 遅《チ》 痴《チ》 馳《チ》 追《ツイ》 槌《ツイ》 錘《ツイ》 尼《ニ》 丕《ヒ》 皮《ヒ》 批《ヒ》 陂《ヒ》 披《ヒ》 卑《ヒ》

疲《ヒ》 悲《ヒ》 碑《ヒ》 罷《ヒ》 弥《ビ》 眉《ビ》 瀰《ビ》 梨《リ》 離《リ》 麗《リ》 籬《リ》 累《ルイ》

○上平声 五微

衣《イ》 囲《イ》 依《イ》 韋《イ》 威《イ》 違《イ》 幃《イ》 希《キ》 祈《キ》 飢《キ》 帰《キ》 晞《キ》

欷《キ》 揮《キ》 稀《キ》 幾《キ》 暉《キ》 輝《キ》 機《キ》 磯《キ》 畿《キ》 譏《キ》 巍《ギ》 妃《ヒ》 肥《ヒ》 非《ヒ》 飛《ヒ》 菲《ヒ》 扉《ヒ》 緋《ヒ》 蜚《ヒ》 霏《ヒ》 微《ビ》 薇《ビ》

○上平声 六魚

居《キョ》 虚《キョ》

渠《キョ》 裾《キョ》 墟《キョ》 嘘《キョ》 踞《キョ》 醵《キョ》 魚《ギョ》 車《シャ》 且《ショ》 初《ショ》 書《ショ》 諸《ショ》 如《ジョ》 徐《ジョ》 除《ジョ》 舒《ジョ》 鋤《ジョ》 梳《ソ》 疏《ソ》 疎《ソ》 蔬《ソ》 儲《チョ》 与《ヨ》 予《ヨ》 余《ヨ》 余《ヨ》

誉《ヨ》 輿《ヨ》 閭《リョ》 漁《リョウ》 廬《ロ》 驢《ロ》

○上平声 七虞

迂《ウ》 盂《ウ》 紆《ウ》 烏《ウ》 嫗《オウ》 区《ク》 吁《ク》 駆《ク》 駒《ク》 衢《ク》 倶《グ》 虞《グ》 愚《グ》 隅《グウ》 乎《コ》 沽《コ》 呼《コ》 胡《コ》

枯《コ》 狐《コ》 孤《コ》 弧《コ》 壺《コ》 壷 瓠《コ》 瓠《コ》 辜《コ》 菰《コ》 湖《コ》 糊《コ》 吾《ゴ》 呉《ゴ》 娯《ゴ》 醐《ゴ》 拘《コウ》 朱《シュ》 姝《シュ》 殊《シュ》 珠《シュ》 株《シュ》 蛛《シュ》 須《シュ》 鬚《シュ》 需《ジュ》 濡《ジュ》

儒《ジュ》 趨《スウ》 雛《スウ》 徂《ソ》 租《ソ》 粗《ソ》 酥《ソ》 蘇《ソ》 厨《チュウ》 誅《チュウ》 図《ト》 徒《ト》 途《ト》 都《ト》 屠《ト》 奴《ド》 夫《フ》 扶《フ》 芙《フ》 符《フ》 敷《フ》 膚《フ》 巫《ブ》 蕪《ブ》 逋《ホ》 蒲《ホ》

鋪《ホ》 舗《ホ》 謨《ボウ》 無《ム》 模《モ ボ》 臾《ユ》 渝《ユ》 愉《ユ》 愈《ユ》 輸《ユ》 瘻《ル》 蘆《ロ》 芦 炉《ロ》 廬《ロ》 鱸《ロ》

○上平声 八斉

挂《ケイ》 畦《ケイ》 渓《ケイ》 携《ケイ》 閨《ケイ》 稽《ケイ》 蹊《ケイ》 鶏《ケイ》 霓《ゲイ》

サイ 妻　セイ 西　セイ 斉　セイ 凄　セイ 栖　セイ 悽　セイ 萋　セイ 棲　セイ 嘶　セイ 臍　セイ 齏　セイ 躋　ダイ 題　テイ 低　テイ 梯　テイ 堤　テイ 啼　テイ 提　テイ 締　テイ 綈　テイ 蹄　デイ 泥　ヒ 批　メイ 迷　リ 梨　リ 莉

リ 犂　レイ 黎

○上平声九佳

ア 娃　ア 蛙　アイ 鞋　カ 佳　カ 蝸　カイ 乖　カイ 皆　カイ 偕　カイ 階　カイ 懐　カイ 諧　ガイ 崖　ガイ 涯　ガイ 街　ガイ 骸　ケイ 鮭　サイ 柴　サイ 釵　サイ 斎　サイ 儕　ハイ 排　ハイ 牌

マイ 埋

○上平声一〇灰

アイ 哀　アイ 埃　カイ 灰　カイ 回　カイ 恢　カイ 徊　カイ 隈　カイ 開　カイ 嵬　カイ 槐　カイ 魁　カイ 瑰　ガイ 孩　ガイ 該　ガイ 皚　サイ 才　サイ 災　サイ 哉　サイ 栽　サイ 猜　サイ 裁　サイ 催　サイ 摧

サイ 纔　ザイ 材　ザイ 財　タイ 苔　タイ 抬　タイ 胎　タイ 堆　タイ 駘　タイ 頽　ダイ 台　ハイ 杯　バイ 某　バイ 梅　バイ 陪　バイ 培　バイ 媒　バイ 煤　マイ 枚　ライ 来　ライ 莱　ライ 雷　ライ 儡　ライ 罍

○上平声一一真

イン 匀

イン 因　イン 茵　イン 姻　イン 寅　イン 筠　キン 巾　キン 均　キン 鈞　ギン 垠　ギン 銀　シュン 春　シュン 竣　シュン 皴　ジュン 旬　ジュン 巡　ジュン 純　ジュン 淳　ジュン 循　ジュン 馴　ジュン 醇　ジュン 遵　シン 申　シン 辛　シン 辰　シン 伸　シン 身

シン 臣　シン 呻　シン 信　シン 津　シン 畛　シン 神　シン 宸　シン 秦　シン 振　シン 真　シン 晨　シン 脣　シン 新　シン 嗔　シン 瞋　シン 薪　シン 臻　シン 親　ジン 人　ジン 仁　ジン 塵　チン 珍　チン 陳　チン 趁　チン 填　ヒン 浜

ヒン 彬　ヒン 貧　ヒン 賓　ヒン 頻　ヒン 蘋　ヒン 瀕　ヒン 顰　ビン 旻　ビン 泯　ミン 民　リン 倫　リン 淪　リン 綸　リン 論　リン 輪　リン 隣　リン 燐　リン 鱗　リン 麟

○上平声一二文

イン 殷　ウン 云　ウン 芸　ウン 員　ウン 耘

ウン 雲　キン 斤　キン 芹　キン 欣　キン 筋　キン 勤　クン 君　クン 裙　クン 勲　クン 薫　クン 醺　グン 軍　グン 群　フン 芬　フン 紛　フン 雰　フン 焚　フン 賁　フン 墳　フン 濆　ブン 文　ブン 分　ブン 蚊　ブン 聞　モン 紋

○上平声 一三元

カナ	漢字
エン	垣
エン	冤
エン	媛
エン	援
エン	猿
エン	園
エン	鴛
オン	轅
オン	恩
オン	温
ケン	掀
ケン	喧
ケン	萱
ケン	煖
ケン	暄
ゲン	元
ゲン	言
ゲン	原
ゲン	源
コン	昏
コン	坤
コン	根
コン	婚
コン	痕
コン	渾
コン	魂
コン	褌
ソン	存
ソン	村
ソン	孫
ソン	尊
ソン	樽
ソン	蹲
トン	屯
トン	沌
トン	豚
トン	敦
トン	暾
ドン	呑
ハン	煩
ハン	樊
ハン	繁
ハン	繙
ハン	藩
ハン	番
バン	蕃
フン	噴
ホン	奔
ホン	荼
ホン	貢
ホン	翻
ホン	飜
ホン	盆
モン	門
モン	押
モン	悶
ロン	論

○上平声 一四寒

カナ	漢字
アン	安
アン	鞍
カン	干
カン	刊
カン	汗
カン	肝
カン	完
カン	官
カン	冠
カン	竿
カン	看
カン	桓
カン	乾
カン	寒
カン	棺
カン	寛
カン	歓
カン	翰
カン	韓
カン	観
カン	観
ガン	丸
サン	珊
サン	酸
サン	餐
サン	攅
サン	鑽
ザン	残
タン	丹
タン	単
タン	揣
タン	歎
タン	端
タン	搏
タン	団
ダン	弾
ダン	壇
ダン	殫
ダン	檀
ナン	難
ナン	灘

○上平声 一五刪

カナ	漢字
イン	殷
カン	患
カン	菅
カン	間
カン	姦
カン	開
カン	閑
カン	湲
カン	関
カン	慳
カン	還
カン	寰
カン	艱
カン	環
カン	鰥
ガン	頑
ガン	顔
ガン	山
サン	刪
サン	潺
サン	潸
サン	班
ハン	斑
ハン	頒
ハン	攀
バン	蛮
ワン	湾
ワン	彎
ハン	胖
バン	般
バン	盤
マン	蟠
マン	漫
ラン	闌
ラン	瀾
ラン	蘭
ラン	欄
ラン	欒
ラン	鑾
ラン	鸞

○下平声 一先

カナ	漢字
イン	咽
イン	員
エン	円
エン	延
エン	沿
エン	捐
エン	淵
エン	鉛
エン	筵
エン	煙
エン	鳶
エン	縁
エン	巻
カン	湲
カン	妍
ケン	肩
ケン	拳
ケン	研
ケン	娟
ケン	涓
ケン	虔
ケン	牽
ケン	堅
ケン	権
ケン	賢
ケン	鵑
ケン	懸
ゲン	玄
ゲン	弦
ゲン	絃
ゲン	舷
セン	川
セン	千
セン	仙
セン	先
セン	阡
セン	穿
セン	宣
セン	専
セン	泉
セン	痊
セン	船
セン	旋
セン	煎
セン	箋
セン	銭
セン	遷
セン	潺
セン	鮮
セン	蟬
セン	甄
セン	全
ゼン	前
ゼン	涎
ゼン	然
ゼン	禅
ゼン	燃
テン	天

椽 テン　填 テン　廛 テン　顛 テン　纏 テン　巓 テン　田 デン　伝 デン　鈿 デン　年 ネン　便 ビン　辺 ヘン　扁 ヘン　偏 ヘン　編 ヘン　翩 ヘン　篇 ヘン　便 ベン　鞭 ベン　眠 ミン　瞑 ミン　綿 メン　連 レン　漣 レン　蓮 レン　憐 レン

聯 レン

○下平声 二蕭

梟 キョウ　嬌 キョウ　橋 キョウ　轎 キョウ　驕 キョウ　澆 ギョウ　徼 ギョウ　囂 ゴウ　招 ショウ　昭 ショウ　消 ショウ　宵 ショウ　焦 ショウ　椒 ショウ　焼 ショウ　簫 ショウ　韶 ショウ　銷 ショウ　蕭 ショウ　霄 ショウ　蕉 ショウ　樵 ショウ　条 ジョウ

橈 ジョウ　饒 ジョウ　挑 チョウ　迢 チョウ　凋 チョウ　彫 チョウ　朝 チョウ　跳 チョウ　超 チョウ　銚 チョウ　蜩 チョウ　潮 チョウ　調 チョウ　剽 ヒョウ　漂 ヒョウ　標 ヒョウ　瓢 ヒョウ　飄 ヒョウ　飆 ヒョウ　苗 ビョウ　描 ビョウ　猫 ビョウ　夭 ヨウ　夭 ヨウ　妖 ヨウ　要 ヨウ

陶 ヨウ　揺 ヨウ　揺 ヨウ　腰 ヨウ　瑶 ヨウ　銚 ヨウ　遙 ヨウ　謡 ヨウ　邀 ヨウ　料 リョウ　聊 リョウ　寥 リョウ　僚 リョウ　僚 リョウ　寮 リョウ

○下平声 三肴

爻 コウ　交 コウ　肴 コウ　郊 コウ　蛟 コウ　敲 コウ　膠 コウ　鮫 コウ　抄 ショウ

梢 ショウ　鈔 ショウ　巣 ソウ　嘲 チョウ　呶 ドウ　包 ホウ　抛 ホウ　庖 ホウ　苞 ホウ　抱 ホウ　泡 ホウ　胞 ホウ　茅 ボウ

○下平声 四豪

高 コウ　皐 コウ　蒿 コウ　膏 コウ　号 ゴウ　毫 ゴウ　遨 ゴウ　熬 ゴウ　豪 ゴウ　濠 ゴウ　鼇 ゴウ

搔 ソウ　曹 ソウ　遭 ソウ　槽 ソウ　艚 ソウ　操 ソウ　糟 ソウ　騒 ソウ　刀 トウ　叨 トウ　逃 トウ　桃 トウ　陶 トウ　滔 トウ　濤 トウ　萄 ドウ　袍 ホウ　褒 ホウ　旄 ボウ　髦 ボウ　毛 モウ　牢 ロウ　労 ロウ　楽 ロウ　醪 ロウ

○下平声 五歌

阿 ア　痾 ア　戈 カ　禾 カ　何 カ　河 カ　茄 カ　柯 カ　科 カ　荷 カ　訛 カ　靴 カ　過 カ　軻 カ　歌 カ　娥 ガ　蛾 ガ　鵝 ガ　梭 サ　蓑 サ　磋 サ　多 タ　娜 ダ　那 ナ

坡 ハ　波 ハ　頗 ハ　婆 バ　麼 マ　摩 マ　磨 マ　魔 マ　螺 ラ　羅 ラ　蘿 ラ　邏 ラ　和 ワ

○下平声 六麻

蛙 ア　鴉 ア　加 カ　花 カ　家 カ　華 カ　笳 カ　葭 カ　嘩 カ　瑕 カ　遐 カ

嘉《カ》 蝦《カ》 牙《ガ》 芽《ガ》 衙《ガ》 涯《ガイ》 瓜《カン》 誇《コ》 叉《サ》 些《サ》 沙《サ》 差《サ》 嗟《サ》 車《シャ》 紗《シャ》 斜《シャ》 奢《シャ》 遮《シャ》 邪《ジャ》 蛇《ダ》 茶《チャ》 巴《ハ》 笆《ハ》 葩《ハ》 麻《マ》

○下平声 七陽

王《オウ》 央《オウ》 泱《オウ》 殃《オウ》 秧《オウ》 鞅《オウ》 鴦《オウ》 狂《キョウ》 強《キョウ》 郷《キョウ》 筐《キョウ》 慶《キョウ》 僵《キョウ》 疆《キョウ》 伉《コウ》 行《コウ》 光《コウ》 昂《コウ》 岡《コウ》 荒《コウ》 香《コウ》 皇《コウ》 桁《コウ》 航《コウ》

黄《コウ》 康《コウ》 徨《コウ》 遑《コウ》 煌《コウ》 綱《コウ》 慷《コウ》 篁《コウ》 鋼《コウ》 剛《ゴウ》 床《ショウ》 昌《ショウ》 牀《ショウ》 将《ショウ》 祥《ショウ》 倡《ショウ》 商《ショウ》 章《ショウ》 猖《ショウ》 翔《ショウ》 湘《ショウ》 湯《ショウ》 粧《ショウ》 傷《ショウ》 詳《ショウ》 彰《ショウ》

嘗《ショウ》 裳《ショウ》 璋《ショウ》 漿《ショウ》 牆《ショウ》 殤《ショウ》 墻《ショウ》 償《ショウ》 觴《ショウ》 娘《ジョウ》 常《ジョウ》 場《ジョウ》 穣《ジョウ》 攘《ジョウ》 荘《ソウ》 倉《ソウ》 桑《ソウ》 創《ソウ》 廂《ソウ》 喪《ソウ》 装《ソウ》 蒼《ソウ》 愴《ソウ》 槍《ソウ》 箱《ソウ》 霜《ソウ》

蔵《ゾウ》 長《チョウ》 張《チョウ》 張《チョウ》 腸《チョウ》 当《トウ》 唐《トウ》 棠《トウ》 湯《トウ》 塘《トウ》 堂《ドウ》 嚢《ノウ》 方《ホウ》 芳《ホウ》 放《ホウ》 亡《ボウ》 忙《ボウ》 芒《ボウ》 妨《ボウ》 防《ボウ》 坊《ボウ》 忘《ボウ》 肪《ボウ》 房《ボウ》 茫《ボウ》 望《ボウ》

傍《ボウ》 妄《モウ》 羊《ヨウ》 佯《ヨウ》 洋《ヨウ》 揚《ヨウ》 陽《ヨウ》 煬《ヨウ》 楊《ヨウ》 良《リョウ》 梁《リョウ》 涼《リョウ》 粱《リョウ》 量《リョウ》 糧《リョウ》 郎《ロウ》 狼《ロウ》 浪《ロウ》 廊《ロウ》

○下平声 八庚

英《エイ》 栄《エイ》 盈《エイ》 営《エイ》 嬰《エイ》

瀛《エイ》 纓《エイ》 泓《オウ》 桜《オウ》 横《オウ》 罌《オウ》 鶯《オウ》 驚《キョウ》 兄《ケイ》 茎《ケイ》 京《ケイ》 荊《ケイ》 卿《ケイ》 軽《ケイ》 傾《ケイ》 檠《ケイ》 瓊《ケイ》 迎《ゲイ》 鯨《ゲイ》 行《コウ》 行《コウ》 更《コウ》 亨《コウ》 宏《コウ》 庚《コウ》 桁《コウ》

耕《コウ》 衡《コウ》 嶸《コウ》 羹《コウ》 轟《コウ》 黌《コウ》 笙《ショウ》 晶《ショウ》 情《ジョウ》 生《セイ》 正《セイ》 成《セイ》 声《セイ》 征《セイ》 牲《セイ》 城《セイ》 晟《セイ》 清《セイ》 菁《セイ》 旌《セイ》 盛《セイ》 晴《セイ》 鉦《セイ》 睛《セイ》 誠《セイ》 精《セイ》

請 セイ　争 ソウ　箏 ソウ　鎗 ソウ　呈 テイ　貞 テイ　程 テイ　酲 テイ　橙 トウ　評 ヒョウ　平 ヘイ　并 ヘイ　兵 ヘイ　烹 ホウ　棚 ホウ　氓 ボウ　萌 ボウ　甍 ボウ　名 メイ　明 メイ　盟 メイ　鳴 メイ　盲 モウ　令 レイ

○下平声九青

刑 ケイ　形 ケイ　型 ケイ　経 ケイ　蛍 ケイ　馨 ケイ　青 セイ　星 セイ　腥 セイ　蜻 セイ　醒 セイ　丁 テイ　汀 テイ　庁 テイ　亭 テイ　釘 テイ　庭 テイ　停 テイ　渟 テイ　霆 テイ　聴 テイ　寧 ネイ　濘 ネイ　屏 ヘイ

瓶 ヘイ　萍 ヘイ　冥 メイ　溟 メイ　銘 メイ　瞑 メイ　零 レイ　鈴 レイ　霊 レイ　齢 レイ　櫺 レイ

○下平声一〇蒸

応 オウ　興 キョウ　凝 ギョウ　弘 コウ　肱 コウ　恒 コウ　升 ショウ　承 ショウ　昇 ショウ　称 ショウ　勝 ショウ　仍 ジョウ　丞 ジョウ

乗 ジョウ　蒸 ジョウ　縄 ジョウ　曽 ソウ　僧 ソウ　層 ソウ　憎 ゾウ　増 ゾウ　徴 チョウ　澄 チョウ　懲 チョウ　灯 トウ　登 トウ　藤 トウ　騰 トウ　鐙 トウ　能 ノウ　氷 ヒョウ　凭 ヒョウ　憑 ヒョウ　朋 ホウ　崩 ホウ　鵬 ホウ　蝿 ヨウ　鷹 ヨウ　凌 リョウ

陵 リョウ　菱 リョウ　稜 リョウ　綾 リョウ

○下平声一一尤

欧 オウ　嘔 オウ　甌 オウ　謳 オウ　鷗 オウ　仇 キュウ　丘 キュウ　休 キュウ　求 キュウ　毬 キュウ　裘 キュウ　鳩 キュウ　繆 キュウ　牛 ギュウ　侯 コウ　喉 コウ　鉤 コウ　溝 コウ　収 シュウ　囚 シュウ

州 シュウ　舟 シュウ　泅 シュウ　周 シュウ　秋 シュウ　叟 シュウ　洲 シュウ　修 シュウ　售 シュウ　脩 シュウ　羞 シュウ　湫 シュウ　啾 シュウ　愁 シュウ　遒 シュウ　酬 シュウ　讎 シュウ　柔 ジュウ　蹂 ジュウ　陬 スウ　捜 ソウ　抽 チュウ　稠 チュウ　儔 チュウ　疇 チュウ　籌 チュウ

投 トウ　偸 トウ　頭 トウ　不 フウ　浮 フウ　矛 ボウ　侔 ボウ　眸 ボウ　謀 ボウ　尤 ユウ　由 ユウ　油 ユウ　疣 ユウ　幽 ユウ　郵 ユウ　悠 ユウ　遊 ユウ　猶 ユウ　猷 ユウ　憂 ユウ　蝣 ユウ　優 ユウ　留 リュウ　流 リュウ　榴 リュウ　旒 リュウ

療 リョウ　楼 ロウ　縷 ロウ

○下平声一二侵

音 イン　陰 イン　淫 イン　今 キン　金 キン　琴 キン　禁 キン　欽 キン　禽 キン　擒 キン　襟 キン　吟 ギン　心 シン　岑 シン　参 シン　侵 シン　針 シン　深 シン　森 シン　斟 シン　滲 シン

○下平声 一三覃

シン蔘　シン箴　シン鍼　シン簪　ジン尋　チン沈　チン忱　ニン砧　ニン任　ニン妊　リン林　リン淋　リン琳　リン霖　リン臨　アン庵　アン諳　アン闇　カン甘　カン酣　カン涵　カン堪　ガン含　ガン龕

○下平声 一四塩

三サン　参サン　蚕サン　慚ザン　担タン　耽タン　探タン　貪タン　覃タン　潭タン　男ダン　曇ダン　南ナン　楠ナン　嵐ラン　籃ラン　炎エン　奄エン　淹エン　塩エン　檐エン　簷ケン　兼ケン

嫌ケン　謙ケン　厳ケン　尖ケン　苫セン　潜セン　漸セン　湛セン　繊セン　瞻セン　蟾セン　殲セン　籤セン　恬ゼン　甜テン　添テン　霑テン　恬テン　拈ネン　粘ネン　廉レン　奩レン　鎌レン

○下平声 一五咸

簾レン　函カン　咸カン　喊カン　緘カン　監カン　岩ガン　厳ガン　艾ゲン　杉サン　衫サン　巉サン　讒ザン　巉ザン　喃ナン　帆ハン　凡ボン

●上声 一董

蓊オウ　孔コウ　倥コウ　鴻コウ

●上声 二腫

偬ソウ　総ソウ　桶トウ　董トウ　蝀トウ　蠓モウ　兜キョウ　共キョウ　拱キョウ　洶キョウ　恐キョウ　蛩シュ　鞏キョウ　種ショウ　重ショウ　悚ショウ　腫ショウ　慫ショウ　踵ショウ　聳ショウ　塚チョウ　冢チョウ

●上声 三講

寵チョウ　奉ホウ　勇ユウ　涌ユウ　湧ユウ　甬ヨウ　俑ヨウ　擁ヨウ　踊ヨウ　壅ヨウ　隴ロウ　項コウ　港コウ　講コウ　蚌ボウ　棒ボウ

●上声 四紙

委イ　椅イ　蛾ガ　伎キ　枳キ　猗キ　詭キ　毀キ　跪キ　綺キ　錡キ　燬キ　妓キ　技ギ　礒ギ　蟻ギ　犧ギ　襹ギ　此シ　氏シ　弛シ　豕シ　侈シ　柿シ　咫シ　砥シ　舐シ　徙シ

紫シ　觜シ　揣シ　邐シ　餌ジ　揣ジ　璽ジ　徙ジ　蕋スイ　薬スイ　髄スイ　是ゼチ　豸チ　不チ　比ヒ　批ヒ　披ヒ　俾ヒ　婢ヒ　髀ヒ　弥ビ　弭ビ　靡ビ　瀰リ　離リ　累ルイ

● 上声 五尾

偉 イ　葦 イ　虫 キ　豈 キ　幾 キ　匪 ヒ　斐 ヒ　菲 ヒ　蜚 ヒ　榧 ヒ　尾 ビ

● 上声 六語

巨 キョ　去 キョ　拒 キョ　炬 キョ　苣 キョ　挙 キョ　秬 キョ　距 キョ　筥 キョ　禦 ギョ　許 キョウ

圄 ゴ　語 ゴ　処 ショ　杵 ショ　所 ショ　沮 ショ　黍 ショ　渚 ショ　暑 ショ　鼠 ショ　墅 ショ　女 ジョ　女 ジョ　汝 ジョ　序 ジョ　抒 ジョ　咀 ソ　阻 ソ　俎 ソ　楚 ソ　礎 ソ　佇 チョ　杼 チョ　苧 チョ　紵 チョ　著 チョ

貯 チョ　緒 チョ　予 ヨ　与 ヨ　侶 リョ　旅 リョ

● 上声 七麌

宇 ウ　羽 ウ　雨 ウ　禹 ウ　嗚 オ　苦 ク　枸 ク　栩 ク　矩 ク　煦 ク　寠 グ　窶 グ　戸 コ　古 コ　怙 コ　虎 コ　罟 コ　扈 コ

琥 コ　詁 コ　賈 コ　鼓 コ　滸 コ　瞽 コ　估 コ　五 ゴ　午 ゴ　伍 ゴ　股 コウ　主 シュ　取 シュ　豎 ジュ　樹 ジュ　聚 シュウ　数 スウ　組 ソ　籔 ソウ　柱 チュウ　吐 ト　杜 ト　堵 ト　覩 ト　睹 ト　土 ド

弩 ド　乳 ニュウ　努 ヌ　父 フ　拊 フ　斧 フ　府 フ　俛 フ　俯 フ　普 フ　腑 フ　腐 フ　譜 フ　侮 ブ　武 ブ　部 ブ　憮 ブ　撫 ブ　廡 ブ　舞 ブ　甫 ホ　浦 ホ　圃 ホ　脯 ホ　補 ホ　溥 ホ

輔 ホ　姆 ボ　拇 ボ　姥 ボ　簿 ボ　務 ム　愈 ユ　虜 リョ　縷 ル　鹵 ロ　魯 ロ　櫓 ロ

● 上声 八薺

啓 ケイ　洗 セイ　薺 セイ　体 タイ　弟 テイ　抵 テイ　底 テイ　邸 テイ　牴 テイ　涕 テイ　悌 テイ　詆 テイ

醍 テイ　髀 ヒ　陛 ヘイ　米 ベイ　礼 レイ　醴 レイ　蠡 レイ

● 上声 九蟹

楷 カイ　解 カイ　蟹 カイ　駭 ガイ　灑 サイ　罷 ハイ　買 バイ　擺 ヘイ　矮 ワイ

● 上声 一〇賄

乃 アイ　改 カイ　海 カイ　悔 カイ　隗 カイ　嵬 カイ

醢 カイ　亥 ガイ　愷 ガイ　鎧 ガイ　采 サイ　宰 サイ　載 サイ　在 ザイ　罪 ザイ　殆 タイ　怠 タイ　待 タイ　紿 タイ　詒 タイ　詒 タイ　腿 タイ　駘 タイ　乃 ダイ　倍 バイ　毎 マイ　儡 ライ　蕾 ライ　猥 ワイ　賄 ワイ　匯 ワイ

上声

● 上声 一軫

尹 イン・引 イン・允 イン・蚓 ジン・菌 キン・緊 キン・窘 クン・蠢 シュン・隼 シュン・純 ジュン・筍 ジュン・準 ジュン・畛 シン・疹 シン・振 シン・軫 シン・賑 シン・尽 シン・腎 ジン・朕 チン・忍 ニン・牝 ヒン・泯 ビン・敏 ビン・閔 ビン

● 上声 一二吻

隠 イン・蘊 ウン・近 キン・菫 キン・謹 キン・吻 フン・忿 フン・粉 フン・賁 フン・憤 フン

● 上声 一三阮

宛 エン・苑 エン・婉 エン・偃 エン・遠 エン・穏 オン・圏 ケン・寒 ケン・阮 ゲン・很 ゲン・悃 コン・混 コン・袞 コン・墾 コン・懇 コン・鯀 ソン・損 ソン・沌 トン・盾 ト・反 ハン・阪 ハン・飯 ハン・晩 バン・返 ヘン・娩 ヘン・本 ホン

● 上声 一四旱

旱 カン・悍 カン・款 カン・管 カン・緩 カン・盥 カン・館 カン・散 サン・算 サン・但 タン・担 タン・胆 タン・短 タン・誕 タン・断 ダン・援 バン・伴 マン・満 マン・潸 ラン・卵 ラン・孏 ラン

● 上声 一五潸

莞 カン・簡 カン・限 ゲン・眼 ゲン・桟 サン・産 サン・撰 サン・潸 サン・版 ハン・綰 ワン

● 上声 一六銑

衍 エン・演 エン・巻 カン・犬 ケン・件 ケン・狷 ケン・狷 ケン・覓 ケン・蜆 ケン・遣 ケン・塞 ケン・鍵 ケン・蹇 ケン・顕 ケン・繭 ケン・舛 セン・吮 セン・洗 セン・浅 セン・桟 セン・雋 セン・銑 セン・選 セン・撰 セン・齎 セン・餞 セン・鮮 セン・癬 セン・喘 セン・善 ゼン・膳 ゼン・典 テン・珍 テン・展 テン・転 テン・填 テン・篆 テン・捫 ネン・扁 ヘン・弁（辨、辯）ベン・哂 ベン・娩 ベン・勉 ベン・冕 ベン・免 メン・俛 メン

● 上声 一七篠

輦 レン・篠 ショウ・嬌 キョウ・矯 キョウ・暾 ギョウ・皎 コウ・小 ショウ・少 ショウ・沼 ショウ・悄 ショウ・紹 ショウ・愀 シュウ・湫 シュウ・嫋 ジョウ・遶 ジョウ・繞 ジョウ・擾 ジョウ・兆 チョウ・挑 チョウ・窕 チョウ・鳥 チョウ・趙 チョウ・蔦 チョウ

● 上声 一八巧

巧 コウ・攪 カク・佼 コウ・狡 コウ・絞 コウ・爪 ソウ・炒 ソウ・肇 チョウ・掉 トウ・表 ヒョウ・標 ヒョウ・杪 ビョウ・眇 ビョウ・渺 ビョウ・殀 エウ・杏 キョウ・窈 エウ・了 リョウ・僚 リョウ・蓼 リョウ・燎 リョウ・瞭 リョウ・繆 リョウ

ホウ 飽　ホウ 鮑　ボウ 卯　ボウ 茆　ボウ 昴　ヨウ 拗

● 上声 一九皓

オウ 夭　オウ 媼　オウ 懊　オウ 襖　コウ 考　コウ 好　コウ 昊　コウ 浩　コウ 皓　コウ 稿　コウ 縞　コウ 顥　ソウ 早　ソウ 草　ソウ 棗　ソウ 嫂　ソウ 澡　ソウ 燥

ソウ 藻　ゾウ 造　トウ 島　トウ 倒　トウ 討　トウ 稲　ドウ 道　ノウ 悩　ノウ 脳　ホ 保　ホ 堡　ホウ 抱　ホウ 宝　ロウ 老

● 上声 二〇哿

カ 火　カ 可　カ 果　カ 荷　カ 哿　カ 舸　カ 禍　カ 夥　カ 顆　ガ 我

サ 左　サ 裟　サ 瑣　サ 瑳　サ 鎖　ザ 坐　タ 沱　ダ 朶　ダ 妥　ダ 柁　ダ 娜　ダ 惰　ダ 堕　ダ 儺　ナ 那　ハ 跛　ハ 頗　ラ 裸　リ 裏

● 上声 二一馬

カ 下　カ 仮　カ 夏　カ 厦　カ 寡

ガ 瓦　ガ 雅　コ 賈　シャ 写　シャ 且　シャ 且　シャ 社　シャ 姐　シャ 者　シャ 舎　シャ 捨　シャ 瀉　シャ 灑　ジャ 惹　ジャク 若　ハ 把　バ 馬　ヤ 也　ヤ 冶　ヤ 野　ヤ 墅

● 上声 二二養

オウ 枉　オウ 往　オウ 鞅

キョウ 享　キョウ 強　キョウ 疆　キョウ 響　ギョウ 仰　コウ 広　コウ 晃　コウ 幌　ショウ 掌　ショウ 敞　ショウ 漿　ショウ 賞　ジョウ 丈　ジョウ 上　ジョウ 仗　ジョウ 杖　ジョウ 壌　ジョウ 攘　ソウ 爽　ソウ 想　ソウ 蒼　ゾウ 象　ゾウ 像　チョウ 長　チョウ 昶　ド 帑

トウ 党　トウ 蕩　トウ 盪　トウ 儻　ホウ 放　ホウ 倣　ボウ 紡　ボウ 榜　ホン 莽　モウ 罔　モウ 惘　モウ 網　ヨウ 痒　ヨウ 漾　ヨウ 養　リョウ 両　リョウ 両　ロウ 朗

● 上声 二三梗

エイ 永　エイ 郢　エイ 影　エイ 穎　キョウ 杏　キョウ 境

ケイ 頃　ケイ 景　ケイ 頸　ケイ 警　コウ 幸　コウ 耿　コウ 梗　コウ 鉱　セイ 井　セイ 丼　セイ 省　セイ 靖　セイ 静　セイ 請　セイ 整　ダ 打　テイ 逞　テイ 騁　ヘイ 丙　ヘイ 秉　ヘイ 炳　ヘイ 屏　ヘイ 迸　ヘイ 餅　ベイ 皿　モウ 猛

リョウ 領　レイ 冷　レイ 嶺

● 上声 二四迥

ケイ 炯　ケイ 迥　ケイ 脛　コウ 肯　ジョウ 拯　セイ 醒　チョウ 町　チョウ 頂　テイ 挺　テイ 梃　テイ 鼎　テイ 艇　トウ 等　ヘイ 並　ヘイ 併　メイ 茗

● 上声 二五有

オウ 毆　オウ 欧　キュウ 九

九《キュウ》久《キュウ》臼《キュウ》朽《キュウ》咎《キュウ》糾《キュウ》舅《キュウ》韮《キュウ》赳《キョウ》偶《グウ》藕《グウ》口《コウ》后《コウ》扣《コウ》吼《コウ》狗《コウ》垢《コウ》厚《コウ》苟《コウ》釦《コウ》後《コウ》手《シュ》守《シュ》首《シュ》酒《シュ》受《ジュ》

綬《ジュ》醜《シュウ》狃《ジュウ》走《ソウ》帚《ソウ》叟《ソウ》叟《ソウ》藪《ソウ》丑《チュウ》肘《チュウ》紂《チュウ》紐《チュウ》鈕《チュウ》斗《ト》否《ヒ》缶《フ》阜《フ》負《フ》婦《フ》畝《ホ》母《ボ》牡《ボ》拇《ボ》剖《ホウ》某《ボウ》友《ユウ》

右《ユウ》有《ユウ》佑《ユウ》酉《ユウ》誘《ユウ》黝《ユウ》柳《リュウ》

●上声 二六寝

恁《イン》飲《イン》噤《キン》錦《キン》沈《シン》沈《シン》寝《シン》審《シン》瀋《シン》衽《ジン》甚《ジン》荏《ジン》稔《ジン》枕《チン》朕《チン》品《ヒン》稟《ヒン》

稟《リン》凜《リン》廩《リン》

●上声 二七感

坎《カン》敢《カン》感《カン》撼《カン》憾《カン》頷《ガン》惨《サン》胆《タン》淡《タン》澹《タン》憺《タン》覧《ラン》攬《ラン》欖《ラン》

●上声 二八琰

奄《エン》掩《エン》琰《エン》倹《ケン》険《ケン》

歛《ケン》儼《ゲン》忝《ショ》染《セン》閃《セン》冉《ゼン》苒《ゼン》漸《ゼン》漸《ゼン》点《テン》諂《テン》簟《テン》拈《ネン》貶《ヘン》斂《レン》瞼《レン》瀲《レン》

●上声 二九豏

喊《カン》豏《カン》濫《カン》檻《カン》艦《カン》軌《キ》歉《ケン》

減《ゲン》斬《ザン》湛《タン》犯《ハン》范《ハン》範《ハン》

●去声 一送

空《クウ》貢《コウ》控《コウ》閧《コウ》衆《シュウ》送《ソウ》中《チュウ》仲《チュウ》衷《チュウ》痛《ツウ》凍《トウ》棟《トウ》恫《ドウ》洞《ドウ》慟《ドウ》諷《フウ》鳳《ホウ》夢《ボウ》

甕《ヨウ》弄《ロウ》

●去声 二宋

共《キョウ》種《シュウ》重《ジュウ》従《ジュウ》訟《ショウ》頌《ショウ》誦《ショウ》縦《ショウ》宋《ソウ》綜《ソウ》統《トウ》俸《ホウ》縫《ホウ》用《ヨウ》雍《ヨウ》

●去声 三絳

閧《キョウ》虹《コウ》巷《コウ》降《コウ》絳《コウ》

撞《トウ》

●去声 四寘

位《イ》易《イ》易《イ》為《イ》異《イ》詒《イ》意《イ》遺《イ》噫《イ》縊《イ》企《キ》企《キ》忌《キ》季《キ》記《キ》悸《キ》寄《キ》嗜《キ》棄《キ》匱《キ》器《キ》冀《キ》憙《キ》

覬《キ》 簣《キ》 騎《キ》 驥《キ》 偽《ギ》 義《ギ》 戯《ギ》 誼《ギ》 議《ギ》 示《シ》 四《シ》 伺《シ》 志《シ》 使《シ》 泗《シ》 始《シ》 思《シ》 施《シ》 食《シ》 翅《シ》 恣《シ》 眥《シ》 厠《シ》 笥《シ》 痣《シ》 寘《シ》

試《シ》 嗜《シ》 嗣《シ》 肆《シ》 飼《シ》 誌《シ》 漬《シ》 賜《シ》 摯《シ》 幟《シ》 駟《シ》 謚《シ》 熾《シ》 積《シ》 織《シ》 贄《シ》 識《シ》 識《シ》 鷙《シ》 字《ジ》 次《ジ》 寺《ジ》 自《ジ》 事《ジ》 侍《ジ》 珥《ジ》

餌《ジ》 膩《ジ》 孳《ジュウ》 織《ショク》 出《スイ》 吹《スイ》 帥《スイ》 彗《スイ》 彗《スイ》 酔《スイ》 遂《スイ》 睡《スイ》 粋《スイ》 翠《スイ》 穂《スイ》 錘《スイ》 隧《スイ》 燧《スイ》 邃《スイ》 瑞《ズイ》 至《チ》 地《チ》 治《チ》 直《チ》 値《チ》 致《チ》

遅《チ》 智《チ》 植《チ》 置《チ》 稚《チ》 輊《チ》 緻《チ》 質《チ》 躓《チ》 墜《ツイ》 縋《ツイ》 二《ニ》 二《ニ》 弍《ニ》 比《ヒ》 庇《ヒ》 陂《ヒ》 被《ヒ》 跛《ヒ》 賁《ヒ》 轡《ヒ》 臂《ヒ》 譬《ヒ》 贔《ヒ》 備《ビ》 媚《ビ》

寐《ビ》 鼻《ビ》 泌《ヒツ》 避《ヘキ》 魅《ミ》 吏《リ》 利《リ》 痢《リ》 詈《リ》 離《リ》 涙《ルイ》 累《ルイ》 類《ルイ》

● 去声 五未

衣《イ》 胃《イ》 畏《イ》 尉《イ》 渭《イ》 彙《イ》 慰《イ》 謂《イ》 緯《イ》 蔚《ウツ》 乞《キ》

卉《キ》 気《キ》 既《キ》 欷《キ》 貴《キ》 愾《キ》 毅《キ》 諱《キ》 魏《ギ》 費《ヒ》 蜚《ヒ》 翡《ヒ》 髴《ヒ》 沸《フツ》 未《ミ》 味《ミ》

● 去声 六御

鴦《オウ》 去《キョ》 拠《キョ》 嘘《キョ》 踞《キョ》 鋸《キョ》 醵《キョ》 馭《ギョ》

御《ギョ》 語《ゴ》 処《ショ》 沮《ショ》 署《ショ》 庶《ショ》 曙《ショ》 女《ジョ》 如《ジョ》 茹《ジョ》 恕《ジョ》 絮《ジョウ》 助《ジョク》 疏《ソ》 詛《ソ》 著《チョ》 著《チョ》 箸《チョ》 与《ヨ》 予《ヨ》 預《ヨ》 誉《ヨ》 慮《リョ》

● 去声 七遇

芋《ウ》

雨《ウ》 汚《オ》 汙 悪《オ》 嫗《オウ》 句《ク》 駆《ク》 懼《ク》 具《グ》 遇《グウ》 寓《グウ》 古《コ》 固《コ》 故《コ》 庫《コ》 涸《コ》 瓠《コ》 雇《コ》 痼《コ》 錮《コ》 顧《コ》 互《ゴ》 忤《ゴ》 晤《ゴ》 寤《ゴ》 誤《ゴ》 護《ゴ》

サク 酢　サク 醋　サク 酢　シュ 娶　シュ 属　シュ 趣　ジュ 樹　ジュ 孺　ジュウ 住　スウ 足　スウ 数　ソ 泝　ソ 素　ソ 措　ソ 訴　ソ 溯　ソ 塑　ソ 錯　チュウ 注　チュウ 柱　チュウ 註　チュウ 駐　ト 吐　ト 兎　ト 渡　ト 蠹

ド 怒　ド 度　フ 仆　フ 付　フ 布　フ 怖　フ 附　フ 赴　フ 訃　フ 賦　フ 鮒　ブ 騖　ホ 歩　ホ 捕　ホ 哺　ホ 舗　ホ 鋪　ボ 莫　ボ 募　ボ 墓　ボ 暮　ボ 慕　ム 務　ム 霧　ユ 諭　ユ 輸

ユウ 裕　ロ 路　ロ 輅　ロ 賂　ロ 露　ロ 鷺　ロウ 屢

●去声 八霽

エイ 曳　エイ 泄　エイ 裔　エイ 鋭　エイ 叡　エイ 衛　エイ 翳　ケイ 系　ケイ 契　ケイ 計　ケイ 恵　ケイ 偈　ケイ 掲　ケイ 彗　ケイ 詣　ケイ 継　ケイ 禊

ケイ 慧　ケイ 薊　ケイ 憩　ケイ 蕙　ケイ 繋　ケイ 蹶　ゲイ 芸　サイ 切　サイ 妻　サイ 細　サイ 祭　サイ 祭　サイ 済　サイ 歳　サイ 際　ザイ 剤　ショ 壻　ショウ 敞　セイ 世　セイ 制　セイ 斉　セイ 砌　セイ 眥　セイ 逝　セイ 貰　セイ 掣

セイ 勢　セイ 誓　セイ 製　セイ 霽　ゼイ 税　ゼイ 蛻　ゼイ 筮　ゼイ 説　ゼイ 噬　ゼイ 贅　タイ 替　タイ 滞　ダイ 第　テイ 帝　テイ 睇　テイ 棣　テイ 綴　テイ 締　テイ 諦　テイ 薙　テイ 嚔　デイ 泥　ヘイ 閉　ヘイ 幣　ヘイ 僻　ヘイ 蔽

ヘイ 嬖　ヘイ 薜　ヘイ 斃　ベイ 袂　メイ 謎　ライ 癘　レイ 励　レイ 戻　レイ 冽　レイ 例　レイ 茘　レイ 唳　レイ 捩　レイ 厲　レイ 隷　レイ 麗　レイ 離　レイ 礪　レイ 儷

●去声 九泰

アイ 藹　アイ 靄　カイ 会　カイ 貝　カイ 絵

カイ 薈　カイ 檜　ガイ 外　ガイ 害　ガイ 蓋　サイ 最　ゼイ 蛻　タ 汰　タイ 太　タイ 帯　タイ 泰　ダイ 大　ナ 奈　ハイ 沛　ハイ 旆　ハイ 霈　ライ 頼　ライ 癩　ライ 籟

●去声 一〇卦

アイ 隘　アイ 噫　カ 卦　カイ 介　カイ 戒

カイ 快　カイ 怪　カイ 届　カイ 芥　カイ 界　カイ 械　カイ 解　カイ 誡　カイ 懈　カイ 壊　カイ 廨　キ 喟　ケイ 挂　サイ 殺　サイ 砦　サイ 責　サイ 債　サイ 寨　ハ 派　ハイ 敗　ハイ 稗　バイ 売　バイ 唄　マイ 邁　ワ 話

●去声 一一隊

アイ 愛
アイ 曖
アイ 穢
アイ 靉
カイ 悔
カイ 晦
カイ 潰
カイ 塊
カイ 誨
ガイ 乂
ガイ 刈
ガイ 劾
ガイ 愾
ガイ 慨
ガイ 鎧
ガイ 礙
ガイ 碍
サイ 再
サイ 采
サイ 砕
サイ 栽
サイ 倅
サイ 菜
サイ 塞
サイ 載
サイ 賽
ザイ 在
タイ 対
タイ 岱
タイ 退
タイ 逮
タイ 耐
タイ 貸
タイ 隊
タイ 敦
タイ 態
タイ 戴
タイ 黛
ダイ 代
ナイ 内
ハイ 北
ハイ 吠
ハイ 佩
ハイ 背
ハイ 肺
ハイ 配
ハイ 廃
ハイ 輩
バイ 倍
ホウ 焙
ボツ 悖
マイ 妹
マイ 昧
マイ 瑁
ライ 耒
ライ 瀬

●去声 一二震

イン 印
キン 僅
キン 瑾
キン 覲
キン 釁
シュン 峻
シュン 浚
シュン 舜
シュン 雋
シュン 儁
シュン 駿
シュン 瞬
ジュン 徇
ジュン 殉
ジュン 閏
ジュン 順
ジュン 潤
シン 信
シン 晋
シン 振
シン 進
シン 診
シン 慎
シン 賑
シン 震
シン 縉
シン 齔
シン 櫬
ジン 刃
ジン 仞
ジン 迅
ジン 陣
ジン 訊
ジン 燼
チン 疹
チン 趁
チン 塡
チン 鎮
ニン 認
ヒン 殯
ビン 鬢
リン 吝
リン 恡

●去声 一三問

イン 韻
ウン 員
ウン 運
ウン 暈
オン 慍
キン 斤
キン 近
クン 訓
グン 郡
フン 分
フン 奮
ブン 聞
モン 問

●去声 一四願

エン 怨
エン 堰
エン 遠
カン 勧
ガン 願
ケン 券
ケン 建
ケン 健
ケン 献
ケン 憲
コン 困
コン 恨
コン 溷
スン 寸
ソン 巽
ソン 遜
タイ 褪
トン 逮
トン 敦
トン 頓
トン 遯
ドン 鈍
ドン 嫩
ハン 販
ハン 飯
バン 蔓
フン 噴
マン 万
マン 曼
マン 懣
モン 悶
ロン 論

●去声 一五翰

アン 按
アン 晏
アン 案
カン 汗
カン 缶
カン 奐
カン 冠
カン 看
カン 悍
カン 貫
カン 渙
カン 換
カン 棺
カン 喚
カン 煥
カン 漢
カン 幹
カン 盥
カン 翰
カン 骭
カン 観
カン 瀚
カン 灌
カン 鑵
ガン 岸
ガン 玩
サン 散
サン 粲
サン 蒜
サン 賛
サン 燦
サン 讃
サン 鑽
ザン 竄
タン 旦
タン 炭
タン 歎
タン 憚
ダン 段
ダン 断
ダン 弾
ナン 難
ハン 半
ハン 判
ハン 胖
ハン 叛
ハン 畔
バン 伴
バン 絆
マン 幔
マン 漫
マン 縵
マン 謾

ラン 乱
ラン 瀾
ラン 爛
ワン 腕

●去声 一六諫

アン 晏
カン 串
カン 宦
カン 患
カン 莞
カン 間
カン 慣
カン 澗
カン 諫
ガン 雁
ケン 豢
ゲン 幻
サン 簒
タン 綻
フン 扮
ベン 弁（瓣）
マン 慢
マン 縵
マン 謾
ワン 綰

●去声 一七霰

イン 院
エン 宴
エン 堰
エン 援
エン 媛
エン 縁
エン 燕
カン 串
カン 巻
カン 揀
ケイ 訣
ケン 見
ケン 県
ケン 研
ケン 狷
ケン 倦
ケン 牽
ケン 絢
ケン 硯
ケン 遣
ケン 絹
ゲン 見
ゲン 彦
ゲン 眩

ゲン 衒
サン 霰
スイ 薦
セン 先
セン 茜
セン 穿
セン 倩
セン 倩
セン 扇
セン 釧
セン 羨
セン 戦
セン 煎
セン 煽
セン 賤
セン 選
セン 箭
セン 線
セン 餞
セン 濺
セン 饌
セン 顫
ゼン 善
ゼン 禅
ゼン 繕
ダン 擅

テン 転
テン 奠
テン 囀
テン 纏
デン 伝
デン 甸
デン 佃
デン 淀
デン 電
デン 殿
デン 澱
ビン 便
ヘン 片
ヘン 変
ベン 弁
ベン 眄
ベン 瞑
メン 面
レン 恋
レン 練
レン 錬

●去声 一八嘯

キョウ 叫
キョウ 徼
キョウ 竅

キョウ 轎
ショウ 少
ショウ 召
ショウ 劭
ショウ 肖
ショウ 邵
ショウ 笑
ショウ 哨
ショウ 悄
ショウ 詔
ショウ 焼
ショウ 照
ショウ 誚
ショウ 嘯
ジョウ 焼
ジョウ 夥
チョウ 弔
チョウ 釣
チョウ 眺
チョウ 蔦
チョウ 調
トウ 掉
ニョウ 尿
ヒョウ 剽
ヒョウ 漂
ヒョウ 驃

ビョウ 眇
ビョウ 廟
ミョウ 妙
ヨウ 要
ヨウ 要
ヨウ 揺
ヨウ 燿
ヨウ 耀
ヨウ 曜
リョウ 料
リョウ 燎
リョウ 療

●去声 一九効

カク 覚
カク 較
キョウ 教
コウ 孝
コウ 効
コウ 校
コウ 覚
コウ 酵
コウ 敲
コウ 膠
ゴウ 楽
ショウ 哨

ショウ 鈔
ショウ 稍
トウ 鬧
トウ 櫂
ドウ 撓
ヒョウ 豹
ホウ 爆
ボウ 貌
ヨウ 拗

●去声 二〇号

オウ 懊
オウ 澳
オウ 燠
オク 奥
コウ 好
コウ 膏
コウ 犒
ゴウ 号
ゴウ 傲
コク 告
ソウ 漕
ソウ 操
ソウ 燥
ソウ 躁
ソウ 竈

ソウ 鑿
ゾウ 造
ゾウ 慥
トウ 到
トウ 倒
トウ 悼
トウ 盗
トウ 蹈
ドウ 導
バク 瀑
ホウ 報
ボウ 冒
ボウ 耄
ボウ 帽
ボウ 暴
ロウ 労

●去声 二一箇

カ 貨
カ 過
カ 課
ガ 臥
ガ 賀
ガ 餓
コ 箇
サ 左

作《サ》 佐《サ》 作《サ》 磋《サ》 坐《ザ》 挫《ザ》 座《ザ》 惰《ダ》 糯《ダ》 大《ダイ》 破《ハ》 播《ハ》 磨《マ》 邏《ラ》 和《ワ》

●去声 二二禡

亜《ア》 下《カ》 化《カ》 仮《カ》 価《カ》 架《カ》 夏《カ》 廈《カ》 嫁《カ》

暇《カ》 稼《カ》 樺《カ》 訝《ガ》 駕《ガ》 許《キョ》 賈《コ》 乍《サ》 嗄《サ》 予《シャ》 卸《シャ》 舎《シャ》 柘《シャ》 射《シャ》 借《シャ》 赦《シャ》 貰《シャ》 謝《シャ》 瀉《シャ》 炙《セキ》 咤《タ》 伯《ハ》 怕《ハ》 罷《ハ》 覇《ハ》 罵《バ》

禡《バ》 夜《ヤ》

●去声 二三漾

王《オウ》 怏《オウ》 旺《オウ》 況《キョウ》 誑《キョウ》 亢《コウ》 広《コウ》 伉《コウ》 行《コウ》 向《コウ》 抗《コウ》 桁《コウ》 横《コウ》 曠《コウ》 匠《ショウ》 尚《ショウ》 相《ショウ》 将《ショウ》 将《ショウ》 唱《ショウ》 障《ショウ》 嶂《ショウ》

餉《ショウ》 瘴《ショウ》 醤《ショウ》 上《ジョウ》 仗《ジョウ》 状《ジョウ》 長《ジョウ》 醸《ジョウ》 譲《ジョウ》 壮《ソウ》 喪《ソウ》 創《ソウ》 葬《ソウ》 愴《ソウ》 蔵《ゾウ》 臓《ゾウ》 昶《チョウ》 鬯《チョウ》 悵《チョウ》 悵《チョウ》 帳《チョウ》 張《チョウ》 暢《チョウ》 漲《チョウ》 当《トウ》 当《トウ》

宕《トウ》 湯《トウ》 盪《トウ》 放《ホウ》 舫《ホウ》 訪《ホウ》 妨《ボウ》 忘《ボウ》 望《ボウ》 傍《ボウ》 榜《ボウ》 謗《ボウ》 妄《モウ》 恙《ヨウ》 煬《ヨウ》 漾《ヨウ》 様《ヨウ》 養《ヨウ》 颺《ヨウ》 両《リョウ》 亮《リョウ》 掠《リョウ》 量《リョウ》 諒《リョウ》 浪《ロウ》

●去声 二四敬

映《エイ》 詠《エイ》 横《オウ》 竟《キョウ》 鏡《キョウ》 競《キョウ》 勁《ケイ》 敬《ケイ》 軽《ケイ》 慶《ケイ》 檠《ケイ》 迎《ゲイ》 行《コウ》 更《コウ》 硬《コウ》 浄《ジョウ》 正《セイ》 姓《セイ》 性《セイ》 政《セイ》 倩《セイ》 晟《セイ》 盛《セイ》 聖《セイ》

争《ソウ》 偵《テイ》 鄭《テイ》 秉《ヘイ》 併《ヘイ》 柄《ヘイ》 娉《ヘイ》 病《ヘイ》 聘《ヘイ》 迸《ホウ》 命《メイ》 孟《モウ》 令《レイ》

●去声 二五径

瑩《エイ》 応《オウ》 応《オウ》 興《キョウ》 凝《ギョウ》 径《ケイ》 脛《ケイ》 磬《ケイ》 亘《コウ》 称《ショウ》 証《ショウ》

勝《ショウ》 乗《ジョウ》 剰《ジョウ》 錠《ジョウ》 醒《セイ》 甑《ソウ》 増《ゾウ》 聴《チョウ》 定《テイ》 釘《テイ》 鄧《トウ》 橙《トウ》 磴《トウ》 鐙《トウ》 濘《ネイ》 凭《ヒョウ》 孕《ヨウ》

●去声 二六宥

究《キュウ》 灸《キュウ》 疚《キュウ》 柩《キュウ》 畜《キュウ》 救《キュウ》 厩《キュウ》

句《ク》 后《コウ》 扣《コウ》 吼《コウ》 逅《コウ》 候《コウ》 寇《コウ》 詬《コウ》 媾《コウ》 遘《コウ》 構《コウ》 購《コウ》 後《コウ》 守《シュ》 狩《シュ》 首《シュ》 寿《ジュ》 授《ジュ》 綬《ジュ》 収《シュウ》 秀《シュウ》 岫《シュウ》 臭《シュウ》 祝《シュウ》 袖《シュウ》 售《シュウ》

宿《シュウ》 愀《シュウ》 就《シュウ》 甃《シュウ》 鷲《シュウ》 驟《シュウ》 狃《ジュウ》 糅《ジュウ》 獣《ジュウ》 蹂《ジュウ》 皺《スウ》 走《ソウ》 奏《ソウ》 湊《ソウ》 漱《ソウ》 蔟《ソウ》 輳《ソウ》 宙《チュウ》 昼《チュウ》 胄《チュウ》 酎《チュウ》 豆《トウ》 透《トウ》 逗《トウ》 読《ドク》 繆《ビュウ》

謬《ビュウ》 富《フ》 伏《フウ》 副《フク》 副《フク》 復《フク》 覆《フク》 戊《ボ》 姆《ボ》 貿《ボウ》 懋《ボウ》 茂《モ》 又《ユウ》 右《ユウ》 佑《ユウ》 侑《ユウ》 油《ユウ》 囿《ユウ》 祐《ユウ》 柚《ユウ》 宥《ユウ》 幼《ヨウ》 留《リュウ》 溜《リュウ》 陋《ロウ》 漏《ロウ》

瘻《ロウ》

●去声 二七沁

飲《イン》 蔭《イン》 禁《キン》 噤《キン》 浸《シン》 滲《シン》 袵《ジン》 甚《ジン》 枕《チン》 賃《チン》 鴆《チン》 闖《チン》 任《ニン》 妊《ニン》 臨《リン》

●去声 二八勘

暗《アン》 闇《アン》 勘《カン》 憾《カン》 含《ガン》 紺《コン》

三《サン》 暫《ザン》 担《タン》 憺《タン》 濫《ラン》 纜《ラン》

●去声 二九豔

厭《エン》 豔《エン》 欠《ケツ》 剣《ケン》 歉《ケン》 占《セン》 苫《セン》 僭《セン》 塹《セン》 澹《セン》 店《テン》 念《ネン》 斂《レン》 瀲《レン》

●去声 三〇陥

監《カン》 鑑《カン》

懺《ザン》 讒《ザン》 汎《ハン》 帆《ハン》 梵《ボン》

●入声 一屋

育《イク》 郁《イク》 粥《イク》 澳《イク》 燠《イク》 燠《イク》 鬻《イク》 屋《オク》 慮《オク》 畜《キク》 菊《キク》 掬《キク》 鞠《キク》 鞫《キク》 麹《キク》 谷《コク》 哭《コク》 斛《コク》 穀《コク》

轂《コク》 竺《ジク》 柚《ジク》 衄《ジク》 舳《ジク》 軸《ジク》 蹴《シュウ》 夙《シュク》 叔《シュク》 祝《シュク》 俶《シュク》 倏《シュク》 粛《シュク》 宿《シュク》 淑《シュク》 粥《シュク》 菽《シュク》 縮《シュク》 蹙《シュク》 塾《ジュク》 熟《ジュク》 速《ソク》 族《ゾク》 蔟《ゾク》 鏃《ゾク》 啄《タク》

竹《チク》 逐《チク》 畜《チク》 筑《チク》 蓄《チク》 築《チク》 禿《トク》 牘《トク》 犢《トク》 黷《トク》 独《ドク》 肉《ニク》 暴《バク》 暴《バク》 瀑《バク》 伏《フク》 服《フク》 副《フク》 復《フク》 覆《フク》 幅《フク》 福《フク》 腹《フク》 箙《フク》 複《フク》 蝠《フク》

フク 蝮
フク 輻
ホク 仆
ホク 樸
ボク 卜
ボク 木
ボク 牧
ボク 睦
ボク 僕
ボク 穆
ボク 繆
ボク 鶩
モク 目
モク 沐
リク 陸
リク 蓼
リク 戮
ロク 六
ロク 禄
ロク 鹿
ロク 碌
ロク 漉
ロク 轆
ロク 麓

●入声 二沃

エン 沿
キョク 旭
キョク 曲
キョク 局
キョク 跼
ギョク 玉
コク 告
コク 梏
コク 酷
コク 鵠
ゴク 獄
ショク 触
ショク 燭
ショク 贖
ショク 矚
ジョク 辱
ジョク 溽
ジョク 褥
ジョク 縟
ソク 足
ソク 束
ソク 促
ゾク 俗
ゾク 粟
ゾク 属
ゾク 続
トク 竺
トク 督
トク 篤
ドク 毒
ボク 僕
ヨク 沃
ヨク 欲
ヨク 慾
リョク 緑
ロク 録

●入声 三覚

アク 渥
アク 幄
アク 握
カク 角
カク 桷
カク 覚
カク 較
カク 確
ガク 岳
ガク 学
ガク 楽
サク 朔
サク 数
ソク 捉
タク 卓
タク 倬
タク 琢
タク 濯
タク 擢
ダク 濁
ハク 剥
ハク 雹
ハク 璞
バク 貌
バク 駁
バク 瀑
バク 爆
ボク 撲
ボク 樸
ラク 犖

●入声 四質

イチ 一
イツ 佚
イツ 壱
イツ 逸
イツ 軼
イツ 溢
イツ 鎰
オツ 乙
キチ 吉
キツ 佶
キツ 詰
キツ 橘
シチ 七
シツ 失
シツ 室
シツ 桎
シツ 疾
シツ 悉
シツ 蛭
シツ 瑟
シツ 漆
シツ 蝨
シツ 質
シツ 膝
シツ 櫛
ジツ 日
ジツ 尼
ジツ 実
シュツ 出
シュツ 朮
ジュツ 戌
ジュツ 述
ジュツ 恤
ジュツ 術
ソツ 卒
ソツ 帥
ソツ 率
チツ 帙
チツ 秩
チツ 窒
チュツ 黜
テツ 姪
ヒツ 仏
ヒツ 匹
ヒツ 必
ヒツ 泌
ヒツ 畢
ヒツ 弼
ヒツ 筆
ヒツ 謐
ヒツ 篳
ヒツ 蹕
ミツ 密
ミツ 蜜
リツ 律
リツ 栗
リツ 率

●入声 五物

ウツ 蔚
ウツ 鬱
キツ 乞
キツ 屹
キツ 吃
キツ 迄
キツ 訖
クツ 屈
クツ 倔
クツ 掘
フツ 不
フツ 仏
フツ 弗
フツ 払
フツ 佛
フツ 沸
フツ 祓
フツ 髴
ブツ 勿
ブツ 物

●入声 六月

エツ 曰
エツ 粤
エツ 越
エツ 鉞
エツ 謁
クツ 掘
クツ 窟
ケツ 厥
ケツ 歇
ケツ 闕
ケツ 蹶
ゲツ 月
コツ 忽
コツ 笏
コツ 骨
コツ 滑
コツ 鶻
ゴツ 兀
ソウ 惚
ソツ 卒
トツ 凸
トツ 咄
トツ 突
トツ 訥
ハツ 発
ハツ 筏
ハツ 髪
バツ 伐

閥《バツ》 罰《バツ》 不《フツ》 仏《ホツ》 孛《ボツ》 没《ボツ》 勃《ボツ》 悖《ボツ》 渤《ボツ》

●入声 七曷

遏《アツ》 斡《アツ》 閼《アツ》 活《カツ》 曷《カツ》 括《カツ》 喝《カツ》 越《カツ》 聒《カツ》 割《カツ》 筈《カツ》 葛《カツ》 褐《カツ》 豁《カツ》 闊《カツ》

拶《サツ》 撮《サツ》 薩《サツ》 刺《シ》 達《タツ》 撻《タツ》 怛《ダツ》 脱《ダツ》 税《ダツ》 奪《ダツ》 獺《ダツ》 鉢《ハチ》 撥《ハツ》 魃《ハツ》 抜《バツ》 跋《バツ》 末《マツ》 沫《マツ》 抹《マツ》 秣《マツ》 辣《ラツ》

●入声 八黠

軋《アツ》 刮《カツ》 猾《カツ》

戛《カツ》 滑《カツ》 黠《カツ》 頡《カツ》 鶻《コツ》 刹《サツ》 刷《サツ》 殺《サツ》 察《サツ》 八《ハチ》 抜《バツ》

●入声 九屑

咽《エツ》 悦《エツ》 税《エツ》 閲《エツ》 噎《エツ》 頡《キツ》 譎《キツ》 掲《ケイ》 欠《ケツ》 血《ケツ》 抉《ケツ》 決《ケツ》 訐《ケツ》

桀《ケツ》 挈《ケツ》 偈《ケツ》 訣《ケツ》 潔《ケツ》 結《ケツ》 傑《ケツ》 楔《ケツ》 碣《ケツ》 竭《ケツ》 纈《ケツ》 孑《ゲツ》 切《セツ》 折《セツ》 泄《セツ》 契《セツ》 屑《セツ》 啜《セツ》 設《セツ》 雪《セツ》 掣《セツ》 楔《セツ》 準《セツ》 節《セツ》 截《セツ》 説《セツ》

舌《ゼツ》 絶《ゼツ》 担《タン》 迭《テツ》 垤《テツ》 咥《テツ》 姪《テツ》 哲《テツ》 啜《テツ》 跌《テツ》 軼《テツ》 畷《テツ》 鉄《テツ》 綴《テツ》 撤《テツ》 徹《テツ》 輟《テツ》 轍《テツ》 吶《トツ》 熱《ネツ》 閉《ヘツ》 別《ベツ》 蔑《ベツ》 瞥《ベツ》 滅《メツ》 埒《ラツ》

劣《レツ》 列《レツ》 例《レツ》 冽《レツ》 洌《レツ》 烈《レツ》 捩《レツ》 裂《レツ》

●入声 一〇薬

悪《アク》 各《カク》 涸《カク》 郭《カク》 閣《カク》 廓《カク》 霍《カク》 穫《カク》 矍《カク》 蠖《カク》 鶴《カク》 攫《カク》 愕《ガク》 萼《ガク》 鑿《ガク》 諤《ガク》

鍔《ガク》 鰐《ガク》 却《キャク》 脚《キャク》 虐《ギャク》 謔《ギャク》 作《サク》 作《サク》 昨《サク》 削《サク》 索《サク》 酢《サク》 錯《サク》 鑿《サク》 鑿《サク》 勺《シャク》 芍《シャク》 杓《シャク》 灼《シャク》 酌《シャク》 爵《シャク》 嚼《シャク》 爍《シャク》 若《ジャク》 弱《ジャク》 雀《ジャク》

惹《ジャク》 蒻《ジャク》 鵲《ジャク》 拓《タク》 度《タク》 託《タク》 鐸《タク》 諾《ダク》 著《チャク》 泊《ハク》 亳《ハク》 粕《ハク》 博《ハク》 搏《ハク》 箔《ハク》 膊《ハク》 魄《ハク》 薄《ハク》 簿《ハク》 莫《バク》 漠《バク》 幕《バク》 寞《バク》 縛《バク》 約《ヤク》 葯《ヤク》

薬 ヤク　籥 ヤク　躍 ヤク　籥 ヤク　洛 ラク　恪 ラク　格 ラク　烙 ラク　絡 ラク　落 ラク　楽 ラク　酪 ラク　駱 ラク　掠 リャク　略 リャク

●入声 一一陌

亦 エキ　易 エキ　奕 エキ　疫 エキ　液 エキ　掖 エキ　腋 エキ　駅 エキ　懌 エキ

繹 エキ　革 カク　客 カク　核 カク　格 カク　隔 カク　赫 カク　幗 カク　膈 カク　獲 カク　嚇 カク　覈 カク　額 ガク　逆 ギャク　屐 ゲキ　戟 ゲキ　隙 ゲキ　劇 ゲキ　磔 ケツ　窄 サク　索 サク　措 サク　筴 サク　嘖 サク　簀 サク　冊 サツ

尺 シャク　借 シャク　釈 シャク　搦 ジャク　夕 セキ　斥 セキ　汐 セキ　赤 セキ　炙 セキ　刺 セキ　昔 セキ　席 セキ　射 セキ　迹 セキ　脊 セキ　隻 セキ　惜 セキ　責 セキ　蹠 セキ　跖 セキ　碩 セキ　蓆 セキ　潟 セキ　瘠 セキ　磧 セキ　積 セキ

蹐 セキ　籍 セキ　宅 タク　沢 タク　択 タク　拆 タク　摘 タク　謫 タク　適 テキ　擲 テキ　躑 テキ　白 ハク　伯 ハク　拍 ハク　帛 ハク　怕 ハク　迫 ハク　柏 ハク　陌 ハク　舶 ハク　魄 ハク　莫 バク　驀 バク　百 ヒャク　辟 ヘキ　碧 ヘキ

僻 ヘキ　擘 ヘキ　癖 ヘキ　璧 ヘキ　襞 ヘキ　闢 ヘキ　脉 ミャク　脈 ミャク　役 ヤク　訳 ヤク　隘 ヤク

●入声 一二錫

喫 キツ　霓 ゲイ　覡 ゲキ　撃 ゲキ　激 ゲキ　檄 ゲキ　析 セキ　戚 セキ　寂 セキ　淅 セキ　晳 セキ　蜥 セキ　錫 セキ

績 セキ　磔 タク　嫡 チャク　適 チャク　弔 テキ　狄 テキ　的 テキ　迪 テキ　剔 テキ　荻 テキ　惕 テキ　逖 テキ　笛 テキ　滴 テキ　摘 テキ　敵 テキ　鏑 テキ　覿 テキ　糴 テキ　溺 デキ　滌 デキ　甓 ヘキ　霹 ヘキ　暦 レキ　歴 レキ　櫟 レキ

瀝 レキ　櫪 レキ　轢 レキ　靂 レキ

●入声 一三職

域 イキ　億 オク　憶 オク　臆 オク　革 カク　亟 キョク　洫 キョク　棘 キョク　極 キョク　克 コク　刻 コク　国 コク　剋 コク　黒 コク　式 シキ　識 シキ　識 シキ　色 ショク　食 ショク　拭 ショク

埴 ショク　植 ショク　殖 ショク　寔 ショク　嗇 ショク　軾 ショク　稷 ショク　蝕 ショク　織 ショク　職 ショク　穡 ショク　仄 ソク　昃 ソク　即 ソク　則 ソク　息 ソク　側 ソク　惻 ソク　唧 ソク　測 ソク　塞 ソク　塞 ソク　賊 ゾク　直 チョク　勅 チョク　陟 チョク

飭 チョク　特 トク　得 トク　匿 トク　徳 トク　逼 ヒツ　幅 ヒョク　伏 フク　愎 フク　北 ホク　冒 ボク　墨 ボク　黙 モク　弋 ヨク　抑 ヨク　翌 ヨク　翼 ヨク　力 リョク　肋 ロク　勒 ロク　或 ワク　惑 ワク

●入声 一四緝

及 キュウ　汲 キュウ

吸 キュウ　岌 キュウ　泣 キュウ　急 キュウ　笈 キュウ　級 キュウ　翕 キュウ　給 キュウ　歙 キュウ　隰 シツ　拾 シュウ　執 シュウ　習 シュウ　集 シュウ　楫 シュウ　葺 シュウ　緝 シュウ　輯 シュウ　褶 シュウ　襲 シュウ　十 ジュウ　什 ジュウ　汁 ジュウ　渋 ジュウ　蟄 チツ　入 ニュウ

邑 ユウ　悒 ユウ　揖 ユウ　立 リツ　笠 リュウ　粒 リュウ

●入声 一五合

盍 コウ　蛤 コウ　閤 コウ　鴿 コウ　闔 コウ　合 ゴウ　颯 サツ　雑 ザツ　匝 ソウ　沓 トウ　答 トウ　塔 トウ　搭 トウ　搨 トウ　榻 トウ　踏 トウ　衲 ドウ　納 ノウ

拉 ラツ　摺 ロウ　臘 ロウ

●入声 一六葉

夾 キョウ　怯 キョウ　協 キョウ　挟 キョウ　祫 キョウ　筴 キョウ　鋏 キョウ　篋 キョウ　頬 キョウ　歙 キョウ　業 ギョウ　妾 ショウ　捷 ショウ　渉 ショウ　楫 ショウ　睫 ショウ　慴 ショウ　摺 ショウ　褶 ショウ　懾 ショウ　畳 ジョウ

聶 ジョウ　躡 ジョウ　接 セツ　摂 セツ　帖 チョウ　喋 チョウ　貼 チョウ　牒 チョウ　輒 チョウ　蝶 チョウ　諜 チョウ　褶 チョウ　葉 ヨウ　厭 ヨウ　曄 ヨウ　靨 ヨウ　魘 ヨウ　鬣 リョウ

●入声 一七洽

圧 アツ　押 オウ　鴨 オウ　狭 キョウ　脅 キョウ　甲 コウ

匣 コウ　夾 コウ　恰 コウ　洽 コウ　袷 コウ　劫 ゴウ　霎 ショウ　扱 ソウ　歃 ソウ　喋 トウ　汎 ホウ　法 ホウ　乏 ボウ

（二）両韻字（平または仄に二つ以上の韻がある）

原則として、ヨミの五十音順　同じヨミは画数順　一字に二つ以上のヨミがある場合は、五十音の早い順か使用頻度の高い順

平・平

蛙　ア　○下平六麻　○上平九佳　（意味は同じ）
涯　ガイ　○下平六麻　○上平四支、九佳（意味は同じ）
乾　カン　○上平一四寒　かわく　かわかす
　ケン　○下平一先　易の卦の名　いぬい（北西の方向）
虹　コウ　○上平一東　にじ
　○上平三江　みだれる　みだす
車　シャ　○下平六麻　○上平六魚　（意味は同じ）
丁　テイ　○下平九青　十干の第四位　ひのと　あたる
公役に徴発されること、またその人（壮丁）
ねんごろ（丁寧）
　トウ　○下平八庚　音の形容（木を切る音、碁を打つ音、琴をかなでる音、鳥の鳴き声など）

仄・仄

易　イ　●去声四寘　やすい
　エキ　●入声一一陌　かえる
燠　イク　●入声一屋
　オウ　●上声一九皓　●去声二〇号　（意味は同じ）
あたたかい
飲　イン　●上声二六寝　のむ　●去声二七沁　のませる

雨　ウ　●上声七麌　あめ　●去声七遇　あめふる
仮　カ　●上声二一馬　●去声二二禡　（意味は同じ）
借りる　貸す
鎧　ガイ　●上声一〇賄　●去声一一隊　（意味は同じ）
よろい
滑　カツ　●入声八黠　なめらか
　コツ　●入声六月　みだれる　にごす
喟　キ　●去声四寘　●去声一〇卦　（意味は同じ）
なげく
乞　キツ　●入声五物　こう
　キ　●去声五未　あたえる
近　キン　●去声一三問　ちかづく
　●上声一二吻　ちかい
見　ケン　●去声一七霰　みる　みえる　まみえる
　ゲン　●去声一七霰　あらわれる
遣　ケン　●上声一六銑　つかわす　やる　つかい
　●去声一七霰　おくりもの
蹇　ケン　●上声一六銑　●上声一三阮　（意味は同じ）
あしなえ
古　コ　●上声七麌　●去声七遇　（意味は同じ）
いにしえ　ふるい
涸　コ　●去声七遇　かれる
　カク　●入声一〇薬　かれる
広　コウ　●上声二二養　ひろい　ひろめる
　●去声二三漾　よこ　むなしい
扣　コウ　●上声二五有　●去声二六宥　（意味は同じ）

ひかえる　たたく
好　コウ　●上声一九皓　よい　みめよい
●去声二〇号　このむ　すく
吼　コウ　●上声二五有　●去声二六宥　（意味は同じ）
ほえる
後　コウ　●去声二六宥　おくれる
●上声二五有　のち　あと
閧　コウ　●去声一送　●去声三降　（意味は同じ）
村の道
左　サ　●上声二〇哿　●去声二一箇　（意味は同じ）
ひだり
載　サイ　●去声一一隊　のせる　しるす　のる
●上声一〇賄　とし
索　サク　●入声一〇薬　なわ
●入声一一陌　もとめる
錯　サク　●入声一〇薬　たがう　まじる
ソ　●去声七遇　おく
鑿　サク　●入声一〇薬　うがつ　のみ
ソウ　●去声二〇号　あな（孔）
散　サン　●上声一四旱　●去声一五翰　（意味は同じ）
ちる
眥　シ　●去声四寘　●去声八霽　（意味は同じ）
まなじり
識　シキ　●入声一三職　しる　さとる
シ　●去声四寘　しるす
失　シツ　●入声四質　うしなう　あやまち

イツ　●入声四質　にげる　度を失う
瀉　シャ　●上声二一馬　注ぐ　●去声二二禡　吐く
若　ジャク　●入声一〇薬　ごとし　もし　もしくは
●上声二一馬　わかい
綬　ジュ　●上声二五有　●去声二六宥　（意味は同じ）
ひも
樹　ジュ　●上声七麌　植える　●去声七遇　き
狃　ジュウ　●上声二五有　●去声二六宥　（意味は同じ）
なれる　ならす
宿　シュク　●入声一屋　やどる　やど　やどや
シュウ　●去声二六宥　星座
祝　シュク　●入声一屋　いわう　いわい
シュウ　●去声二六宥　のる（神に告げる）　のりと
出　シュツ　●入声四質　でる
スイ　●去声四寘　だす
処　ショ　●上声六語　おる　いる
●去声六御　ところ
墅　ショ　●上声六語　しもやしき　別荘
●上声二一馬　のはら
少　ショウ　●上声一七篠　すくない
●去声一八嘯　わかい
悄　ショウ　●上声一七篠　うれえる
●去声一八嘯　きびしい　はげしい
愀　ショウ　●上声一七篠　うれえるさま
●去声二六宥　さびしいさま
褶　ショウ　●入声一六葉　ひだ

シュウ ●入声一四緝 乗馬用のはかま
チョウ ●入声一六葉 あわせ かさねる
診 シン ●上声一一軫 ●去声一二震（意味は同じ）
みる
賑 シン ●上声一一軫 にぎわう にぎわい
●去声一二震 にぎわす めぐむ あたえる
衽 ジン ●去声二七沁 ●上声二六寝（意味は同じ）
えり おくみ
甚 ジン ●去声二七沁 ●上声二六寝（意味は同じ）
はなはだしい
貰 セイ ●去声八霽 かりる
シャ ●去声二二禡 かりる
税 ゼイ ●去声八霽 みつぎ ぜい おくる
ダツ ●入声七曷 とく 解放する
エツ ●入声九屑 よろこぶ よろこび
炙 セキ ●入声一一陌 ●去声二二禡（意味は同じ）
あぶる 焼き肉
積 セキ ●入声一一陌 つむ つもる
シ ●去声四寘 たくわえる たくわえ
楔 セツ ●入声九屑 くさび
ケツ ●入声九屑 ゆすらうめ
倩 セン ●去声一七霰 うつくしい 口もとが愛らしい
さま
セイ ●去声二四敬 むこ やとう みがわり
餞 セン ●上声一六銑 ●去声一七霰（意味は同じ）
はなむけ

善 ゼン ●上声一六銑 よい
●去声一七霰 よしとする
惰 ダ ●上声二〇哿 ●去声二一箇（意味は同じ）
おこたる
大 ダイ ●去声九泰 ●去声二一箇（意味は同じ）
おおきい はじめ おおいに
憺 タン ●上声二七感 やすんじる 心しずか
●去声二八勘 うごかす おそれさせる おそ
れはばかる
断 ダン ●上声一四旱 たつ
●去声一五翰 さだめる
畜 チク ●入声一屋 たくわえる
キク ●入声一屋 やしなう
キュウ ●去声二六宥 いけにえ 家畜
柱 チュウ ●上声七麌 はしら ●去声七遇 ささえる
著 チャク ●入声一〇薬 つける きる
チョ ●去声六御 あらわれる あらわす
●上声六語 たくわえ
黜 チュツ ●入声四質 しりぞける
クツ ●入声五物 かがむ
昶 チョウ ●上声二二養 ●去声二三漾（意味は同じ）
日が長い ひさしい あきらか のびる
喋 チョウ ●入声一〇薬 しゃべる
トウ ●入声一七洽 ついばむ
綴 テイ ●去声八霽 つづる つづり
テツ ●入声九屑 とどめる とめる

啜 テツ ●入声九屑 すすり泣く
セツ ●入声九屑 すする
転 テン ●上声一六銑 めぐる ころぶ うたた
●去声一七霰 ころがす ころばす すてる
度 ド ●去声七遇 めもり たび
タク ●入声一〇薬 はかる
倒 トウ ●上声一九皓 たおれる たおす
●去声二〇号 さかさま さかさまにする
盪 トウ ●上声二二養 あらう ●去声二三漾 うごく ゆれうごく ほしいまま はやい
怕 ハ ●去声二二禡 おそれる おそらくは
ハク ●入声一一陌 しずか 心が安らかなさま
跛 ハ ●上声二〇哿 あしなえ
ヒ ●去声四寘 かたよる よりかかる
倍 バイ ●上声一〇賄 ●去声一一隊 (意味は同じ)
そむく ます
伯 ハク ●入声一一陌 おさ おじ
ハ ●去声二二禡 はたがしら
魄 ハク ●入声一一陌 たましい ●入声一〇薬 かす ひろい
タク ●入声一〇薬 おちぶれる(落魄)
莫 バク ●入声一〇薬 ない くらい
バク ●入声一一陌 しずか さびしい
ボ ●去声七遇 くれ ゆうぐれ
漠 バク(慣用)
ホウ ●去声二〇号 にわかあめ

ボク ●入声一屋 たき
ハク ●入声三覚 水がしぶきをあげるさま
爆 バク ホウ ●去声一九効 さける はじける
●入声三覚 やく
飯 ハン ●去声一四願 めし ●上声一三阮 たべる
くわせる
伴 バン ●上声一四旱 ●去声一五翰 (意味は同じ)
ともなう とも
比 ヒ ●上声四紙 ならぶ ならべる ころ
●去声四寘 くらべる わりあい ならう
髀 ヒ ●上声四紙 ●上声八薺 (意味は同じ) もも
泌 ヒツ ●去声四寘 ●入声四質 (意味は同じ)
ながれる
眇 ビョウ ●上声一七篠 すがめ はるか つくす
●去声一八嘯 うつくしい (妙と同じ)
繆 ビョウ ●去声二六宥 誤る 誤り たがう
リョウ ●上声一七篠 まつわる
ボク ●入声一屋 穆に通じる
キュウ ○下平一一尤 まとう まつわる あざなう
仆 フ ●去声七遇 たおれる
ホク ●入声一屋 たおれる
伏 フク ●入声一屋 ふせる したがう
●入声一三職 はう はらばう
フウ ●去声二六宥 鳥が卵をあたためる
副 フク ●去声二六宥 そう そえる
●入声一屋 わける

復　フク　●去声二六宥　また　ふたたびする
覆　フク　●入声一屋　かえる　かえす
　　フウ　●入声一屋　くつがえす　くつがえる
　　　　　●去声二六宥　おおう　かばう　おおい
仏　ブツ　●入声五物　ほとけ　ほのか
　　ホツ　●入声六月　さかんになる（勃と同じ）
　　ヒツ　●入声四質　大きいさま
併　ヘイ　●上声二四迥　●去声二四敬（意味は同じ）
　　　　　ならぶ　あわせる
秉　ヘイ　●上声二三梗　●去声二四敬（意味は同じ）
　　　　　とる　守る
僻　ヘキ　●入声一一陌　ひがむ　かたすみ　かたよる
　　ヘイ　●去声八霽　ひめがき
娩　ベン　●上声一六銑　うむ
　　　　　●上声一三阮　しなをつくる　しとやか
弁　ベン　●去声一七霰　かんむり
（辨）ベン　●上声一六銑　わける　わきまえる
（瓣）ベン　●去声一六諫　はなびら
（辯）ベン　●上声一六銑　わける　あらそう
眄　ベン　●上声一六銑　●去声一七霰（意味は同じ）
　　　　　ながしめ　みる　にらむ
簿　ボ　●上声七麌　ちょうめん　つかさどる
　　ハク　●入声一〇薬　すだれ
迸　ホウ　●去声二四敬　ほとばしる　はしる
　　ヘイ　●上声二三梗　しりぞける
貌　ボウ　●去声一九効　かたち　すがた

暴　バク　●入声三覚　かたどる　とおい
　　ボウ　●去声二〇号　あらい　あばれる
　　バク　●入声一屋　さらす　あばく
北　ホク　●入声一三職　きた
　　ハイ　●去声一一隊　そむく
悖　ボツ　●去声一一隊　●入声六月（意味は同じ）
　　　　　もとる　そむく　みだれる
懣　マン　●上声一四旱　●去声一四願（意味は同じ）
　　　　　もだえる　いきどおる
縵　マン　●去声一五翰　無地の絹　ゆるやか
　　　　　●去声一六諫　つれびき
俛　メン　●上声一六銑　ふせる　うつむく
　　フ　●上声七麌　ふせる　うつむく
予（豫）ヨ　●去声六御　あらかじめ
　　シャ　●去声二二禡　州の学校
右　ユウ　●上声二五有　●去声二六宥（意味は同じ）
　　　　　みぎ　たすける
佑　ユウ　●上声二五有　●去声二六宥（意味は同じ）
　　　　　たすける
拗　ヨウ　オウ　●去声一九効　ねじる　すねる
　　　　　●上声一八巧　くじく　おる
養　ヨウ　●上声二二養　やしなう　やしない
　　イク　ユウ　●入声一屋　おさえる
　　　　　●去声二三漾　目下の者が目上の者に仕える
漾　ヨウ　●上声二二養　ただよう　川の長いさま
　　　　　●去声二三漾　川の名

濫　ラン　●去声二八勘　あふれる　みだれる　みだりに
カン　●上声二九豏　たらい
率　リツ　●入声四質　おおむね　わりあい
ソツ　●入声四質　ひきいる
慮　リョ　●去声六御　おもんぱかる　おもんぱかり
ロク　●入声一屋　しらべる　記録する
燎　リョウ　●上声一七篠　●去声一八嘯（意味は同じ）
かがりび
両　リョウ　●上声二二養　ふたつ　かざる　くるま
●去声二三漾　くるま　車を数える助数詞
稟　リン　●上声二六寝　こめぐら
ヒン　●上声二六寝　うける　ふち
捩　レツ　●入声九屑　ねじる　おる
レイ　●去声八霽　琵琶をひくばち
斂　レン　●上声二八琰　●去声二九豔（意味は同じ）
おさまる　おさめる
瀲　レン　●上声二八琰　●去声二九豔（意味は同じ）
水のみちるさま　うかぶ　みぎわ

（三）平仄両韻字（平と仄にそれぞれ韻がある）

衣　イ　○上平五微　ころも　●去声五未　きる
為　イ　○上平四支　つくる　おさめる　なす　たり
●去声四寘　ため
噫　イ　○上平四支　●去声四寘（意味は同じ）詠嘆の
「ああ」
アイ　●去声一〇卦　おくび
遺　イ　○上平四支　のこす　わすれる　すてる
●去声四寘　おくる　やる
咽　イン　○下平一先　のど　●去声一七霰　のむ
エツ　●入声九屑　むせぶ
殷　イン　○上平一二文　さかん
●上声一二吻　雷の音
○上平一五刪　赤黒い色
奄　エン　○下平一四塩　ひさしい
●上声二八琰　おおう　たちまち
援　エン　○上平一三元　ひく
●去声一七霰　たすける
縁　エン　○下平一先　よる　えにし　ゆかり
●去声一七霰　ふち　へり
燕　エン　○下平一先　国の名　●去声一七霰　つばめ
王　オウ　○下平七陽　おう
●去声二三漾　王となる
応　オウ　○下平一〇蒸　まさに〜べし（再読する場合）
●去声二五径　こたえる

嘔　オウ　○下平一一尤　うたう　●上声二五有　はく
ク　○上平七虞　慈愛にこもった声　やしなう
横　オウ　○下平八庚　よこ　よこたわる
●去声二四敬　よこしま
コウ　●去声二三漾　あふれる　ふさがる
荷　カ　○下平五歌　はす
●上声二〇哿　にもつ　になう
過　カ　○下平五歌　へる　よぎる　●去声二一箇
あやまち（「すぎる」のときは平仄両用）
華　カ　○下平六麻　はな　はなやか
●去声二二禡　山の名
樂　ガク　●入声三覚　音楽
ラク　●入声一〇薬　たのしむ
ゴウ　●去声一九効　このむ
ロウ　○下平四豪　いやす
汗　カン　○上平一四寒　あせ
●去声一五翰　河汗　とりとめがない
巻　カン　○下平一先　まるく曲げる　ちいさい　うつく
しい　●上声一六銑　まく　●去声一七霰
文書　まきもの　かん
冠　カン　○上平一四寒　かんむり
●去声一五翰　かんむりをつける　カンたり
棺　カン　○上平一四寒　ひつぎ
●去声一五翰　ひつぎにおさめる
間　カン　○上平一五刪　あいだ　ま　しずか　ひそかに
うかがう　へだてる

●去声一六諌　かわるがわる　まじえる
喊　カン　●去声二九豔　●上声二七感（意味は同じ）
大声でさけぶ　○下平一五咸　口をつぐむ
監　カン　○下平一五咸　みる　かんがみる
●去声三〇陥　いましめ　めつけ役　みはり役
役所の名
観　カン　○上平一四寒　みる
●去声一五翰　てら　しめす
幾　キ　○上平五微　きざし　ちかい　ほとんど
●上声五尾　いくばく
●去声四寘　こいねがう
騎　キ　○上平四支　のる
●去声四寘　のりうま　馬にのった兵
共　キョウ　●去声二宋　とも　ともに　ともにする
○上平二冬　そなえる　うやうやしい
●去声二腫　むかう
供　キョウ　○上平二冬　そなえる　●去声二宋　供給
強　キョウ　○下平七陽　つよい
●上声二二養　しいる　つとめる
教　キョウ　○下平三肴　〜せしむ（使役）
●去声一九効　おしえる
興　キョウ　○下平一〇蒸　おこる
●去声二五径　たのしむ　おもむき
禁　キン　○下平一二侵　たえる
●去声二七沁　きんじる
挂　ケイ　●去声一〇卦　かける　ひっかける

稽　ケイ　○上平声八斉　わける　わけてはっきりさせる
○上平八斉　かんがえる　とどめる
●上声八薺　稽首
研　ケン　○下平一先　みがく　とぐ
●去声一七霰　すずり
行　コウ　○下平七陽　つら　行列　○下平八庚　ゆく
●去声二四敬　おこない　●去声二三漾　つ
いで
更　コウ　○下平八庚　かえる　ふける
●去声二四敬　さらに
降　コウ　○上平三江　くだる（降伏）
●去声三絳　おりる
桁　コウ　○下平七陽　うきはし　○下平八庚　けた
●去声二三漾　ころもかけ
号　ゴウ　○下平四豪　さけぶ　●去声二〇号　よびな
差　サ　○下平六麻　たがう
サイ　○上平九佳　えらぶ　つかわす
サイ　●去声一〇卦　やや　すこし
シ　○上平四支　ふぞろいなようす（参差《しんし》）
妻　サイ　○上平八斉　つま　●去声八霽　めあわす
柴　サイ　○上平九佳　しば
シ　●去声四寘　つむ　つみかさねる
三　サン　○下平一三覃　みつ　みたび
●去声二八勘　しばしば　なんども
鑽　サン　●去声一五翰　錐《きり》
○上平一四寒　錐で穴をあける

思　シ　〇上平四支　おもう　●去声四寘　おもい
施　シ　〇上平四支　しく　●去声四寘　ほどこす
叟　シュウ　〇下平一一尤　米をとぐ音
　ソウ　●上声二五有　ちょうろう　おきな
相　ショウ　〇下平七陽　あい　こもごも
　●去声二三漾　みる　たすける　宰相
従　ショウ　〇上平二冬　したがう　したがえる
　●去声二宋　つきそい
称　ショウ　〇下平一〇蒸　ほめる　はかる
　●去声二五径　かなう
将　ショウ　〇下平七陽　まさに～せんとす
　●去声二三漾　ひきいる
焼　ショウ　〇下平二蕭　やく　燃やす
　●去声一八嘯　火をつける　野火
湫　ショウ　●上声一七篠　ひくい　せまい　とどこおる
　〇下平一一尤　いけ　すずしいさま
勝　ショウ　〇下平一〇蒸　たえる
　●去声二五径　かつ　すぐれる
縦　ショウ　〇上平二冬　たて　●去声二宋　ほしいまま
　●上声二腫　すすめる　●上声一董　あわただしい　〇上平一東　高大なさま
吹　スイ　〇上平四支　ふく　●去声四寘　ふえ
正　セイ　〇下平八庚　はじめ　まと
　●去声二四敬　ただす　ただしい　まさに
盛　セイ　〇下平八庚　もる
　●去声二四敬　さかん　さかり

請　セイ　●上声二三梗　こう　まねく
　〇下平八庚　うける
占　セン　〇下平一四塩　うらない
　●去声二九豔　しめる
先　セン　〇下平一先　さき
　●去声一七霰　さきんじる
煎　セン　〇下平一先　にる　●去声一七霰　いる
鮮　セン　〇下平一先　あざやか
　●上声一六銑　少ない
禅　ゼン　〇下平一先　座禅　しずか
　●去声一七霰　ゆずる　禅譲
漸　ゼン　●上声二八琰　すすむ　ようやく
　セン　〇下平一四塩　そそぐ　そめる
　ザン　（呉音）〇下平一五咸「漸漸」と熟して、岩が高く険しいさま　しだいに
　サン　（漢音）〇下平一五咸（漸漸）なみだの流れるさま
疏　ソ　〇上平六魚　とおる　うとい
　●去声六御　箇条書き　注疏
争　ソウ　〇下平八庚　あらそう
　●去声二四敬　いさめる
喪　ソウ　〇下平七陽　も
　●去声二三漾　うしなう　ほろびる
創　ソウ　〇下平七陽　きず　●去声二三漾　はじめる
操　ソウ　〇下平四豪　あやつる
　●去声二〇号　みさお

蔵　ゾウ　○下平七陽　おさめる　●去声二三漾　くら
那　ダ　○下平五歌　なんぞ　●上声二〇哿　あの
かの　●去声二一箇　語勢を助ける助字
湛　タン　●上声二九豏　たたえる
チン　○下平一三覃　たのしむ
チン　○下平一二侵　ふかい　しずむ
セン　○下平一四塩　ひたす
弾　ダン　○上平一四寒　はじく　はずむ
●去声一五翰　たま
治　チ　○上平四支　おさめる
●去声四寘　おさまったこと
遅　チ　○上平四支　おそい　おくれる
●去声四寘　待つ
中　チュウ　○上平一東　なか　●去声一送　あたる
虫　チュウ　○上平一東　むし（旧漢字は蟲）
キ　●上声五尾　まむし
長　チョウ　○下平七陽　ながい
●上声二二養　おさ　生長　長幼
ジョウ　●去声二三漾　あまる
重　チョウ　○上平二冬　かさなる
ジュウ　●去声二宋または上声二腫　おもい
挑　チョウ　○下平二蕭　かかげる　はねあげる
●上声一七篠　いどむ
トウ　○下平四豪　はねまわる
張　チョウ　○下平七陽　はる
●去声二三漾　とばり　もうける

調　チョウ　○下平二蕭　しらべる　ととのえる
●去声一八嘯　しらべ　みつぎ
沈　チン　○下平一二侵　しずむ
シン　●上声二六寝　人の姓
趁　チン　●去声一二震　おう　したがう　じょうじる
○上平一一真　さわぐ　ふむ
泥　デイ　○上平八斉　どろ　けがす
●去声八霽　なずむ　ねたむ
填　テン　○下平一先　ふさぐ　うずめる
●上声一六銑　つきる
チン　○上平一一真　ひさしい
●去声一二震　しずめる
伝　デン　○下平一先　つたえる　つたわる
●去声一七霰　経書の注解　はやうま
当　トウ　○下平七陽　あたる
●去声二三漾　ただしい　かなう　そこ
湯　トウ　○下平七陽　ゆ　ほしいまま
●去声二三漾　熱湯をそそぐ　ほしいまま
ショウ　○下平七陽「湯湯」と熟して、水面のひろび
ろとしたさま
橙　トウ　○下平八庚　だいだい
●去声二五径　こしかけ
鐙　トウ　○下平一〇蒸　たかつき　ひともし
●去声二五径　あぶみ
恫　ドウ　○上平一東　いたむ
●去声一送　おどす　まどう

難 ナン ○上平一四寒 むずかしい
●去声一五翰 くるしむ
任 ニン ○下平一二侵 たえる
●去声二七沁 にんずる
濘 ネイ ●去声二五径 ぬかる ぬかるみ
○下平九青 わきあがる
頗 ハ ○下平五歌 かたよる
●上声二〇哿 すこぶる
罷 ハ ●去声二二禡 やめる
ハイ ●上声九蟹 やめる
ヒ ○上平四支 つかれる
培 ハイ ○上平一〇灰 つちかう
ホウ ●上声二五有 おか
汎 ハン ●去声三〇陥 ただよう ひろい
フウ ○上平一東 うかぶ
帆 ハン ○下平一五咸 ほ ●去声三〇陥 ほをあげ
る ほをかかげてはしる
胖 ハン ●去声一五翰 片身《かたみ》 いけにえ あばら肉
○上平一四寒 ゆたか のびやか
菲 ヒ ●上声五尾 うすい ●去声五未 わらぐつ
ぞうり ○上平五微 「菲菲」と熟して、草
木のしげるさま
賁 ヒ ●去声四寘 あや かざり
フン ○上平一二文 おおきい
ホン ○上平一三元 はしる うつくしい つわもの
いきどおる

フン ●上声一二吻 いきどおる
蜚 ヒ ●去声五未 ●上声五尾 （意味は同じ） あぶ
らむし ○上平五微 とぶ
標 ヒョウ ○下平二蕭 ●上声一七篠 （意味は同じ）
こずえ すえ しるし
不 フウ ○下平一一尤 いなや ●上声四紙 いやし
む ●入声五物 ～ず ●入声六月 ～ず
分 フン ○上平一二文 わける わかれる
●去声一三問 さだめ ぶん
聞 ブン ○上平一二文 きく きこえる
●去声一三問 きこえ ほまれ
屏 ヘイ ○下平九青 おおう びょうぶ ●上声二三
梗 しりぞく しりぞける ○下平八庚
「屏営」と熟して、不安に思ってうろうろする
便 ヘン ビン ○下平一先 へつらう たくみな ●去
声一七霰 たより つごうがよい すなわち
扁 ヘン ●上声一六銑 ひらたい ひくい
○下平一先 ちいさい
鋪 鋪 ホ ○上平七虞 しく ●去声七遇 みせ
放 ホウ ●去声二三漾 はなす はなつ ゆるす
●上声二二養 いたる 依《よ》る ならう
○下平七陽 ならべる
抱 ホウ ●上声一九皓 いだく
○下平三肴 とる なげすてる
縫 ホウ ○上平二冬 ぬう ●去声二宋 ぬいめ
某 ボウ ●上声二五有 それがし

バイ　○上平一〇灰　梅

傍　ボウ　○下平七陽　かたわら　つくり
●去声二三漾　そう　よりそう　ちかづく

夢　ボウ　○上平一東　くらいさま　●去声一送　ゆめ

磨　マ　○下平五歌　みがく　●去声二一箇　うす

漫　マン　○上平一四寒　ひろい　みだり　みだりに　そぞろに　●去声一五翰　みちる　（「ひろい」のときは平仄両用）

瞑　メイ　○下平九青　目をつぶる　くらい
ミン　○下平一先　ねむる
ベン　●去声一七霰　目がくらむ

妄　モウ　ボウ　●去声二三漾　みだり　みだりに
○下平七陽　ない　なかれ

悶　モン　●去声一四願　もだえる　もだえ　○上平一三元　さとらないさま　口に言い出せないさま

輸　ユ　○上平七虞　おくる　いたす
●去声七遇　荷《に》

与　ヨ　●上声六語　くみする　ともに　あたえる　～と　～より　●去声六御　あずかる
○上平六魚　か（詠嘆・疑問の助字）

夭　ヨウ　○下平二蕭　うつくしい
●上声一七篠　わかじに

要　ヨウ　○下平二蕭　もとめる　要約する
●去声一八嘯　かなめ　必要　重要

俑　ヨウ　●上声二腫　ひとがた
トウ　○上平一東　いたむ

雍　ヨウ　○上平二冬　やわらぐ　ふさぐ　●上声二腫　いだく　たすける　●去声二宋　古代九州の一つ

煬　ヨウ　●去声二三漾　あぶる　やく
○下平七陽　金属をとかす

瀾　ラン　○上平一四寒　なみ　なみだつ
●去声一五翰　しろみず（米のとぎしる）

離　リ　○上平四支　はなれる　つく　かかる
●上声四紙　抜け出る　つらなりゆく
●去声四寘　去る
レイ　●去声八霽　つく
チ　○上平四支　みずち

料　リョウ　○下平二蕭　はかる
●去声一八嘯　材料　詩料

量　リョウ　○下平七陽　はかる　おしはかる　考える
●去声二三漾　ます　かさ　かず　きまえ　かぎり

僚　リョウ　○下平二蕭　とも　つかさ
●上声一七篠　うるわしい

縷　ル　●上声七麌　いと　いとすじ　くわしい
ロウ　○下平一一尤　ぼろ

累　ルイ　○上平四支　つなぐ　しばる　とらえる
●上声四紙　かさねる　つむ
●去声四寘　わずらわせる

令　レイ　●去声二四敬　命じる　いいつけ　のり　おさ
○下平八庚　～しむ　させる　もし　たとい

麗　レイ　●去声八霽　うるわしい　つらなる　ならぶ
　　リ　○上平四支　はなれる　高麗（国名）
労　ロウ　○下平四豪　つかれる
浪　ロウ　●去声二〇号　ねぎらう
　　　　　○下平七陽　川の名（滄浪江）
　　　　　●去声二三漾　なみ
籠　ロウ　○上平一東　こめる　●上声一董　かご
論　ロン　○上平一三元　ろんじる
　　　　　●去声一四願「～論」のように名詞のとき
　　リン　○上平一一真　すじみち　条理
和　ワ　○下平五歌　やわらぐ　平和
　　　　●去声二一箇　まぜあわせる　調和

（四）平仄両用字（平でも○仄でも●両方に使える）

萎　イ　なえる　○上平四支　●上声四紙
媛　エン　うつくしい　ひめ　○上平一三元　●去声一七霰
看　カン　みる　○上平一四寒　●去声一五翰
患　カン　うれえる　○上平一五刪　●去声一六諫
翰　カン　はね　ふで　○上平一四寒　●去声一五翰
欷　キ　すすり泣く　○上平五微　●去声五未
洶　キョウ　わく　○上平二冬　●上声二腫
駆　ク　かる　○上平七虞　●去声七遇
慶　ケイ　よろこび　○下平七陽　●去声二四敬
檠　ケイ　ともしび　○下平八庚　●上声二三梗
瓠　コ　ひさご　○上平七虞　●去声七遇
虹　コウ　にじ　○上平一東　●去声三絳
潸　サン　なみだがおちる　○上平一五刪　●上声一五潸
讒　ザン　いつわる　○下平一五咸　●去声三〇陥
司　シ　つかさ　○上平四支　●去声四寘
施　シ　ほどこす　○上平四支　●去声四寘
售　シュウ　うる　○下平一一尤　●去声二六宥
畛　シン　あぜ　○上平一一真　●上声一一軫
晟　セイ　あきらか　○下平八庚　●去声二四敬
醒　セイ　さめる　○下平九青　●上声二四迥
●去声二五径
苫　セン　とま　○下平一四塩　●去声二九豔
嘆・歎　タン　なげく　○上平一四寒　●去声一五翰

治　チ　おさめる　○上平四支　●去声四寘
町　チョウ　あぜ　○下平九青　●上声二四迥
聴　チョウ　きく　○下平九青　●去声二五径
締　テイ　むすぶ　○上平八斉　●去声八霽
纏　テン　まとう　○下平一先　●去声一七霰
批　ヒ、ヘイ　うつ　ただす　○上平四支　●入声九屑
瀰　ビ　みちる　はるか　○上平四支　●上声四紙
凭　ヒョウ　よる　○下平一〇蒸　●去声二四敬
噴　フン　ふく　はく　○上平一三元　●去声一四願
忘　ボウ　わすれる　○下平七陽　●去声二三漾
妨　ボウ　さまたげる　○下平七陽　●去声二三漾
望　ボウ　のぞむ　○下平七陽　●去声二三漾
奔　ホン　はしる　○上平一三元　●去声一四願
誉　ヨ　ほまれ　○上平六魚　●去声六御
揺　ヨウ　ゆれる　ゆする　○下平二蕭　●去声一八嘯
溶　ヨウ　とける　○上平二冬　●上声二腫
壅　ヨウ　ふさぐ　つちかう　○上平二冬　●上声二腫
●去声二宋
颺　ヨウ　あがる　○下平七陽　●去声二三漾

（五） 作詩のための参考書

比較的入手しやすいものを挙げておきます。

詩題別の「詩語表（詩語集）」がついている作詩入門書

①『詩語完備だれにもできる漢詩の作り方』太刀掛重男（呂山詩書刊行会）
②『漢詩の作り方改訂版』新田大作（明治書院、初版一九七〇年）
③『漢詩入門韻引辞典改訂新版』飯田利行（柏書房、第一刷一九九一年）
④『漢詩を作る』石川忠久（大修館書店、一九九八年）
⑤『漢詩入門　作り方・味わい方』石川梅次郎（松雲堂書店、二〇〇三年）

＊④⑤は詩語表なし。

平仄字典、詩語辞典類

①『平仄字典』林古溪著（明治書院、初版一九三五年）

単漢字が音読みの五十音順に配列され、○や●、簡単な意味などがつけられている。

『平仄字典　新版』林古溪編、石川忠久補（明治書院、二〇一三年）

より使いやすく改訂を施したもので、検索しやすいように「字訓索引」がつく。

②『支那文を讀む爲の漢字典』（山本書店、初版一九四〇年）

部首順に単漢字が配列され、反切と韻、意味がつけられている。

③『詩語辞典』河井酔荻編（松雲堂書店、初版一九八一年）

よく使う日本語の語彙が五十音順に配列され、それぞれ関連の詩語や表現が○●つきで集められている。

④『平仄便覧』上村才六編集、石川梅次郎、川久保広衛編校（松雲堂書店、初版一九八七年）

『平仄便覧』上村賣劍、田邊松坡監修（呂山詩書刊行会）

単漢字の音読み・訓読みが五十音順に配列され、それぞれ○や●、韻がつけられている。巻末には主な詩人の四字成語がつく。

⑤『禪偈韻套』『禪偈摘葉』芝山和尚輯（京都貝葉書院）

『韻套』は、韻字ごとに詩語が集められている。返り点、送りがなつき。

『摘葉』は、二字、三字、四字の詩語や表現が、仏教に関する語を中心に季節ごとに集められている。

＊「四声韻字扇」伊東久兵衛編輯（大西京扇堂）

扇子の両面に韻目・韻字の一覧が刻されている。

その他

①『漢詩の事典』松浦友久編（大修館書店、一九九九年）

詩人の生涯と詩、詩跡、用語などが分かりやすく説明されている。検索に便利。

（六）引用詩一覧

本書所収の詩題を、本書の訓読にもとづいて五十音順に配列し、作者と掲載頁を示したものです。なお（　）は一部を引用したもの、〈　〉は説明のなかで引用したものを示します。また、＊は文であることを示します。

（七）作詩に関する重要語句

本書における重要語句を、五十音順に配列し、初出または詳しい説明のある頁を示したものです。

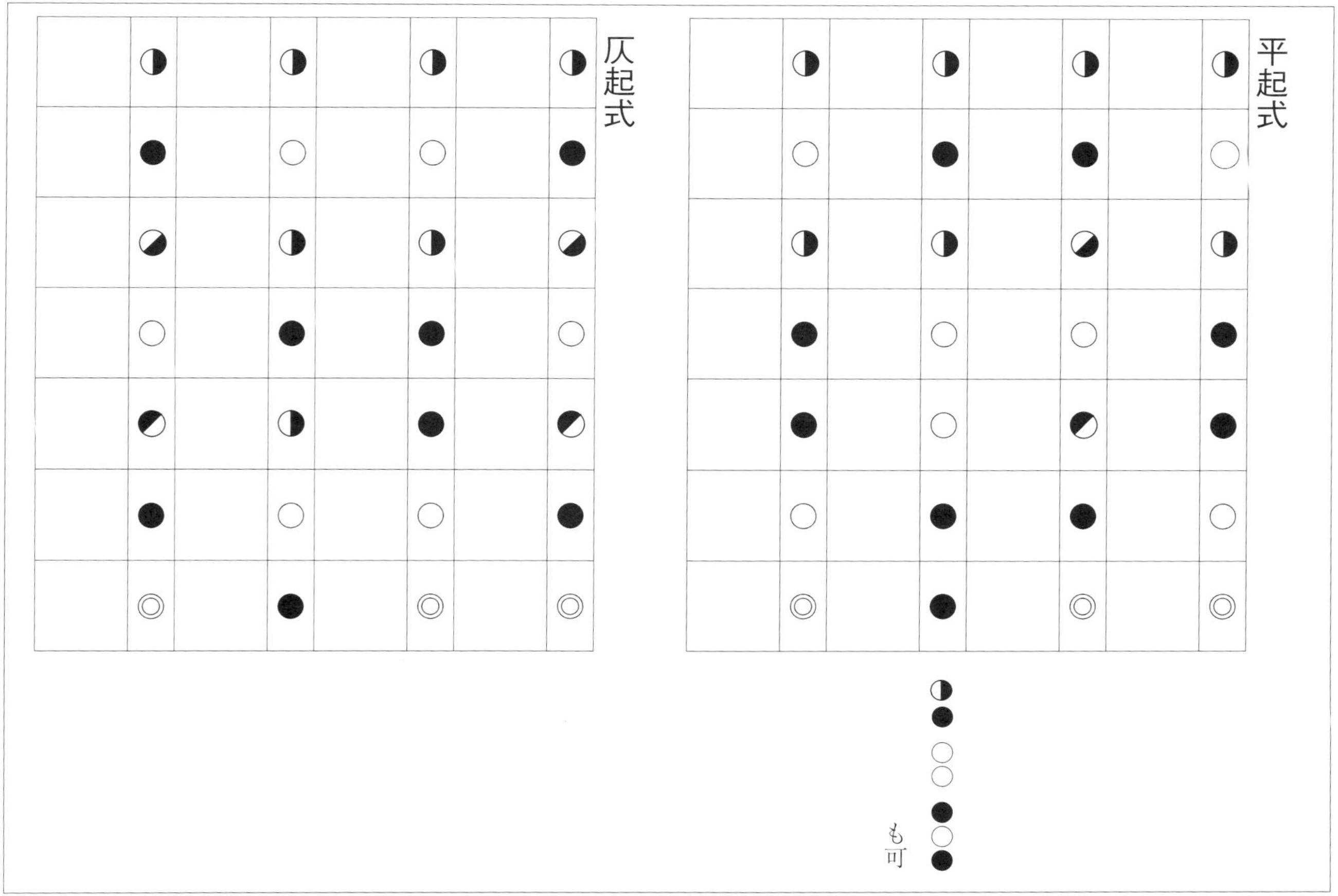

仄起式
平起式
も可

鷲野正明（わしの　まさあき）

元国士舘大学文学部教授
中国の明清時代の文人及び日本漢文小説を研究。

作詩は、石川忠久（岳堂）氏に師事。

1991年より国士舘大学中国文学専攻の必修科目「漢詩文作法」を担当、1999年以降、毎年学生を引率して、台湾中山大学や中国蘇州大学等で「作詩交流セミナー」を開催。

千葉県漢詩連盟会長、全日本漢詩連盟会長。

詩集に『花風水月』、著書に『漢詩と名蹟』（二玄社）、共著に『傅山』『鄭板橋』（以上 芸術新聞社）、『徐文長』『唐寅』『日本漢文小説の世界 ―紹介と研究―』（以上 白帝社）、監修に『基礎からわかる漢詩の読み方・楽しみ方』『詩人別でわかる漢詩の読み方･楽しみ方』（以上 メイツ出版）、『中国の伝統色』（翔泳社）などがある。

はじめての漢詩創作

2005年９月７日　初版発行
2023年４月５日　第８刷発行

編　者　鷲野正明
発行者　佐藤和幸
発行所　白 帝 社

〒171-0014　東京都豊島区池袋2-65-1
Tel：03-3986-3271　FAX：03-3986-3272
http//www.hakuteisha.co.jp/
印刷・製本　富士リプロ(株)

2005 Printed in Japan ISBN978-4-89174-751-0